陕西师范大学中国语言文学"世界一流学科建设"成果

供词

刘国欣 著

天津出版传媒集团

百花文艺出版社

图书在版编目（ＣＩＰ）数据

供词 / 刘国欣著. -- 天津：百花文艺出版社，
2019.11

ISBN 978-7-5306-7780-3

Ⅰ. ①供… Ⅱ. ①刘… Ⅲ. ①中篇小说–小说集–中
国–当代 Ⅳ. ①I247.5

中国版本图书馆 CIP 数据核字(2019)第 270768 号

供词
GONGCI
刘国欣 著

选题策划:韩新枝　　　　　装帧设计:蔡露滋
责任编辑:刘佩莲
出版发行:百花文艺出版社
地址:天津市和平区西康路 35 号　邮编:300051
电话传真:+86-22-23332651（发行部）
　　　　　+86-22-23332656（总编室）
　　　　　+86-22-23332478（邮购部）
主页:http://www.baihuawenyi.com
印刷:山东临沂新华印刷物流集团有限责任公司
开本:787×1092 毫米　　1/16
字数:225 千字
印张:17.5
版次:2019 年 11 月第 1 版
印次:2019 年 11 月第 1 次印刷
定价:39.00元

如有印装质量问题，请与山东临沂新华印刷物流集团有限
责任公司联系调换
地址:山东省临沂市高新技术产业开发区新华路 1 号
电话:(0539)2925659　邮编:276017

总　序

　　陕西师范大学中国语言文学学科至今已经走过了七十多年的发展历程。数代学人培桃育李、滋兰树蕙，在学科建设、人才培养、科学研究以及社会服务等方面取得了令人瞩目的成就，涌现出了一批蜚声海内外的硕学鸿儒，形成了"守正创新、严谨求实、尊重个性、兼容并包"的学术传统和"重基础训练、重理论素质、重学术规范、重人文教养、重社会实践、重能力提高"的人才培养特色，铸就了"扬葩振藻、绣虎雕龙"的学院精神。数十年来，全体师生筚路蓝缕、弦歌不辍，获得中国语言文学一级学科博士授予权，中国语言文学一级学科博士后科研流动站，中国古代文学学科也跻身于国家重点学科；建成"国家文科(中文)基础学科人才培养和科学研究基地"，教育部、国家外国专家局"长安与丝路文化传播学科创新引智基地"，教育部"2019年全国普通高校中华优秀传统文化传承基地""陕西师范大学语言资源开发研究中心""陕西文化资源开发协同创新中心"等多个省部级科学研究平台；汉语言文学专业为教育部特色建设专业、陕西省名牌专业、入选陕西省"一流专业"建设项目，秘书学专业和汉语国际教育专业也入选陕西省"一流专业"培育项目；形成了从本科、硕士、博士到博士后完整的人才培养和科学研究体系，中国语言文学学科走上了稳健、持续发展的道路。

2017年，中国语言文学学科被教育部列入"世界一流学科"建设学科，迎来了难得的发展机遇。中国语言文学学科全体师生深知"一流学科"建设不仅决定着我校中国语言文学学科能否在新时代开创新局面、取得新成就、达到新高度，更关乎陕西师范大学的整体发展。在学校的正确领导下，各有关部门同心协力，兄弟院校及合作机构鼎力支持，文学院同仁更是呕心沥血、发愤图强，学科建设取得了显著成效。为了及时汇总建设成果，展示学术力量，扩大学术影响，更为了请益于大方之家，与学界同仁加强交流，实现自我提高，我们汇集本学科师生的学术著作（译作）、教材等，策划出版"陕西师范大学中国语言文学世界一流学科建设成果"丛书和"长安与丝路文化研究"丛书，从不同的方面体现我们的研究特色。

丛书的出版得到了陕西师范大学学科建设处、社会科学处以及有关出版机构的大力支持，在此一并致谢！

作为陆路丝绸之路的起点与丝路文化中心城市高校，我们既承载着历史文化的传统与重托，又承担着新时代的使命与责任。作为新时代的中国语言文学学科，既古老又年轻，既传统又现代，包容广博，涵盖古今中外的语言与文学之学。即使是传统的学术学科，也是一个当下命题，始终要融入时代的内涵。用一种人人参与、人人分享的形式，借助于具体可感的学术载体，传播中华优秀传统文化，发扬中华优秀传统文化，彰显中华现代文明，这是新时代人文社会科学工作者的重要使命。"士不可以不弘毅，任重而道远。""一流学科"建设永远在路上，中华优秀文化的发扬光大永远在路上。我们将不忘初心，不辱使命，努力前行！

陕西师范大学文学院院长　张新科

2019年10月30日

目 录

供词　/ 001

婚姻解剖师　/ 086

寻人启事　/ 116

暴风雨中的夏天　/ 150

巴比伦教授的隐秘生活　/ 181

急需海上一条船　/ 215

空年　/ 245

供　词

　　希腊四十七岁那年，儿子希程子高二，属于非常关键的一年，妻子岩佳却差点死掉了。四七四七，死期死妻，人到中年，实在是活在数字中，仿佛一切都是暗示。也就是这一年秋天，希腊认识了吕青葙，翌年四十八，他们开始了恋爱。当然，吕青葙也因此进入了希腊的朋友圈，认识了希腊的忘年朋友林欲晓。林欲晓在出版社工作，经常要和希腊有出版商议，所以喝茶聚会是常事，而又由于要与吕青葙见面，因此经过希腊的介绍他们相互认识了。说起来，其实事情并不复杂，无非是一场庸俗的通奸，尽管，希腊一度称之为爱情。大约吕青葙最后也是这样想吧，反正到现在，希腊已经可以确定，这是一起通奸事件。但是，事情过了几年之后，希腊还是认真地写下这篇供词，为自己曾经的爱情做出辩护，也或者，为自己曾经的一段爱情继续"守灵"。

　　直到几年以后，回到正常的日子已经很久了，林欲晓和巫云生他们，以为他还在为爱情痛苦，于是一边做出轻蔑的表情，一边安慰着希腊。甚至在喝茶的时候，巫云生说："你也没什么损失，那种女人，用不着想她，用不着把她记在心里，她不值得你如此。"巫云生是希腊的朋友，也认识吕青莃,这当然源于那流传很久的巴掌事件。吕青莃曾经在人群里打过希腊一巴掌,后来这一巴掌成了这场情事的标签,希腊到哪里都需要对这个巴掌做出解释。巫云生是他的好哥们儿,是重点需要做出解释的一位。被人打巴掌而不还回去,除了说是"爱情",还能说什么。但这样的爱情,巫云生才不要去祝福,哥们儿被个女人打了,不是什么好事,因此他一直劝告希腊好自为之。希腊想起这些,觉得巫云生说过的话也像是很久了,和吕青莃一样,他们先后告别了他,以不同的方式。

希腊现在仍然不明白,自己为什么像个自杀的人,在那个夏天,不计较后果,每天奔往吕青莃的所在地——吉祥街。现在看来,那并不是一条吉祥的街道,但是,那里曾经是他的幸福之地、战栗之所。即使到现在,他仍然不得不承认,每当想起的时候总是一阵痉挛,而且还会恍惚。那个夏天,一个个炎热的上午,记录着一个不再年轻的男人不计代价地一次次打车奔跑,从金沙到吉祥,或者,从金沙到望江,前者二十五,后者五十,是钱,单程。前者是喝茶所在地,后者是吕青莃最初的住所。这些地名,既可以是地图上的实指,也可以是一种距离的虚指。名字已经产生,命运跟着镶嵌其中。

每个早晨,希腊都觉得轻微厌世,那些鸟鸣,再也不能唤起任何生之热情,他对一切充满厌弃,必须过好久,好几个小时,才不得不劝告自己,重新爱上这个世界,试着将这种厌弃心情压下去。当然,这种心情早就有了,从小就有,但是次数的增多和程度的加剧,却是在这两三年里。那种说不清楚的丧失感,一直环绕着他。然而若说对吕青莃的离开有什么特别的反应,他知道那是牵强。

这是荒谬甚至荒唐的,人过半百,却对人生恍惚起来。所以,写下这篇供词,这起通奸事件,也是压住一定的痛苦,渴望重新归队,回到人类的大部队中。于是,我希腊,一边以第三者口吻写出这些,一边又不断窜回自身,去揭示四十八岁到现在的遭遇,努力给自己找出路,试图克服重重障碍，从沼泽里上岸。

1

我用右手摁灭左手边的床头灯，将手中的《安娜·卡列尼娜》扣在床头凳上，顺着左面睡下，对着程岩佳。我应该称呼她为岩佳，或者别的，更甜腻的称呼，我不是没有这样过，一直如此。我的胳膊贴着她，手却护着自己的面颊。我用十指交叉着盖住自己的眼脸，挡住来自她的询问，消除可能影响我睡觉的光的刺激。此刻，我有点担心，也或者，我已经这样担心很久了。总是凌晨两三点，她在哮喘中醒来，双手捧心，做西子状。通常她睡得较晚，总是在阅读书籍。说实话，作为一个写作者，我并不比她阅读的更多。甜美的睡意会在夜里十一二点向我袭来，而早上，固定时间，四五点，我总能一跃而起，无论怎么克制，都无法再入睡。然而，很久了，有近三年了，半夜两点或两点多，她就会开始喘气，剧烈地喘气。先天性哮喘变为了心因性哮喘，拜我所赐，她的一呼一吸变成了爱我的明证，随时都可能张开利剑向我袭击，或者为我展示，证明爱意的存在，同时证明着妒意的存在。我们都心知肚明，却很少去承认，那个人，那些我走失的日子，只要不说出，就像我们同床共枕我做的一个异梦，与她无关，不被标示就不被证实，我们无言地达成了这个默契。

我说我又颈椎疼，用的是暗示的动作，而并没有用语言。眼睛的压力和对刚刚阅读的文字的回忆，在我脑海里产生了催眠作用，我抽出胳膊，背对她准备入睡。程岩佳发出模糊的响动，将床头那个银质书签夹入书页。这是我推测的，我已经闭上眼睛。通常，她入睡的时候，总会将我送她的那个银质书签夹入书本（在中国，夫妻之间，还有谁送谁吗），她在合上书，我能感觉到。

儿子在隔壁的房间睡着，马上就要毕业了，研究生考试却没有通过。

如果不继续再来一年读研，就是找工作，而他是要当导演的，当导演需要钱，很多很多的钱。几年前，他还是十八岁。遥远的十八岁，仿佛过了很多年的十八岁，一切都还没有展开。那时候，他还是高三，只是对电影有着极深的热情，要报戏剧影视学院，要上导演系，那时候生活对他而言还是梦，父母是真实的，父母之间的关系也是真实的，他还有恐惧，而不是抱怨。

程岩佳又一次做出了牺牲，迁就了我的睡眠，关掉了灯。虽然我不说，但是我还是反转手盖在她肚子上表示了感激。我心里有点厌烦，但是不能表现出来，绝对不可以，她给了我装贤夫的机会，我也得抓住这次机遇，我们需要这样的假装。即使经历了风暴，我们仍然需要这样的配合，原因有二，对我来说：一、她的哮喘；二、隔壁睡着我们的精子和卵子合制的儿子，尽管相爱已如同捕风。用岩佳的话说："要是以前的社会，你爸爸都可以当上爷爷了。"她这话是笑着对儿子说的，可听话的对象却是我。我知道她的意思，那时候我四十八岁，现在已年过半百，已经不再年轻，她合适我，我们的整个生活需要我，我不应该像个毛头小子。她的话语里有责备，但她不会直接说，永远。即使在儿子面前，也或者可以这样说，尤其在儿子面前，我们一直做着"恩爱夫妻"的样子，和她嫁给我时的设想一样，父母的婚姻是美满的，孩子的婚姻会亦然。她需要给孩子树立健康生活的榜样。

她的头探过来，再一次进入我的臂弯，我也又一次摆正自己，伸开四肢，在睡意蒙眬里彻底翻过身来，抚摸着她的肩膀和身子，将左手放在她的奶子上。

黑暗中，她依然是道德的节律者，只有我求，她才会有。我们是文明的夫妻，我是一个作家，她是一个作家的妻子。我们是同一所学校中文系毕业的，都是师范生，分配在一所中学，前后一年进校的时差而已。我们成了一所高中的同事，教语文课，教快要走向成年的孩子——道德、思想、文化、知识。那是不久的以前，或者很久以前，而她不教书的日子已有十七年了，我不教书的日子，比她更久，二十年。其实，她也可以是个幼儿园临时工，或者，医院的护士，铁路人家的女儿，要有一份像样的工作，要靠着这些嫁人，所以，她做了这些。我看不出这些有什么区别。在我的生活里，舞蹈者、画家、幼儿园女老师、年轻漂亮的图书出版社编辑等等，这些职业的女性随时可以碰到，她们在开始不可能成为我的妻子，最后呢？所以，吕青箱实在不算什么，一个学习社会学，以性工作者为毕业论文对象进行分析的女博士，在这个社会里多得是，女权主义者里面就可以找一大堆。我的妻子，程岩佳，在我的故事里，就是一个中学老师好了，文静、善良，没有太多思想。用吕青箱的话说："你们夫妻都不过是中学语文老师的识见。"当然是在决裂之后，她发短信来，如此讽刺我。

我，开始也确实是个语文老师，然后由学校调到市宣传部，接着，再由这个机关辞职下海，有时做记者，有时做商人，最后爬上岸，开始拾起我多年来的文学梦想，跟着托尔斯泰老爷爷，学习如何成为一个作家。准确地说，托尔斯泰是我精神上的父亲，我愿是他的儿子，私生子也可以，必须秉持这一点，我的写作才可以有序地进行，必须秉持这一点，我才可以认为我是一个精神上的贵族。然而，现下，我应该装出世界一片祥和的样子。省文联主席接受了调查，被迫辞职，有说不清的"故事"，在天鹅绒围成的城堡里，我已经很好地学会了闭口，或者学会了说出什么需要说的话，应该算是对得起国家文学院每年发给我的那笔特殊津贴的，叫作签约作家的那笔钱，开始是五千，现在逐年增加，已经增到五万。进入"百优作家"计划这个项目，就是每年五万，连续五年，也许还可以终身制。卡夫卡晚年的短篇小说有一篇名叫《饥饿艺术家》，主角将自己关在笼子里向观众表演绝食，这是他的谋生策略也是他的艺术追求，后来，他真的饿死了。我当然不是这样的人，出生于1966年从小死了母亲的我，深谙饥饿的滋味，让见鬼的形而上饿死好了。艺术家如果独立，就是匮乏的，我，或者我们，一直走在一条被养起来的道路上，要么被权力供养，要么被名气供养，要么兼而有之，哪怕平庸，我依然给自己创造着更多的读者，写下一部又一部为我所堆建的长篇小说。吕青葙还很幼稚，二十世纪八十年代出生的人没有历史，她还在做着象牙塔的梦，至多以后也就是一所大学校园里社会学院的老师，但实际上只是因为她读的是社会学，懂得了一些书本上的理论，她并不懂得这个社会。这个社会的社会学永远在流动的大街上，不在学校，也不为他们这些幼稚的人懂得。

我接受着一年几千到几万的供养，有更多的稿费和版税，经常下乡送艺术，作为一个乞丐的儿子，鲜花和掌声于我已经不是追求，但我得维持。最高的诗歌奖项已经为我授予，而小说的最高荣誉，带来的远远比诗歌更多。在我们这个国家，不会存在饥饿艺术家，就是那些流亡海外的人，包括朦胧派的带头鸟，也仍然蚕食着这块土地上的食粮。没有人真正渴望挨饿，笼子就是艺术的自律，而现在，四年一度的"茅盾文学奖"这种国家级大奖的评选，将是一个机会。在此之前，我不能因吕青葙翻船，我的妻子也明白这一点，她一直是我的得力助手，有着"夫唱妇随"温良恭俭让的美德，以我为主，牺牲了很多。她深切明白，获得一个大奖于我们意味着什么。除了物质的利诱，我们还可以被载入历史，名传千古。我要隔世的声音远远传来，她要求与我共享我的荣誉。我们应该如此。

我们这些国家艺术家，在共同构筑中国梦、共同阐释国家梦的围栏里，深切明白社会的良心准则。尽管在这个过程之中，我有过一段时间的越轨，可现在，我重新回到国家梦的文学解说员身份，表达艺术，向社会献上我的供词，让我的文字照亮整个时代。这并不是出卖才能，这是贡献，是服务。

我们过去四十年里写的那些文学作品，有多少能流传于世？它们远离历史事实，有时甚至对历史事实视而不见，这样的文学不就是一些应景的只有短暂价值的东西吗？这些文学作品将成为历史的一些插曲，未来的人们会觉得毫无意义,没有经历过这一切的人们根本无法理解。

我的摘录本上有这么一句话,忘记了是哪本书上看来的,也或者,是我自己很久以前的一个想法。当我写下这些,准备呈上我的供词时,我回头翻看笔记,看到了这句话。作为一个写作者,国家梦的文学解说员,我要留下我掺了水的忏悔,留下我发自内心的真诚的供词,照亮这个到处做梦的时代,照亮我自己。而现在,我必须照亮我的妻子,让我们共同发光。

我将手放在她的奶子上,她就会迎合我,我一直知道,剩下的就是程序,跟着程序走就是。

几年了。我必须如此,用这种不再直接交谈的方式,向我的妻子证明,我的精子仍然是献给她的。献给她不再鼓胀的肚皮,献给她的嘴唇,献给她空下去的子宫。就为了这个,即使无法完全勃起,我也经常做这样的努力。我并不无辜,有时我也想象,那个人不是她,躺在我身边的人不是我的妻子,我必须靠这意念。说出这些并不会令我感到羞耻,男人,尤其是我们这些结过婚生过孩子跟同一个人同床共枕过多年的男人,我们应该老实地承认,当我们像祭祀一样将粮食上交入库的时候,将匕首插入祭祀者身体的时候,我们想象的,绝对不是身体下的那个人,至少不是每一次都是。我们应该诚实,至少在文字里诚实。难道不是吗?生而为人,我们应该有一些诚实的部分,这是区别于兽类的地方。因此,在这篇文字里,我要坦然地表现我赤裸的真诚。你要审判就审判吧。反正,这是一篇供词,说不定是最后一篇。人生不可再重启,毕竟在丧失感的日子里待久了,人也会逐渐成为一个丧失一切的人。我现在已经是这样的人了。

接着,我抽出我自己,表明了完成,或者,有时短暂地,在门口徘徊一会儿,表明我的衰老,无法问候,以此来安她的心。夫妻二十五年了,我现在居然需要用这个来证明对妻子的需要。可是,不这样还何以证明,一个男人睡在一个女人身边,是需要她、渴望她的?

我恢复了侧卧的睡姿，胳膊仍然为她奉献，但手已经摸索到自己的头部了，曲肱而枕，准备入眠。我们都在短暂的风暴里安静下来，准备进入可以无限放荡的梦乡，准备着在梦境里分头旅行。

不知道从什么时候起，程岩佳就成了这样一尊忍辱负重的雕塑。经历过吕青蓓事件，她也开始注重穿裙子，而不再是裤子；也开始注重做面膜，而不再"清水芙蓉"；也懂得背着我早上起来洗好衣服，买一些鲜艳的睡衣。这些，也许是从她的妹妹那里学的，也许无师自通。在一场婚姻的"出轨事件"里，所有人都在责罚我，但是，我又何尝没有责罚自己。岩佳嫁给我时就体弱，一直是先天性哮喘，而这几年，药物增加，喘息更加困难，医生诊断已经转变为心因性哮喘，怕过敏，怕刺激。我作为人夫人父，每晚八点，必须回到七楼的这间屋子，"守灵"，没有死亡的死人，生活过成了坟墓，我们已经地久天长。

我必须承认，我是一个失败者，我用灰黑色字眼描写现下的生活，像一场有始无终的出殡。写下，删除，再写下，毫不愉快，就已经是一个失败者了，我对不起我的家庭，对不起我的妻子，更对不起无辜的儿子。

我咬了她的奶头，作为最后的亲吻，要有狂怒，要显得急不可耐，要……泪水涌出了我的眼眶，好在程岩佳过早就熄灭了灯光。她仍然是圣洁的，即使婚姻持续了二十五年，我们操持这项夫妻生活，仍然要熄灭灯光。

我不知道别的夫妻是不是这样。人生进入半百，我们在有序完成一件事情，例行公事也好，奋发图强也罢，在这几年，我仍然履行着这项义务。而我的妻子，作为一个屈从者，小心翼翼地讨好我。可能她也会想，她做出了牺牲，不光以精神，而且以身体，我应该在愧疚里回归。

不得不说，在这样的"美好"里，我一天天的写作陷入噩梦之中。我的妻子程岩佳，忠于我们白首相约的结婚告示，笃定地相信我会成为一个伟大的作家。每天，她依然会写好一张又一张的警示录，贴在墙上、床头柜上。有里尔克写给青年的信，有托尔斯泰的训导，有印度几个大法师的"真言"，有"圣经"的光，有新近死去的几个熬到百岁被封了大师流传网络的著名训诫……一直以来，她从来不是一个怀疑者，不是一个指控者。她慷慨地表示了对我的支持，甚至，认为一个作家，拈花惹草，被一些女孩子爱上是理所当然的事情，是那些女孩子不要脸勾引了我，包括吕青葙。

她是脆弱的，爱哭，沉默，时常小心眼，却认定了我是一个伟大的作家，甚至在她喘着气眼看行将"就义"（为了她的爱情）时，她依然对我发出她的忠告，要我好好写作。然而，这一切像一个不无讽刺的异议者，提醒着我生活既是一桩严肃的事，也是一个可怕的笑话。

我的朋友林欲晓也认为她是一个优秀的妻子。林欲晓，这个我大学时代因为获得一次文学奖而认识的朋友，已经与我相识三十多年了，比我的妻子更久。吕青葙也认识他，经我介绍。他和我，以及巫云生经常喝茶碰面，家里的人都知道。岩佳和儿子喊林为林老师，喊巫云生则以程子口吻叫巫叔叔，就像巫云生儿子叫我希腊叔叔一样。

我拿林欲晓和巫云生都当文学上的前辈看待，他们比我写得多，比我早出道、早被人肯定。尤其巫云生，他就像个旗手，在文艺圈有很好的声誉，而林欲晓，这些年一直在出版社工作，给我们出了好几本书。平日，别人送我一些东西，茶，或者其他保健品，我都会送给林欲晓，他也会回我以礼。他喜欢抽寻常的烟，而每一次，他都会将别人送给他的中华、黄鹤楼、南京等，送给我，表达对我的"爱"（友谊）。这么多年，尤其是从 2000 年以来，我搬到省城，经常到他工作楼旁边的小巷子喝茶，叫作吉祥街的小巷子。每一次，我安然扮演一个守旧的需要指教的小角色，像十年前，二十年前，三十年前那样，听他讲"江湖传说"。巫云生对他则似乎比我更近一层，亦师亦友，开的玩笑比我多。

我第一次遇见林欲晓的时候，是一九八九年，那个特殊的年代，我正上大学，领奖；他呢，刚巧被警察盯梢，已经在出版社上班了，经常跑文联开会。但是，不用说，作为二十世纪六十年代"四人帮"时代的革命余孽，他自然是被跟踪的对象。他曾经有过几年的牢狱生涯，接着劳改，作为后知青时代的成员，他被抓进去，岁月忧伤又温润。多亏他家"历史渊源"深厚，他活了下来，最终释放。一些人为他鸣不平，一些人觉得他们这一代都要"减去十岁"。这些人包括我，也包括我的妻子。我的妻子听说他将近二十五年了，从我们认识时候起，但见面却是这两年的事情。在吕青葙一事之后，她寸步不离跟着我，自然就见到了林欲晓。那天她表现正常，除了脸色有点苍白外，没有在人群里忽然痉挛，喘不上气来，嘴唇发紫，没有需要急救。他们正常地交谈，喝茶。事后，也就是喝茶的间隙，她去卫生间，林欲晓告诉我："你有个不错的妻子，贤妻良母。"他用的是这几个词。就如对吕青葙一样，他夸赞她们，用词有力，恰到好处，都是女人们喜欢听的，但总让人有种别扭感，这也许是我的个人感受，因为毕竟，我也同为男性。难道是因为吕青葙喜欢听好话，才更喜欢与他亲近而不是与我吗？时至今日，我仍然被这个念头折磨，她在我的身下，说出他的名字，我一直记得这耻辱。事后她一再辩解，只是朋友，只是客套，事实却已经发生了。

　　这些我一直都没有说出来，但我必须老实地写下，也许是我自己那时候已经不正常了，我渴望爱情却又厌恶不洁，追求一种彻底。我要一笔一画写出这段经历，就当是对生活的供词。也许这是我为我们后来不再联系找的借口，我想忘记她，我的生活需要我，她只是生活的背景，而不应该是主场。

2

　　吕青葙离开的最初一段时间，程岩佳失去基本的生活能力，我必须寸步不离地陪伴，要不叫她的母亲，再就是喊回我们的儿子希程子。这得逢着他的假期或周末，也或者叫楼下那位从乡下来的七十多岁身材健壮的老妇，随时陪伴。不过，只要程岩佳不发病，她就会努力扮演好一个良妇，如同这二十多年一样，为我做好可口的早餐，有汤，有包子，也在一些日子，加入水果拼盘。见我们父子没什么兴趣之后，会按照习惯，为我们端上泡菜，酸酸的，下饭。为了不让她担心，为了不辜负她的殷勤，也为了显示一切都回到了正常，马回到了旧日的轨道上，套上了笼头，也套上了鼻环，我很认真扮相极其热情地将一切都吃得干干净净，然后打着饱嗝，显示我的心满意足，显示我对家居生活的满意，我对她的感谢，显示我对自己曾经走错路的愧疚。

我不能忘恩负义，今天的好日子，全拜程岩佳所赐。她受苦了，为我。我不能表示太多羞愧。就如性爱需要粗暴才可以表达一种激情，吃饭也需要粗暴，我在表现一种热情，狼吞虎咽。大多时候，我心甘情愿，演得很好。只是有时候，我会想吐。我不知道我们谁在受难，是我还是她？一直以来，她都在接受我的宣泄，我在外面的游牧性生活，我的随遇而安，我最终的归来。但是，程岩佳，一次次发病，尤其这次，碰上吕青菪事件，她不再是那个沉默的良妇，她将她的身体撕开，对我咆哮，以亡灵的方式，要求我守灵。我们被捆绑，从来没有如此清晰过——甜蜜捆绑。

现在，我逐步获得以前的权利，比如，独自去开一次会议。因为饮酒，我可以在晚上八点之后稍微推迟一点回家，她不再步步跟随。当然，我们开始了爱情初次降临时的仪式，每天出门，我都会亲吻她，以至于儿子程子都在说："老夫老妻虐待单身狗。"我们现在是一对"恩爱"的夫妻，连儿子都如此说。我们近乎已经成功了。

她靠在门上，神色疲倦，穿着睡衣，我亲吻她；她在厨房，收拾器皿，手上还沾着水，我亲吻她；她躺在床上，拿着书，摘下眼镜，抚摸猫咪，我亲吻她；她上楼，上到最顶层，那曾经因为吕青菪而荒芜的楼顶花园，现在，经过我们这对老夫妻的努力，又有了丝瓜、西红柿、豆角、茄子、黄瓜……牵牛花开着，芦荟旺盛向上长，爬山虎已经爬到书房的窗台，一盆又一盆的仙人掌，以及，一棵小橘子树，还结着没有忍心摘掉的果子。我们的猫咪，在一盆又一盆的植物前飞奔，我们这对善良的夫妻，真是怕仙人掌扎到它，一次次，为仙人掌盖上筛子……我站在顶楼这屋顶花园里，站在早晨她晒出来的被子下，回应着她的笑，我亲吻她，等着她踮起脚尖的回吻。吕青葙离开之后，写过一封邮件，信里提到这些猪肝红的床单，提到这些旗帜，彻底击退了她。岩佳有哮喘，却喜欢刺激性的床上用品，她说能激发生活的乐趣。我在吕青葙说的猪肝红的床单的掩映下，亲吻我的妻子，同时进一步深入。不得不说，婚外情刺激了婚内的激情，我们的性生活近乎有了额外的补偿，甚至比前二十多年更好。

我要出门，我得出门，在此之前，我已经做过半个小时的解释，我必须出门，我们需要交际，需要应酬，需要给儿子再赚取一套房子，他可能成为一个导演，还可能出国留学，我们是一体的，我们要为儿子努力……我说着这些话，为自己争取几个小时的可怜自由，嘴角上挂着滑稽的受难的笑，但不能表现得很开心，也不能表现得不开心。完事之后，我要出门，我会获得出门的权利，只要我努力，表现良好，上交公粮。男人啊！

她责备吕青葙是个放荡的女子，责备她的性，责备她勾引了我，说她是个荡妇，她责备我受了诱惑，责备我没有拒绝吕青葙，责备我没有满足她一生一世一双人的要求，责备我居心不良，居然不顾她的死活，跑出去和人同居了一百〇四天。对，一百〇四天。她算得清楚，为了让我也记得更清楚，她时刻提醒我，以各种方式提醒我，104，要你死，她说那个人就是来收命的。她把吕青葙想得太无所不能了。

确实，比起吕青葙，岩佳算是个"完美"的女性。大学毕业之后和我分在一个学校，跟了我，新婚之夜，还是一个处女。结婚之后，也一直特别贞洁，她痛恨一切的放荡行为，可我居然……她知道我有过别的女人，只是她无法接受，永远不能接受。我打着电话，背对着她，要和吕青葙出去，要离开这个家，要永远……她无法接受我真的出走了一百〇四天。她认为是吕青葙的放荡引诱了我，她认为她的丈夫应该是个道德高尚的男人，在势头和名望日渐升起的时候，被年轻女孩子勾引了，拉下水了。她说我眼看着就胜利在握了，说我的小说已经引起了全国的关注，只需要再添一把火，再获得一次全国性大奖，就可以刀枪入库，坐享其成。是啊，那还是个年轻的女学生，学社会学而且研究性学。她认为她是个卑劣的动物，一个浑身燥热的来自贫穷乡下的动物，而我，居然举起了我的武器，刺入。这个为我熬了二十多年贞操汤的女人，面对她口中的一个荡妇，哭了。每一次都哭，她觉得她的贞操被玷污了，专一的奉献的容器，被我玷污了。

每一次受审，我都会"满含柔情"地拥抱她，一次次赌咒发誓，宁愿我自己死掉，也不要她再受委屈。我真心爱她，全心全意爱她，我们一起诅咒吕青葙，诅咒她肮脏的器官，诅咒她终于远离了我们的生活，诅咒她……

这是一个空前美好的时代，我告诉程岩佳我们要抓住机遇。尽管我的内心随时都在恐惧，但是我按部就班地去开每一次会议，出席上面安排的每一次讲座，从聋哑学校到民工工厂，再到乡下妇女，我都在不断给他们送去"文学的关怀"，理所当然在此之后接过地方单位递过来的信封。那信封里有红色的钞票，越厚越好，我需要这样的肯定。所以，这一次，我又出了门，吃过程岩佳精心为我准备的早餐，亲吻过她四十八岁的嘴唇之后，下了楼。

每一次作协会议，我都会听到他们——从作协主席到作协副主席、作协秘书长、副秘书长和一群作协成员——诉说在体制内幸运或不幸运的遭遇，随时流露出知足常乐不问世事装模作样的表情，或，做出一副正义的样子。我，一个三级作家，在通过职称考试之后，连着因为获得诗歌奖，升成了一级作家，由一个月一千多的喂猫薪水待遇到近乎一万的万元户待遇，在会议中，我是被猜忌的。然而，这算是诗歌的好时代，我又该有什么不知足？我该知足，因为，我得面对主席、副主席，他们负责众多的考核和审查，负责给我的作品上最后一道釉，推到人前去，或者，推到人背后去。在一种切实的关系哲学中,必须如此。在这个世界,人是不存在的,只有关系存在。我感激关系哲学。在二十世纪九十年代初我受不住诱惑跑到深圳当了个报社记者想着蒙头发大财的那几年,我们的市委宣传部,仍然保留了我的职位和名分,给我发一份象征性的薪水,而与我一样,那些投身于当地经商部门的同事,却并没有享受到这种待遇。应该感谢我们的市委领导,那个老头,眼睛就像猫头鹰一样深陷,他告诉别人:"他是不一样的,发展起来谁也挡不住,与其挡他的路遭他以后的恨,还不如今日就提供出路等着他以后的报答。"以至于多年之后,在我们市,还流传着我的传说。

作为一个农民的儿子,我甘之如饴地领受这些制约,客观上这也是一种成全。不过,我也深刻地感知到,从皮肤到血液都感知到,它造成了我内在现实的恐惧。我深切明白并且身体力行,无论在哪个时代哪个国度,都得超越普通人,都得有一技之长,自由都得有所约束。制度,是制约艺术家的外在规定,它并不能拉低艺术的水准,一定程度上,它体现了一种想象力。

走在路上,无可避免,我还在回味着临别一吻,对于卧室的亡灵献上我的亲吻,已经成了例行公事,而实际上我早就是一段爱情的守灵人,我内心清楚。程岩佳浑身干巴巴的,眼睛和嘴唇都是干涩的,哮喘带走了她身体里太多的水,她就像一只在干下去的湿核桃。我想起了吕青萡,她几乎要消失在空气里了,可是我还是经常想着她,毫不作为地想起她,恬不知耻地想起她。与吕青萡不一样,程岩佳喜欢穿灰色,那种偏于无性的压抑的色调一直为她赞扬,她喜欢无印良品的款式,喜欢那种无性色彩带来的激烈与张扬。真是这样吗? 我亦说不清。她是书色的,是妻,是庄重,家里的一切也随她书色的灵魂而展开,木质的家具,布做的窗帘,各种电视机套子,空调套子,卫生纸盒套子,甚至,她恨不得也给我缝制一个套子;而吕青萡不同,她喜欢一切明亮与艳丽,尤其是红白,那种粗犷的入侵的色彩，一直从上到下飘溢在她的全身。她喜欢无遮无拦，喜欢将一切扯开，重要的是，她不喜欢穿内衣，胸罩或者短裤。她说她不喜欢胸器，带着一种举重若轻的表情，勾引了我，对我说出这句话。到现在我还记得这些。还在两个人中间做着比较？不，我从来没有如此承认。

程岩佳的手仍然是细皮嫩肉的，她懂得涂抹绵羊油，便宜实惠，却妙处多多。她的手为我熟悉，包括那双手放在我手里的样子，像瘦弱的可以掐死的鸽子的颈子，我会保护她，会将温暖传递给她。这二十多年来，我一直这么做，即使在我出走的一百〇四天，我也最终踏上了回归之路，响应了她哮喘的号召，坐在她面前，接受她对我双手做成的绳索的捆绑，接受这来自古老坟墓的爱意。如果说婚姻是坟墓，我们将共享花圈和共受儿子的哭丧，对此我不应该有什么不满足。吕青葙的邮件和短信里一再说过："你死了我连个哭丧的墓地都没有。"那时候我很恨吕青葙，她诅咒了我的死亡，但是现在想到她说的确实是事实，我会和岩佳共享一个坟墓，像世间大多的夫妻，合葬。对于很多人来说，一生一世是多么浪漫的事情，一个坟墓表达了圆满。然而，我有时候又偷偷想，这到底算不算诅咒。婚礼里，我们祝福一对新人，总会说"天长地久"，天怎样长，人如何久，与一个人如此，难道不是诅咒？

除了回味这临别一吻，我还想到早上程子穿着睡衣，趿拉着鞋子走进客厅的样子。

现在不是寒假也不是暑假，才刚刚开学，他却从房间里出来。

"老爸，你好！"他声音沙哑地和我说话。自从进入大学，他越来越有成年人的样子，也已经过了变声期。

"这个点你在家？又不是星期天？"我问他。

他抓抓头发，那自从读了大学就留成刘胡兰式的头发，打着哈欠，一手捏了一颗圣女果，说："不去了。有演出，需要对省领导来学校视察表示欢迎，你们知道我是音乐协会的，被临时安排……"

"你要有档次，不要什么都演。"程岩佳说。像往常一样，她重质重量，对于我亦是这样的要求。有时我感觉我是她儿子而不是她丈夫，我是在与一个母亲进行性活动，我趴在她的身上，往往想到的是她说重质重量的表情，一本正经，不苟言笑。她是个缺乏幽默感的人，认真、刻板，却也因此透露出一种庄重和可爱。毕竟没有哪个丈夫希望领取老婆赠予的一顶顶绿帽子，而对于程岩佳，我不必担心这些。即使在我"出走"的那段时间，她也时时发短信来，说自己不是丈夫跟人跑了自己也跟人跑了的人。她说她的贞洁，我喜欢一个女人对我如此，这也是我对吕青菇不放心的一个原因。她现在不知道躺在谁的身下。一想到这一点，我心里还有浓烈的恨意，也许这跟雄性的占有欲有关，但未必不是一种爱意。说到爱，也令我心惊胆战，那样的日子，我真是不敢再过。

"倩倩也参加吗？"程岩佳问。

"什么问题？妈妈，你怎么老惦记着倩倩？"倩倩是程子的新女朋友。

"她好几天没有来了。"程岩佳说。

她很关心他们，她希望他们赶快结婚，虽然还只是大学，但是她希望如此，我知道。她说我是快要抱孙子的人了。夫妻同心，这些方面我们是一致的。我深刻地了解她的恐惧，她希望儿孙同堂，让我看到老之将至，而不是我跑出去，可能再生一个孩子，再做一次父亲。二胎政策放开后，身边人多是如此，妻子生育不了，做丈夫的就哄着外面的女人生，我一直遗憾没有个女儿，岩佳知道。岩佳的弟弟就如此，我的侄儿也如此。我的侄儿的三个不同母亲的女儿现在由我的哥哥嫂子养着，但是听说他最近又混上了一个女人，已经怀了一个男胎。岩佳原来工作的那个学校的闺密，也因为老公出轨，公公婆婆等着另一个女人生孙子，念初中的女儿得了甲亢，自己也气得住了几回精神病院。岩佳现在听不得抑郁症这样的词，一听就犯病。就因为这些，在漫长的夜晚，她无法呼吸，引发的心因性哮喘吗？

倩倩成了合谋，程子也不能惹他妈妈生气，否则，会有心因性哮喘。很快,用不了一分钟,她会痉挛,手抓心口倒在床头,倒在地上,倒在沙发上,倒在随意什么地方。那地方,可能有切菜刀,有面板,可能是高楼……我想都不敢想。必须有人守在她身边,这才是安全之法。这个人,最好是我。

又一次,我心底涌现出"守灵"这个词,我们在为一个没有死的人守灵,而我,是死亡的制造者。同时,我又是一个被爱情抛弃的守灵人,为我自己守灵。我的儿子埋怨我,他现在搬回家里住,几乎不怎么去学校。他对他母亲很担忧,因此才创作了《死亡标本》的剧本?我知道他是仿照一个西方话剧作家写的剧本,一对夫妻恩爱几年,然后一地鸡毛,女人在剧本里翻了天……他在替他的母亲呼号,我不是没有感觉。他们看着电视诅咒着《我的前半生》里的女人,那是一个香港的言情作家写在二十世纪八十年代的肥皂剧,现在被改编成了电视剧。程子和他妈妈看着,指责着出轨男人的无情。

我出门,从一节一节的楼梯往下走的时候,和儿子说过一句话:"别惹妈妈生气。"儿子怨怒地回嘴:"谁惹出的事还说不定。"

他尚处在怨怒期,母亲的发病耽误了他远行的计划,无论大假小假,他都渴望和他的同学们报团到国外去玩,到各个不同的国家。我尚供养得起,当然,他那些舅舅姨姨也不错,一个舅舅,飞行员;另一个舅舅,机械制造厂的领导;一个小姨,医院医生,从未结婚,对他疼爱更甚。他们都给他钱,让他尽情享受自己的青春。

他不满意国内歌舞升平的主旋律氛围,读的是影视戏剧专业,渴望以后做一个导演,拍那种忧伤的文艺片。也许,这一点受了我的影响,不过,他不同于我的地方,就在于喜欢一个国家又一个国家奔波,他说他需要积累经验。我和岩佳习惯待在我们的祖国,尤其是我,需要母语的照顾,我和汉语将永远绑在一起,和中国胃也永远绑在一起。我不喜欢出国,无论是移民还是旅游,对于中国以外的世界,我并没有多大兴致。我的儿子希程子则不然。对于他考上那样一所学校,他也是怨怨的,本来可以有更好的机会,去北京,去最好的影视学院,就是不能立即做导演,也可以和导演是校友,和名演员是同学,和……他怨恨我,程岩佳更怨恨我。在考试前的两个月,我们的相爱成了捕风,家庭和谐成了捕风。

程岩佳病了,程子不得不停下他的脚步,重要的是,我们在不断地花钱,他也已经看出。程岩佳太操心他了,操心他的恋爱,也操心他的事业。倩倩,也是一个合谋,来到我们家里,演绎家庭生活的美满,作为准儿媳,她已经被程岩佳纳入家庭成员的名单。可是,程子未必如此想。他不希望他母亲过多干涉他的恋爱,他认为这是他自己一个人的事情。

3

走在路上,我想起了我的前半生,想起了吕青葙出现之前的日子,和她出现之后的日子。我的生活以她为一个节点,断成了两片,我怎么串都串不起来。成功的只是表面,我知道,我的内在现实仍然在为此哀恸,我失去了那个人,我的主动令我悲伤,是我主动失去了,生命中的那部分,我偷来的天空。

我和程岩佳,曾经那么相爱。当然,大多婚姻有它不美满的地方。只是发生在自己头上,就不由自主觉得肯定什么地方出了错误。我和岩佳都是二十世纪六十年代出生的,我比她大两岁,上大学都是在八十年代。我俩结婚在九十年代初,程子出生在九十年代。我们的婚姻起始是物质贫困的,我送她一个台灯,她给我织了一条围巾,就如此了。那个年代流行"裸婚",尤其读了一点书的文化人,我们没有操办,就这样结婚了。为此,我的父亲很自豪,他鳏居多年,几个儿子,并没有多少积蓄,为我上学已经花了不少钱,并没有积蓄准备我的结婚。他对岩佳很满意,岩佳也一直认为自己是个为爱情结婚的人。

我和程岩佳,恋爱谈了不到半年,就结婚了,摸到了合法性生活的途径。有时我热情得昏了头，但这方面，她才是权威。也许就是从那时候开始，我们在婚姻的性关系里，结束了爱情的性关系，也结束了我们对爱情的冒险。

对于我们的婚后生活，程岩佳在二十五年前就想到了现在这一切，规划好了房间如何布置，如何养花种菜，喂猫喂狗，如何……那时候她已经有哮喘的过敏历史，对于猫要谨小慎微地接触。但是，她预言了今日的一切，向我吹出生命的万花筒，描摹我们的家居生活：我们要一起写作，迎接儿或女的到来（当时计划生育只允许一个），阴或晴的天气，阴天打打孩子（玩耍），雨天晒晒太阳。她描绘厨房和卧室窗帘的颜色，我们要养在书房墙壁上的爬山虎，以及，最好多养一些花，如仙人掌、吊兰、芦荟……还要有个花园，不接地气就接天气，养在楼顶野性，住在顶楼，就可以附赠一个楼顶花园，我们可以围栏种菜、种花，养乌龟和小金鱼。夜里，我累了，她会为我温酒；晨间，她会为我捧茶，我们面对面坐在客厅的桌子上，谈论白天的活动，谈论儿子或女儿（后来，我们如愿生了一个儿子，程岩佳希望他是我的复制品）。那时候，我听着她的话，感觉很幸福，我一次次叫着她在娘家的小名：花儿。我说我要有一个园子，养我的花儿。

我确定找对了知音，娶对了媳妇。她预言的那些美景，都一一兑现了，一丝不苟认认真真，都在岁月里兑现了。我老婆实现了她人生的愿景，我自己，也成了她愿景的一部分，非常精准，也或者推迟了一些时间，但是我们实现了这一切。也或者可以这样说，我协助我老婆，实现了她的梦想，在规划里，我是她程序设计的一个主要部分，我们成了一对理想的模范夫妻。

不得不说，岩佳的教养是好的，她的兄弟和妹妹如同她一样，都享受了精心的家教。在平日的言谈中，她很少有什么污言秽语，对于乡下那种不断问候生殖器骂人的话语，她一直有种生理上的本能厌恶。因此，对于吕青葙与我的"通奸"，她第一看法就是"这女孩没家教，不检点"。她一直觉得我是受了年轻女孩的诱惑，只不过，吕青葙更聪明一些，以致后来我甚至献上了自己的一条腿。她觉得来自乡下的吕青葙是长于美色的、脏的，不是个好女孩。

岩佳经常遗憾，我们后来怎么变成那样，她怨恨我有了吕青葙，但也从自身检讨。她也知道，我们结婚之后，我也是郑重地担负起一家之主的义务的，并没有其他过分的表现。

我不是没有愧疚，直到后来我也和她一样变得悲伤，就像通常都会发生的那样，出轨的丈夫无数次觉得对善良的妻子做出这事不公平，仿佛自己的品性质地变差了。我常常思考这些事情，却只能发现，事情的脉络都清晰而可理解，虽然对岩佳是残酷甚至可笑的。我和很多男人的生活一样，命运就是如此捉弄人。在吕青葙之前，我们夫妻二人在必要时，总能够紧紧相依，互相理解地拥抱对方，能够彼此欣赏，彼此抚慰，和谐生活。我们一起迎来了儿子的出生，面临了我辞去第一份工作的困境，她借娘家的钱帮我们付了房子的首付，我们一起埋葬了我的父亲，以及面对不小心怀孕而因为计划生育以及我们养不起不得不流产的那个孩子的最终消失……我人生重大的事情，几乎都是和程岩佳度过的，我整个的青年壮年时期。为什么忽然之间，我走开了呢？我们这对模范夫妻，曾经是多少人的榜样。当我们内心有点阴郁的时候，我们所能做的就更多了，因为我们会很快就感觉到对方的心绪，并且想出开解之法。我们能够从声响、话语以及表情里感受到对方，就是一声不响，我们也知道我们是一体的，充满意义的一对，我们心意相通，共同塑造彼此的心灵，一起面对悲痛的事情。那么为什么呢？我后来想离开。

在年轻的时候我曾经吃过太多苦头，受到很多伤害和羞辱，是岩佳给了我作为人尤其是男人的尊严，让我在婚姻里感觉还算良好。我对岩佳不能不说是感激的，但我越是对她抱有感激，我的那种焦虑和抵触越是不断升级，好像我们之间处于一种熟悉又陌生的环境。有时候，感觉就像在极地进行艰难的喘息，不能不用这样的比喻。我信任她又并不信她，很多次我会想象托尔斯泰晚年离家出走是为什么？我相信很多男人会想的。

我们确实曾经很爱，圈子里，早就有我们的传说，如同明星新闻一样，被到处转载。其中以岩佳自述以及旁人采访记录居多，还有一些视频做着明证。以下撷取两则。

一则：一见钟情的恋爱（记者）

二十世纪九十年代，作家希腊第一次在教师办公室看见后来成为自己妻子的程岩佳时，就被这个女子明湖一样的眼睛震住了。那时候，他在一所学校里做着教师，她去那所学校报到。经了解之后，才知道是师兄妹，于是，就以这层关系，常来常往了。其实在此之前，两人都是文学青年，在学校的文学社团都小有名气，互相了解过了，只是没有见过面。甚至，在希腊毕业走了之后，岩佳还做了校文学杂志《百叶园》的编辑。因此，第一次见面，希腊对程岩佳，就有一种"这个妹妹我见过"的感觉。

由于热爱写作，两个人越走越近，很快谈起了恋爱。甜蜜的日子过得很快，一晃，就到了他们的儿子上幼儿园的年龄。但当时是二十世纪九十年代末，下海的下海，经商的经商，希腊也寻找着出路，由教师岗位跳到了宣传部。不过不久，由于大环境影响，人人都去北上广发财，希腊也觉得在体制内待着没意思，就去了广州，当过记者，也做过编辑，当然更主要是做买卖，接着又到了北京，写了两年剧本。最后，眼见了宦海里人心浮动，于是夫妻合计，利用手中的钱在蓉岛买了房子，重新回到写作生活，实现年轻时代的作家梦。

作家的日子是很苦的，但希腊一直坚持着，因为他总也忘不掉身后程岩佳坚定的目光。李安总是感动地说自己导演之路的成功归功于妻子，希腊也把自己写作的成功归功于身后站着的这名伟大的富于牺牲精神的女性——他的妻子程岩佳，是她鼓励他坚持自己年轻时的梦想，是她辞掉了体制内安稳的工作，来到蓉岛，为他洗衣做饭，为他照顾好他们的儿子，靠着微薄的稿费省吃俭用，鼓励他的创作。

结婚这么多年，希腊最幸福的事情，还是他在书房写作，听见程岩佳在厨房做饭，来来回回地走，他觉得那声音最浪漫，而她的样子，则是他心中最美的风景。

一则：跟在丈夫后面的女人（程岩佳）

我是个跟在丈夫后面的女人，我喜欢这样的生活。如果问他对我说过最甜蜜的情话，我觉得是：不管前面是什么，跟在我后面走就是，有什么好怕的。

我们在一起二十多年了，走过了风也走过了雨。日子算长不算短。我认识希腊的时候，希腊还没有在任何一家大型刊物上发过作品，现在他已经写出了很多自己满意的作品，也获得了一些大奖，还收获了许多粉丝。

二十五年，日日是好日，日日如一日。一年中的大多日子，我们过着程式化的生活，上午茶加下午茶，希腊比我多加几支烟，中间是一日三餐，再就是读书和采风，以及散步健身。当然，一年中有很多次，希腊要回老家接地气，为写作。他觉得他也需要福克纳那一枚文学邮票，因此他喜欢回到秦岭山脉和大巴山山脉去写作，我自然是支持的，也喜欢乡下的自然。于是，我们一起带了猫咪回去。当然，在儿子读书的时候，他一个人回去。

我们过着你挑水来我浇园子的生活，对孩子的培养也是。他有他的忧郁，我们也有我们的欢喜。经常，他喊我去高楼上看星星、看云朵、看飞机。我们的家在飞机场附近一幢七层的居民楼上，住顶层最好的一点，就是免费赠送一楼顶。我们种花种树又种菜，丝瓜黄瓜满架子，立夏就会有蔷薇，还有一棵小石榴树，花开结籽，我们都不舍得吃，往往留给了高飞的鸟。

　　⋯⋯⋯⋯⋯

　　关于这样的记事，网络一搜一堆，都在用字迹和音像的方式证明，我们是一对理想夫妻。这些都像是确凿的证据，堆积如山，摆在那里。

　　对于那些操持文字或操持色彩、歌喉等的艺术家来说，什么是理想夫妻呢？没有人可以描述，即使商量好一起死掉的傅雷和朱梅馥夫妻，也很难描述出一个基调。在电视里，总是有这样的作家被描述为夫妻恩爱，丈夫如何有才，妻子如何贤惠，两个人如何难舍难分，爱情最终开枝散叶，开花结果，理想伴侣升级，合体制造了爱的结晶。对，人们将精子和卵子结合产生的东西称为"结晶"。我们每个人都是"结晶"，透明，闪闪发光的一团黏状物，一对男女性交过后的确切证物，几十年几百年都无法更改。

　　程岩佳为我准备好饭菜，从早饭到晚饭，我们养儿、养猫，当猫为我们的女儿，我们养花、养草，当花草为我们的侍女。我们是模范夫妻，公认的，即使再忙碌的时候（哪有什么忙碌，只是应酬），我都会给程岩佳打电话，告诉她不回去吃晚饭了，或者不回去吃午饭了。认识吕青葙那段时间就是这样的。在中国，一切交往都是从饭桌开始的，包括心怀鬼胎的交往。难道不是吗？

　　我们读书，我们喝酒，我们讨论作品，我们商量计划，我们调整对儿子的教育观念，我们一起看电视节目。程岩佳尤其喜欢与我一起，看她不喜欢看的足球赛，美其名曰，夫妻要有共同节目，要有真挚感情，要相互陪伴，培养共同爱好。

　　我们的婚姻就如采访报道里描绘的那样——很好，但是，应该补充一点，按照人们的想象，我们应该从不吵架，几乎不高声说话，更不厮打，不像后来我与吕青葙总是打来打去，我们不互相扇对方耳光，那是我只有面对吕青葙才做的事情,那不是夫妻生活的常态。

没有人知道。我们吵架时默不作声,即使后来出现了吕青葙,我们也是以这种可耻的沉默来解决问题的,如同恶劣的天气,我坐在室内,半夜,触摸她。岩佳像一条蛇一样,沮丧,嘴唇发紫,喘不上气来……她的母亲会坐在房间的沙发上,或者床上,她的父亲也是,小妹妹常常来。他们的指责不动声色,和她一样保持了一种守丧的表情,指责我。

我屈从于这种沉默的关系,在沉默里去体验自己的背叛以及难堪,甚至因为这难堪而回荡起的放肆的求欢。

她的家人和她一直都在维持我们理想夫妻的样子,没有人开口问责。我们是理想化了的一对,毕竟我们活在电视的新闻采访里,活在报纸的头条上,活在夫妻都是作家的声名里,活在……我早就深谙这种假象的贫乏,但是我从来没有去承认。

有一个温柔贤惠的妻子,重要的是她还爱我,我们有一个走向成年走向三十的儿子。我能大胆到什么程度呢?用程岩佳的话说:在旧社会,你已经是当爷爷的人了。

报纸里大幅报道文联主席被撤职的事, 与此同时被严查的还有他的妻子。花边新闻也是有的,网络上这方面的消息已经铺天盖地。"两学一做"一来,一切都严格了,人们的道德水准在提升,尤其是体制内人们的道德水准在提升。

客厅里放着勃拉姆斯的音乐,那天下午,我在浏览网络新闻,儿子抱来的门卫收发室的报纸搁在沙发上。

"哈呀,哈呀。"

我像往常一样,声音高亢,企图让程岩佳听到,我在场的,身体和精神都在场,并没有思念谁。她在卧室的床上坐着,穿着牛仔裤,惯常穿的那件白布衫子,那样素朴的打扮已经引不起我的兴趣,她就像一面在消失的白墙。

"爸,"程子说,"这首曲子如何?"儿子的钢琴过了八级,从小学习声乐,获得过省里钢琴比赛奖。往往,在音乐方面,他自认为比我们有发言权。但我还是喜欢乡村音乐多一些,尤其北爱尔兰和俄罗斯乡村音乐。

"爸,你来听听。"儿子说,他想获得我的认可。

我含糊地答应:"好。但老是听一曲循环,你不烦吗?"

"行了,你烦你不要听,你喜欢的东西总让人想死。"程岩佳插话说。我求助一样看看儿子,但是他什么都没有说,一副你自找的表情。不知道什么时候起,儿子站在了岩佳的一边,来反对我。他在愤怒我给这个家庭带来的灾难吗?

程岩佳如此说,显示出对我的不理解,让我对此束手无策,她在以后的日子里更是变本加厉。我很理解她的痛苦,那是爱情和自尊之间的战争。她已经不再担心我离开她,在成功通过邮箱和手机拉黑吕青葙的联系方式之后,她就已经在另一个女人心里种下了仇恨的种子。吕青葙对我说:"从你拉黑我之后,我就练习了你的死亡,而你,现在作为一个亡灵活在我心上。请你以后好自为之,不要伙着你的死亡病体来网上和现实里污染我。祝你们永世共享花圈与坟墓,活成一对连体婴儿。"我不是没有痛苦,但话已至此……当我从拉黑的短信里看到这些句子,我也曾经颤抖不已。爱情怎么可以这样?

程岩佳忧心忡忡又斗志满满,她想恢复我们之间的"模范生活",也想像以前一样把我约束在正规之内。她承认过自己筋疲力尽,但是依然相信自己的力量——她的哮喘出卖了这一切。

4

夜里,我告诉程岩佳我要回老家一段时间,出席县城一个文化活动,顺便去给我父亲烧纸，我说第二日再和程子商量。程岩佳似乎要跟着去，但并没有明确表示。儿子喜欢到外面吃饭，给钱就是。他的导演梦没有破灭，但明显遭受了挫折，研究生没有考上，准备再来一年。在程岩佳心里，儿子第一，我第二，也许她想留下来安慰他。

这座城市总是阴雨绵绵，而与吕青菏最亲近的那段日子，则是疾风骤雨，雨也让我无力。初与吕青菏决裂的日子，我陷入一种城池稳固的兴奋之中，觉得中年人要有中年人的样子，毕竟，我的家庭重要。但时间过得越久，我似乎才越来越强烈地感觉到失去了什么。我走进书房站在窗前，静静地听着外面的风雨声，回想过去的事情，以致岩佳站在我面前许久我也不知道。她突然加重了声音，问我："你在想什么？"我装作身体不舒服的样子，说乡下冷，在想要不要多带件厚衣服。她出去了。

我坐下来装模作样地打开电脑，一个 word 文件又一个 word 文件浏览我写下的一切。坐得时间越久，越觉得心里悲伤，仿佛这个家没什么可以留住我的。我闷闷不乐地坐在电脑前，想摆脱这突然袭来的无力之感。儿子是我的儿子，妻子是我的妻子，房子是我的房子，一切都是我建立的。我打开音乐听常常听的那些歌曲，想唤回以前的感受。

岩佳与我度过了最贫困的岁月，但是，一些事情她永远不知道，也不问，她知道如何维护我的自尊。小时候，岩佳家也很穷，活到成年的姐弟共四人，全靠她父亲在铁道上的工作得以养大成人。不过她的穷困是工薪阶层的，和农民不一样。我的贫困属于天生的贫困，是农民，是穷人的那种贫困潦倒。也许后来我遇上和我差不多一样出身的吕青菏，迫不及待地相爱，并不是因为我们之间真正相爱，而是，我们是被生活划分为一类的人。最简单不过，我能理解吕青菏来自生活的窘迫和尴尬，但我不能理解岩佳这种"圣洁的光"。婚姻的一方永远是优越的，自然就会出现隔阂，家庭里其实也存在阶层斗争。我来自赤贫的农民家庭，而岩佳算是温饱可济的工薪层，每当她说"在我们家"或"我们小时候"，我都感觉是在揭开我身上的一层疤。她有可供回忆的童年，我呢？我当然承认我岳父的辛苦，不需要家庭背景，他靠自己的努力，成了一名铁路工人，养活了一家六口。然而，一个铁路工人的女儿与一名乞丐的儿子之间的爱情，依然让我惶恐。

我爷爷以前是乞丐，很早就死了；我爸爸几岁时就成了孤儿，又一代乞丐，不得不说，我的舅舅到死也是乞丐，我父母的联姻，可以说是丐帮家族的婚姻。我父亲娶了我母亲，生了一堆孩子，然后他拼命供养我读书……我母亲很早就去世了。他们生的孩子养在我们家的有七个，大哥二哥小弟，大姐二姐三姐，加我。实际还有两个，一个弟弟一个妹妹，这是我知道的，我不知道的也许还有。因为我母亲的家族有生双胞胎的基因，我那一个被送走的弟弟，就和我的小弟是双胞胎。也许天涯处处，和我是一对的双胞胎姊妹或兄弟也被送走。一想到这点，我总有被分裂的悲伤。

我工作之后，不断往家里寄钱，结婚之后，也是如此，直到弟弟娶亲，父亲去世……直到现在，岩佳还经常给我的弟弟寄钱。他们在土地上的收成实在太少了。送出去的和家里弟弟是双胞胎的那个弟弟，现在还下落不明，不知死活；送出去的妹子在长大成人之后被父亲认了回来。有一段时间，我很想去找送出去的弟弟；父亲也曾经找过他，但没有找着。我只记得他几岁的样子，大概四五岁。我一次次问过我父亲。我唤他为爹，我说："爹你告诉我，和我一起出生的有没有姐姐或弟弟，也要么是哥哥或妹妹，我的出生是不是双胞胎的出生？"我的父亲只是哭，贫穷让他没有办法。但是他生活在人多力量大的年代，多生多育多子多福，他实在是乞讨怕了，一个人打狗不是办法，至少生一大堆儿女出来，乞讨也好有个帮手，打狗也好有个照应。

大学时期，我父亲东挪西借地负担我的学费，甚至还把我过继给我的伯父，只为了人家可以培养我。我是一个乞丐的儿子，要过继给有钱的叔伯家做儿子去，只因为人家看中了我。我的伯父与父亲是同宗，和父亲一个祖母。对那段时间，我印象很深。我的伯父没有儿子，每年回到老家，我得去他家过年……伯父让我接受教育，继续读完了大学，他的钱，缓解了父亲经济状况的紧张。但是他根本容不下父亲，他不喜欢父亲身上的贫穷，他也不喜欢我过年回家给父亲带一些城市里的东西，比如红糖、水果。我想他是为了自己名义上有个儿子，才给我钱上大学。他有女儿，五个，一群外孙，他并不是多么喜欢孩子，只是因为需要个儿子。他寄钱给我，却也只是每月一次，绝不多给，也绝对不会一次性给足半个学期。他给我的钱都是零头，最大十元，大多是一元，偶尔也有五元，这样凑起来。绝对不会太多，数量很少，勉强够一个月的消费。那时候还是一九八八、一九八九年，国家经济也算开始快速发展，他因为嫁出去五个女儿，过的日子在村子里数一数二。但是他给我的钱，仅能使我不至于被饿死。也许他害怕给我的钱被我给了父亲，或是我其他的兄弟。他不希望外人来花他的钱，虽然他过继我为他的儿子。

我的父亲种着他的地，伯父和伯母在县城里做着小生意，日子算是富裕。但是他总是防着我拿了钱给父亲，也防着我拿了东西给父亲。甚至每当我离开他家的时候他们都要偷偷检查我的书包，至少伯母如此做时，我就碰见了两回。她说是为我准备干粮，看我的军用挎包大不大，于是就打开了我的书包……那时候我就知道，我只是别人用来烧香磕头埋人的儿子，我并不是个主子。我的父亲那么可怜，却畏惧他的哥哥，我们的见面也成了偷偷摸摸。大学四年，我也只见过他两回。他那么可怜，眼神里却泛着光，那也是因为我有出息了。他不怕，也不担心，反正儿子是自己的，他做乞丐惯了，从小不是给这家做三年儿子，就是给那一家做五年儿子，他就是这样长起来的，他现在要我也这样。不是快成年了将子女送出去，就是在襁褓里送出去，反正都是希望他们活下来的，希望他们在别人家里活得更好，他要他的儿女是蒲公英的种子，飘满全世界。他觉得这一切再自然不过，没有什么可羞愧的，即使伯父羞辱他，从他所有儿子里选出最好的带走，不允许他们随意见面，他也不觉得羞愧。

我不理解,我无法接受,但我配合着他的这一做法。时过境迁,我才逐渐解开了那时候的疑惑。

　　伯父盼着我过年回家,这样他就可以领着我回到老家的村庄到处炫耀。他让我跟着他去拜访他舅舅家那些亲戚,拜访伯母家那些亲戚,同时,拜访族里那些亲戚,以及村子里的那些闲人。他们让我说几句英语,或用英语唱一支曲子给他们,问我在大学里学到了什么,以后会成为个教师吗?他们已经知道,我是要吃公家饭的,他们把公家饭说成"皇粮"。他们讨好伯父,说伯父有福了,现在立功积德,以后到了祖宗面前也是荣耀的,因为是他给老希家培养了人才,是他让我这个村庄里第一个考上大学的学生一路读下来。供书念字,祖上是有好风水的……我就像他牵着的一头蒙了眼的驴子,周旋在他的世界。他觉得我应该感激他,如同我的父亲那样感激他。那几年,即使是回到村庄,我也是和伯父伯母他们住在一起,而不是和弟弟挤在那张拥挤的单人床上。伯母笑话我家的贫穷,意思是我再也不用过那样的日子了。她一边给我打扫干净的床,一边说着我父亲养大了那几个儿子不容易,那时候大哥已经娶亲,分了家,二哥正在谈对象,小弟辍学在家,四处溜达……我是伯父驯养的驴子,拴着鼻环的牛,我在他们家里过着衣食不愁的生活。

　　直到现在,直到吕青萡出现,直到我们相爱,我才知道那时候这样做在我心底扼杀了什么,一次次假期过年回家的探望毁灭了我的什么。我的伯父在我心底积累了太多的愤怒和耻辱,但我却不得不含笑感激。知识有什么用吗?为了获得知识,我去给不是父亲的伯父做了儿子,我成了他牵着鼻环的人兽。自尊的遮羞布是在获得知识之后才重新修补完好,而不是一直就有。但是,即使是现在,说出这些也是艰难的,我不能去谴责社会,也不能谴责父亲,更不应该谴责伯父。通过父亲送出去我做了伯父的儿子,通过伯父的供养我上了大学,做了教师,然后进入了宣传部,有了平台,当了记者,之后又下了海,积攒了点财富,接着穿了华服,在城里买了房子，做了有点名气的作家，出席在人民大会堂举办的"作代会"，受着国家重要领导的接见……我灵魂的羞愧之气一直存在，当我步入装修精美豪华大气可以容纳那么多人的人民大会堂，我甚至不敢和服务员对视，我脑海里浮现的是父亲的脸，我一直战战兢兢不敢接受他们的服务。有人请我去洗脚，有人请我接受全身按摩，有人请我去……我无法忍受"他们的手"在我身上碰来碰去，不敢看见他们的眼。即使我装模作样去了很多次，理所当然觉得"功成名就"就要把各种生活都体验一下，毕竟我是个"作家"，然而我的内心一直生着病，我自始至终都明白。

程岩佳一直没有意识到这些问题。他们家的经济状况也确实紧张，但她的父母不会把儿女送出去给人家做儿女，他们也不会衣不蔽体食无余粮忍饥挨饿，她能心安理得地享受我们结婚时候的贫穷，也可以心安理得在买房子的时候问兄弟姐妹和父母要钱，更可以心安理得地在我们有钱的时候请家政公司或乡下的穷亲戚来给我们打扫卫生，她可以理直气壮地把好几年不穿的衣服寄给我乡下的弟媳……她不知道，这一切都令我难堪和脸红，她不知道我的羞愧。她生活在一个父慈母爱的家庭，她不会认为去从事服务型工作和去给人做儿女是一样的感觉，她知道的是人应该工作，工作应该有酬劳。也许，在她那里，给人去做儿女也可以算是工作……

我一直受不了这些，但是和那些通过努力终于进入"人五人六"行列的人一模一样，我装得很好，甚至已经习惯。还能怎样呢？必须如此才可以。

那一年，我父亲去世了，农历七月，我回去给他下葬。村庄里的人用"讨吃子"表示乞丐，即使父亲的乞讨生涯已经过去了一个甲子。那光荣的"职业"，仍然在抬棺时被村子里的小孩说出，"讨吃子的葬礼真是红火。"哥哥和弟弟，以及我，我们的姐姐们，送出去嫁人之后才被父亲认回来的妹妹，我们没有一个想把父亲的葬礼办成乞丐的葬礼，但包括母亲那边久不来往的舅舅家的老人们来了,说起来,也是:"这是老希家那个在省城当作家的儿子吧,他爹乞讨了一辈子,也是个可怜人。"程岩佳和我儿子就站在我身边,他们和我一样,披麻戴孝,准备送我父亲上山,我们接受着别人这样的观察和盘点。

下葬吧,就像他活着的前几十年一样,穷困潦倒,把他放进村庄木匠做的已经刷过油漆的棺材里,送到村庄对面的那座山上。就如此吧。尽管每一分每一秒都是煎熬,尽管可能程岩佳也受不了葬礼上那些想说什么说什么的亲戚,尽管希程子一直在城里长大,弹着钢琴,喝着红酒,做着导演的梦,但是他的乡村不是他拍摄的纪录片里诗意的乡村,是乞丐的乡村。他应该尝试着去理解这种遗传。

现在我终于明白自己为什么有很多次想过与吕青葙一起生活,放弃现在这一切了,那是我毫无意识的一种放纵行为,是一种想看如果我不去迁就任何人包括我自己包括我的妻子儿子和父亲会是如何的行为。当我父亲将我过继给我的伯父,也许这一切就种下了,也或者我六岁的时候母亲去世这一切就种下了。她的死不是我愿意的,与吕青葙一样,我只是在做我愿意的想孤注一掷的事情,想对生活一探究竟。程岩佳将这一切忍了下来,就如在我父亲葬礼上别人指出这是一个乞丐的红火葬礼一样,她将这一切忍下来,似乎与己无涉。吕青葙的一切,她也"包容"了,两个平行世界并存着,她知道我曾经想放弃他们娘儿俩。程岩佳看着我的眼睛,一字一顿说着:"好不容易什么都有了,你开始闹。"和我父亲的口吻一模一样,我父亲在我辞掉宣传部工作的时候,也是这句话:"好不容易什么都有了。"可是真的是什么都有了吗?这一切其实早就显现了。程岩佳喜欢现在的一切,我指的是我们买了房子,然后我们过上了安定的生活,我一年又一年的成功,尤其是近十年来,从2006年开始,我们一路上坡,坐的却是顺风车。

我认识程岩佳的时候正意气风发,进入教师队伍不久的事情,对她的渴求是一种性的渴求也是人到二十五六要结婚的渴求，一种权利与义务的双向结合，当然也关乎物质……

我后来并没有从我出了车祸而死掉的伯父母那里得到任何遗产，但是在他的五个女儿即我的堂姐妹的帮助下，我以儿子的名义和她们一起安葬了他们。从那之后我理直气壮地回到了自己父亲的家里，不再躲躲闪闪，不再每年既带着岩佳去拜访伯父伯母，又在住了一两天后才敢到我父亲的房子里去坐坐。我伯父活着的时候，每年，我只有过年的时候才敢去父亲那里坐一坐，父亲也不敢来看我。除了让我给我弟弟钱生活外，他不希望打破和伯父说好的规矩。他骂骂咧咧，拒绝"回收"我这个儿子，他说人不能忘本。

后来，伯父母出了车祸死掉了，我才重新回到我兄弟姐妹的族群。《汉语大字典》，"群，三个以上的兽畜相聚而成的集体。"我需要这种牲畜年代同甘共苦的温柔。也许是我的一种内在的诅咒？伯父母才死掉了。我一次次想。我肯定没有明确的诅咒过，但我一定有过那样的想法，也许只有他们死掉，我才不必每年过年时受读书时代就受的这种尴尬，不必继续给别人做儿子。那时候我早就不怕我的伯父了，但是我的父亲仍然活在他的诺言里，也或者，仍然选择活在他的耻辱里。他的眼泪让我去做着他希望我做的事情，履行着他让我认别人做父亲的诺言，这从客观上表明了他的骨气。然而，这同样不妨碍伯父死掉之后，我父亲贪婪地从他在农村的旧房子里搜刮一些废铜烂铁。伯父那些嫁出去的女儿对这些不感兴趣，父母双双死掉之后她们除了上坟烧纸一般不会来这充满不吉的村庄。她们对村子里的房子和那些破铜烂铁不感兴趣，她们只对城里的房子感兴趣。我父亲整理了我伯父的院落，屋子外的木柴和屋子里的旧衣服，他有时会为发现一件合身的衣服显示出满脸的喜悦……还有其他模样，我简直不想说出。

我不知道，无法理解这些，那时候我已经是市宣传部的副部长，对于父亲的吃穿可以全面供养，但他对我一无所求，他喜欢这些不需要付出代价的、轻易可以获得的、带着某些屈从和耻辱的东西。

只要有了体制的体面和安全感，或者世俗的成功，对于一些人来说，"贫寒"就成了一种品质，一种闪光的体验。但是，当我列出这些我可以列出的，对于那些我永世都觉得无法说出口的细节，我还是感受到了贫穷尖锐的寒芒以及它的那种腐蚀一切的酸臭气，那种肮脏，让人呕吐和不适。

这些年，我的称呼和头衔不断在变，先是教师，接着主任，再接着宣传部副部长，然后辞职下海，一度是老板，最后回到岸上，成为作家，紧接着成为作协副主席，各种签约作家，首席编辑……当中央电视台以采访艺术家的名义采访到我父亲的时候，他终于意识到了儿子的成功，但他仍然谦让了，说我是伯父的儿子……内心里，我只是父亲的儿子呀，只是乞丐父亲的儿子。我看着或者听着电台里父亲的叙述，把他对我的期待和满意通过采访人告诉我，我是那么悲伤。我那封锁的心又封锁了一层，我的父亲是我的圣地，是我的福祉，我既希望别人看到他又不希望有人找到他。在记者面前，在长枪短炮的摄像头面前，在那堆闯入的人面前，我的父亲又一次退回到他极度贫穷不喜欢名誉不喜欢面子只要可以活下来只要可以靠屈从获得一种安全的动物本性里。小农的谨慎让他对记者并没有多说什么。他什么都不信任，什么都不信仰，他也许到死都在为他的儿子们担心，尤其是为我担心，认为我不该挑战这个社会，不该选择纸本生活，认为我应该活在宣传部或者教师的体制内，活在那种他认为的"铁饭碗"和"皇粮"里。他不相信生活除了他切身体验的挨饿和耻辱还有贫穷外，还有什么是靠得住的。这种基因隐隐地传给了我？陌生人无法闯进那个暗室。所以，当吕青葙在人群里将一巴掌扇向我的时候，我想起了这些，我似乎理解了父亲何以如此。面对吕青葙的那一巴掌，我也是选择了屈从，这屈从里不能不说带着一份基因遗传的愉悦，我后来那么深地爱上了她，爱得不可自拔，甚至要离妻弃子。但那时候，父亲已经去世了。屈从是我父亲的生存法则，到死，即便对自己的儿女，他也是如此。他不跟着我到省城去生活，他说他住不惯楼房，他说村里的空气清新，站在高处，春夏秋冬开什么花落什么果都可以闻得出，他说他需要这样看得见摸得着的生活，只有这样才踏实。我父亲至死都没有从命运为他安排的这条村庄小径里走出来。对他来说，一切新鲜都是不确定的，他的生活经验告诉他，屈从和放弃、贫穷并且安分守己，才可以赢得最后的安全……他相信这一切，并且付诸实践。

那些年，我并不想回家。作为既不是最大也不是最小的孩子，我在家里找不到自己的存在感，学校是一种逃避，尤其把我过继给伯父之后，我根本没有了想家的念头。在住校生里，很多人和我一样，觉得过年回家是一个沉重的负担。暑假还可以找理由，因为要做家教，要社会实践，要兼职赚取生活费。但春节不同，人们需要不约而同回到家的地方，看起来欢天喜地蹦蹦跳跳，好像家才是天堂。对于一些学生来说当然是如此。我是一个没有多少家庭归属感的学生，更谈不上对家庭的向往，但是偶尔也会觉得家里柔软。然而，家庭的氛围，母亲在我童年时因为干重体力活生下双胞胎弟弟不久就死去，那种恐惧和担忧一直在我身上徘徊，我怕其他家人也死掉，想都不敢想。大哥和二哥相继娶妻，然后我被过继给大伯，只有小弟出现在父亲的饭桌上。

那些过年回家回来的学生身上有一些乐观温暖的东西，麻酥酥香飘飘的，尤其是女孩子，家庭的温暖给了她们这种安逸。程岩佳身上就有这个能力，软酥酥的，一种母亲的威力，看见她的第一眼我就喜欢上了她的沉静。后来，生育之后，更是体现出一种母性，她弥补了我在家庭方面的缺失感。也许，我就是在她的身上找到了一种节日后从家里返校的孩子们身上那种暖酥酥的感觉，才开始了与她的恋情。即使是在产房生孩子，岩佳也体现出了一种母性的刚强。我不喜欢初生的孩子，甚至害怕到拒绝从医生手上接过来，但岩佳接受了那时候的我。她后来一次次笑着说："你爸爸那时候被吓坏了。"——她就是这样对程子说的。

我曾经努力想把父亲带到省城,在我买了房子之后,程岩佳也极力配合过我这份孝心。我一直认为这是父亲不想给我添麻烦,不想活在儿媳妇的制度下。我不知道这是一个人的宿命,至少那时候不知道。任何人都帮助不了他,那是他的信仰,他需要那样的悲伤和绝望,需要在土地里寻找生活。谁也帮助不了呀,作为儿子的我也不能,土地是他的兴趣所在,即使他已头发花白,即使他脸上一直挂着惊恐和悲伤,但土地是一切美好和意义,是永不放弃。紧紧扒住土地,像一头兽物,伤痛如同一个个奖牌,如同小时候在树丛里玩耍留在脸上的疤痕。疼痛才是终极信仰。

这是我父亲的故事。

我想回到他的坟墓前。我是一个乞丐的儿子,一个茧族人的儿子,我活在我父亲给我的基因里,活在一个乞丐的壳里,我信仰悲歌,并没有破茧而出,并没有化蛹为蝶,在内心现实里,我仍然是一个厚厚的茧虫,一辈子过不去这些坎。

关于这些程岩佳是不知道的。她无法感同身受,尽管她爱我。

我想起我在那个村庄的岁月,停电时使用煤油灯,在昏黄烛光下写字,在山坡上割猪草、放牛、捡柴火和烤红薯,想起将学校发在每个学生碗里的红烧肉用塑料包了带回家给父亲品尝,想起上了大学到工作好几年我不再是父亲儿子而是大伯儿子的那好多年时光。我写下过一些高不成低不就的乡村文学作品,写下过一些掩饰我面容的嬉皮笑脸的媚雅文字,在一场恋情彻底奏出我人生下半场的哀歌之后,我想回到我人生上半场的出发地。

5

程岩佳从来不知道我童年生活的细节,我的这一切社会背景。对于她来说，我只是个农民的儿子，我认识她的时候，已经是个教师，这就够了。在她这里我的以前似乎一笔勾销，她感兴趣的是她认识之后的我，勇敢，雄心勃勃。她什么都不知道，即使我写下来，她也觉得那是一种文学表达，她喜欢这种过滤，似乎这才是最有价值的东西。她的性格随和，因为从小有哮喘病，她一直喜欢听佛经，对任何事都表现出一种专注的表情，但事实则未必，她只是不放在心上。

我们共同的生活，这十多年，就是阅读和书写，互相给对方提建议，她给我的文章做修改，有时甚至代笔写一些社交吹捧文章。鉴于我日渐有名，社会上一些新冒出来的人需要老手拉携，那些文字我都交给程岩佳来写，她对此乐此不疲。甚至，她还给与我有过暧昧的一个江南女作家写过评论，以她的名义写了一篇，又以我的名义写了一篇，她让我要求女作家找刊物同时发表，事情如她所愿，她倒也没有说人家坏话。后来，那个女作家又出了一本书《北极不近，南极不远》，又让我来写评论，岩佳又一次代笔。我们夫妻近乎将这种合作看成是雅趣，她喜欢这种参与感，甚至拿着我的手机给那个女作家发短信。她要像《浮生六记》的芸娘靠拢，她说让我不要做沈三白就是了，命薄，做梁实秋就不错，我们要做梁实秋那样的一对夫妻，即使还有后来人，但是我们毕竟一辈子了。她和我都知道，梁实秋说过，芸娘是中国男人的理想夫人。她一直怀着愉悦天真的愿望，要做个好妻子、好母亲，她一直是这样微笑愉悦地接纳我的，甚至吕青葙"事件"之后，我们又很快回到了这样的日常。只要我不离开她，就一切都还是好的。

我与吕青葙是四月开始的，一个春天，我与岩佳也是四月开始的，一切爱情的重生，似乎都是在四月。毕业工作，岩佳分到那所学校，正式工作是八月底，而试讲在四月就进行过了，四月我做了她的面试官。我们很快就进入耳鬓厮磨时期，甚至让我忘记了大学时期的初恋，一个喜欢电影的女孩。她父亲在电影制片厂工作，我是从她那里知道了很多电影。大学，我的黄金时代，一切向我涌过来。像十多年前一样，2006年开始，我人生就如大学时一样，一切又向我涌过来，以致后来吕青葙的出现，岩佳说我："一切都有了，所以把持不住了？"但是，确实是，经历了高中那么久的蛰伏，我突然就考上了大学；经历了下海和辞职写作，我突然就写作进阶了，仿佛一夜之间就变成了知名作家。我的名字出现在报纸杂志和电视上，被邀去一次次做讲座，从县城到省到国家给我颁发不同的荣誉证书。这样的美满一次次不期而至……岩佳陪着我，她比我还开心，比我还觉得这理所当然，她觉得这些荣誉于我本就实至名归，甚至有点儿给我颁发得太迟了。

一切都来了，我甚至有点儿左右逢源，即使是做大型的讲座，走进各大高校，我也是不怕的，我有中学教学的经验，知道如何控制场面。我突然就开窍了，可以气定神闲。我也有世俗的一面，对不满意的邀约，讨价还价，要求在讲座的薪酬上翻倍叠加，报销一切相关费用，我当然也会收受那些请求我拉赞助写吹捧文章的地方作家的钱财，烟酒茶是自然的。尽管开始的时候我不习惯，但日积月累，也就"见多识广"。目的是什么？表面的目的，自然是希望我和妻儿的物质生活丰裕。其他呢？其实没有那么多其他。

我有了名，有了社会地位，也就有了钱。岩佳看上一件上好的厨具，买；岩佳说从来没有穿过貂皮大衣，买；岩佳说结婚都没有买过珠宝，没有三金三银没有钻石戒指没有玉石手镯，买……儿子程子要去日本旅游，要去寻找黑泽明；要去英国，寻找阿尔弗雷德·希区柯克的旧迹；要去美国，寻找伍迪·艾伦拍电影的那些场所……去，或者攒钱让他去，这些都是我已经实现和在实现的。这些其实都让我很忙碌。但对于我来说，没有什么是不可能的，脱离伯父家之后，更是如此。我似乎无所不能。我知道我不能荒废了自己的才华，而才华是要变现的。我不喝酒，偶尔吸点烟，四十岁开始注重健身。四五十岁以来，经常与岩佳一起晨练、跑步。她没有别的生活，她只有我和儿子，以及她的娘家，另外就是两个一年见一两面一次见一两周的闺密。

我站在成功的灯光中，经常能收到掌声。岩佳也从这时候开始，接过了我死去伯父的鼻环，我成了她的一种炫耀，甚至是一种战利品。不能让别人夺走，不能由别人分享。我是在吕青箱出现的时候，才感觉到这份又套在我鼻子上的环线。而实际上，这个鼻环早在吕青箱出现之前，我就戴上了，只是我不知道。在她出现之后，我闭上眼，往前跳，也能感觉到肉身被牵动的痛苦，往后跳亦然，我察觉到了那根握在岩佳手里的绳索。也许早在此之前我就察觉到了，所以才有了吕青箱。这根无形的线和铁环，她打造的那样丝丝入扣，如此精密，甚至算是天才的杰作。她用她的喘息作为绳索，用半夜的哮喘朝我拉紧绳线。

我们的爱情到处流传，各大报纸杂志，旧的内容上添加新的照片，我是神来她是仙，我们是神仙眷侣。似乎正是因为这么高调，我才觉察到了疲惫，感觉到心力跟不上，内心在塌陷。但岩佳不允许这样的塌陷。她那时候已经无能为力，所以默默承受着，才有了那次发病？2013 年 9 月，岩佳差点死掉了，那一年我四十七岁。她是突然爆发了小时候就患的哮喘病的，在银行门前。银行的小姑娘叫着，用手抱住了眼看就要倒地的她，然后一群人拥上来掐她的人中。我离开才加的茶奔跑在路上，等我赶到的时候，还处于急救期，我一遍遍叫她的小名——花儿。她也许就是被我如此叫回来的，因此她后来很感激我，觉得我那么爱她，怕她死去……

然而，也正是从那次发病开始，她缺乏一切安全感，一副战战兢兢的样子，总是内心不安，经常得叫人陪着。无论我在哪里，在做什么，只要不在她身边，接到她电话越来越多，以致朋友们都开我玩笑："中年逢了第二春？"也许那时候，岩佳感觉到了我身边的各种不稳定，她才向我显露她如同伯父一样拴在我身上的鼻环，展示她喘不过气来需要急救的那一幕，展示她控制不住需要医疗介入的压抑情绪。我们生活了那么多年，岩佳受不了了，在我逐渐出名之后，她感觉到了危机，同时感觉到了一种羞耻。尽管我们还在谈论生死和优雅等话题，但是她应该感觉到了我肉体上对她的倦怠。一定是如此。

我不得不承认，那个她在银行门前发病的下午，我其实不是在茶馆，我躺在一个女人的床上，她开好了宾馆的房间。一个大学里面的副教授。她读过并且研究过我的作品，她以我作品里写到的渴望得到一个女人的方式引诱了我。不能不说她是聪明的，也不能不说那其实是我的预谋，对象是谁无所谓，我需要这种冒险。我向所有人说我在茶馆，岩佳也清晰地在博客记录了我深情的呼救声，我们又一次成为模范夫妻，世间多情小儿女要结婚的榜样。

上床睡觉前，所有的灯已经熄灭，听到雨声淅淅，我回到写字台前，开了电脑，却什么也写不下去。夜雨并不轻盈，但这是软雨，比起仲夏时分，明显是温柔可亲的了。巴山夜雨，共剪西窗，那是古诗里的爱意。躺在床上听了很久，想象雨的坠落和流淌，想象树枝的不堪重负，想象土地由干渴到饱和再到餍足，就如生活，就如婚姻。

这是个不安的早晨，我要回一趟老家，在饭桌上说出来了。夜里已经和岩佳是说过了的。希程子听见之时，他正盛另一碗稀饭。已经吃过一碗了。

"回老家？"他揶揄了一句，接着问："妈妈回去吗？"他看着我，而不是看着他妈妈。在几年前，给父亲做祭祀的日子，他骗着我说自己的手机欠费了，拿过我的手机打电话，我当时正和姐弟们商讨如何给父母坟上做法事，葬下的三年，每年要有一次重大的祭祀活动。我压根没有想到他翻遍了我的短信，里面全都是我和吕青葙的内容。那时候他还是一个高中快要考大学的中学生。也就是那时候起，我逐渐或者一日之间失去了儿子。他在大学的几年，越来越让我不安。甚至，岩佳将他高考失利考研失利，都算在我的账上。

我们这几年的谈话,更多限制在"是"与"不是"的问答之中。外卖商业发展越快,他对父母的需求就越少,他非常希望我们集体到乡下去,那样就可以理直气壮叫外卖,也不会有人管他。岩佳留着最好,我这个爸爸最好不要留着,最好不要挤在119平方米的房子里,不然空气会越来越挤。他虽然住校,但几乎每个周末都回来,眼看着毕业,他有的是时间,谈恋爱,游荡。他当然也提出要租房子去住,和女朋友倩倩同居,岩佳知道得比我清楚,不过还没有发展到结婚的地步。年轻男孩子,大四毕业要求单住也是正常,到彻底毕业了再提也可以,何况这事也未必由我决定。有好几年了,我成了他们母子的罪人,成了这个家的罪人。罪人赎罪的方式,就是继续赚钱养家。

　　小时候我们就已经做出总结,来家的客人和他的外公外婆小姨这些都告诉过他:"脸型像爸爸,耳朵也是爸爸的,鼻子和眼睛都是妈妈的,嘴唇薄而红润,也是继承的妈妈。"总之,轮廓属于爸爸而零件属于妈妈。是不是因为他厌恶我,才吵着闹着拿了二十万去做了耳朵和下巴修改手术?我一直不能确定。他追求那样的审美,要耳朵下抿而小巧,生生去韩国割了一回,隔了不久又一次到那里去垫补下巴,将和我像的椭圆下巴割为了一个尖下巴。难道他对自己的遗传不满意?以前我从来没有想过这些问题,以为这是90后的男生女生们哈韩哈日的行为,可是随着我们的关系越来越僵硬,随着他们母子越来越亲近,我不能不有这样的怀疑。

　　自从吕青菡之后,岩佳后来就逐渐几乎不再进入我工作的书房,但我知道她在监视着我,每时每刻。书房其实是客厅隔开的,一个屏风分为两半,透过玻璃,随时可以看到里面的人。我可以感觉到她的注视,目光灼灼而心怀忐忑,或者,别有心思。我的鼻环拴得太深了,也许这就是婚姻生活的附赠。就是我临时出去一会儿,她也要清楚我的行踪,不然她就会发病。儿子不在的时候,我们俩长久独自在这个119平方米的套间里自生自灭,各自感受自己的悲伤。

很久以来我陷入一种焦灼状态，岩佳也感觉到了，一些方面我们仍然"夫妻同心"。二十年前我有过一次这样的感觉，再以前，就是三十多年前的初高中时代了。我忽然觉得一切茫然无序，写作也进入了停顿，甚至有一次，写了十七万字最后全部毁掉，轻轻一点，删除。对于写作者来说这近乎灾难。但是，我发现自己不知道何去何从，那个写到中途的东西让我一点思绪都没有，忽然之间，河流就断流了，然后一潭死水，接着慢慢干涸。内心就是这样，一切似乎都已成定局，和吕青葙之间也已成定局，几无修改。我不得不接受这种被牵着鼻环的命运，心甘情愿却又战战兢兢。我需要流淌，哪怕是滴血般的流淌。在内心深处，一切都还没有决断，即使将吕青葙放进了黑名单，不再联系，不再修建道路通向她，实际上却还是没有真正决断，我只是不作为，不再建设两个人之间的关系而已。

想到程子，我也会有刺骨而野蛮的寒意，带有亲密但也带着同性之间的敌意的感觉，他太年轻了，甚至可以说是幼稚。二十四五岁，对于我来说那时候已经世事沧桑一切遍览，而对于他来说，只是脚步丈量了世界。他比我幸福，得到太多的爱而不是恨，所以他才可以如此对我，而不是像我对父亲充满感激和怜悯。

自从岩佳在银行门口发病以来，程子脸上不再像少年时无忧无虑，这几年他看起来迅速地长大，做父亲的不知道这是幸还是不幸。

岩佳发病的次数越来越少，但只要发作起来，就非常严重。以前很轻，晚上呼吸不上来，自己用仪器对着嘴喷，总还有效，她又不想吵到人。现在每次发作起来，呼吸急促，往往半夜开始呻吟，先是轻轻的恐惧的呻吟，接着身体就不断抽搐，缩成一团。这个时候必须起来打开所有窗子，然后掐人中和手指。好多次，指尖到指甲都快变成了绛紫色，嘴唇和脸也完全是那种颜色。必须好半天，她才可以安静下来，平躺着，开始打痉挛般的哈欠，那时候一个夜晚的黎明就要到来了。

这种情况,到第二天的时候,得扶着她起来吃早餐。有时得叫了岳母来,小姨子也可,反正小姨子上班可以三班倒,有选择性的。偶尔忙的时候,也会喊了楼下对面小公寓的一个租户做钟点工。喂她吃什么,她就会吃什么,吞咽,而不是咀嚼。那时候岩佳就彻底是个没有性别的病人,甚至大小便也得由人陪伴,一张紫色的早衰的脸,像一张骇异的人皮面具,神色枯槁,整张脸是痛苦过后的疲惫和厌烦。

发病的下午比上午好很多,下午会沉睡好一会儿,因为日光的原因,下午的脸色会柔和很多,恢复了一丝人气。

发病厉害的时候,这种情况可以持续好几天,但说好也就好了,看不出任何病状来。

"心因性哮喘,急性的,可以致命。"医生说过的,程子也知道。家里唯一可以受气的人就是我。孩子考研没有考上,准备再来一年,妻子在生病,就像个临终病人,三角形具有稳定性,总得有人扛住。还五十岁不到,岩佳就头发白了,脸色憔悴眼眶深陷。做妹妹的看不下去,又怕她连染色剂都过敏,就做了黑豆饼吃,也打了黑芝麻糊,每天几大勺地当食物吃。不能说不起作用。然而岩佳觉得这样子不好,硬是找了人来染……接着就起了荨麻疹。哮喘病的人对花粉也过敏,何况是染发剂,也算是花粉类型的。又是一番折腾。

人越病精力似乎越欣欣,越要克服困难活下去。岩佳在床上翻来覆去睡不着的时候,往往紧紧地握着拳头,不知道她要报复谁。实在喘不上气来的时候,她会张开嘴大声尖叫,似乎心里充满了愤怒。程子会配合地扶住母亲的肩膀,有时也会抱着母亲安抚。程子的脸色那么苍白,似乎心如死灰。

还只是个孩子呀,做着导演的梦,人生一切都还没有展开,虽然交了一个女朋友,但未婚未育……岩佳催促他们结婚,难道她怕自己死掉?她最爱的是儿子,其次是我,也或者换个顺序,但这两者间对我没有什么区别。

最严重的时候，我和程子轮着守床。双人床旁边的椅子上，程子坐着，忧虑地看着他的母亲，一次次。我躺在床的另一边，半睡半醒。

发作的时候，她总是颤抖不已，手脚冰凉。然而过后，她会抱歉地说谢谢。她曾经恨过我，她知道，我也知道，心灰意冷，觉得是我破坏了她对美满家庭的设计。她不想放我走，鼻环拴在那里，我想着。然而我不想表现出来，也不能让她察觉，她的牺牲、她的委曲求全、她的隐忍都是为了家的稳。三角形具有稳定性，她简直是慷慨的，甚至在我和别的女人出去共度了一百多天，仍然原谅了我。我才是个罪人，她用她的病嘲讽我、惩罚我。

"谢谢"，多么伟大的善举和恩赐，那么善良和纯洁。一个已婚的快要五十岁的妇女，在生病期间对照顾她的丈夫说谢谢，不能不说隔阂太深。

她对我的表现大多时候满意，因为这样我就不能离开家门了。我神色疲惫而她正精神灼灼。她久久惨叫喘不上气来的时候，有没有一部分就是为了打击到我？我很想问，但知道永远也说不出口。

最严重的时候，她躺在床上如一只拔了毛的猪，嘴角丑陋夸张地扭曲着，猛烈地抽搐，四肢抱一团，双眼瞪得极大，眼神却空洞，似乎黑色眼仁到了遥远的地方旅行。我去抱她，她就会越发狂叫，有时甚至推开我，床都被她的发狂震得颤抖，楼下的人家已经敲门说过几次了，知道有个病人之后才表示了谅解。

也是住医院的，但这是临时病，最重的时候，医院插管子上氧气，插遍全身。平时无非家里多准备五六只氧气瓶……

天呀！写下这些都是恐惧的。何况她还总是一声不发地咬着枕头，有时会咬着自己的拳头，床单常常血迹斑斑，那是她咬自己咬出的血。

一声声惨叫是一把又一把的尖刀，狠狠割着。那时候就会诅咒吕青葙的出现。一切都无法回到从前了，要努力呀，那样平静的日子，三口之家具有稳定性，多么令人想念。

这样的频率越来越少，所以我并不是没有单独回老家一次的可能，但也困难重重。程子很清楚，我应该在场，或者，我应该带着他母亲，这是我们近几年的默契。他很清楚我可以影响岩佳的喘息，哪怕到了一个小山沟里面，我也可以控制她的喘息，我是那片不变的镇静剂，可以让她最终安定下来。

程子偷看过我短信那件事之后，我和儿子的感情也谈不上十分坏，我总记得他高中时代的作文："父亲总是在写东西，每天都可以看到他微微肿胀的眼睛。学习《背影》时，我经常想起生活里的一幕。父亲总是在寻找他的眼镜，有时眼镜在桌子上，有时也会在茶几上，一些时候会夹在书页间。我和妈妈经常努力去帮他，但他总是想亲自找到。每次当父亲摸索地寻找什么东西的时候，我们就清楚他找不到他的眼镜了，我们就装作无意地看到，然后说给父亲听。这事儿近乎是我和母亲的一种默契。"儿子那时候就已经学会体谅我了，更何况现在已经大四，他也有他的叛逆期吧。

他看到我和吕青箱的短信，并没有告诉他妈妈。他希望我有个解释，但似乎又不好谈，好几天不大开口。我后来找了个机会对他说过："不是你想的那样，爸爸有爸爸的生活。"儿子嘴角挂着难以形容的笑，那是同性之间的笑，不是长辈与晚辈。也就是那一次，我觉得儿子长大了，不再是可以哄的小孩。

生活也许远比想象的复杂一些。我吃惊的是，有一天我回来，发现母子俩在没有开灯的房间里正吞云吐雾。岩佳见我进门了，小心翼翼地清理了烟灰缸。我们默契地什么都没有说，但我内心不得不说非常震撼。

在那不久，我还发现岩佳经常靠喝酒来增强睡眠的质量，也悄悄地吃下安定片。这些都令我惊异。她躺在床上，我真想把她弄醒，但是那天我也喝多了，第二天醒来只觉得是幻觉，并没有问。她是当着我的面喝酒的，并且吃下了白色的药片，就如一个梦境一样，我从外面喝了酒回来，正碰见岩佳从我之前喝的一半的白酒瓶里往外倒酒，我摇摇晃晃地走进卧室，却看见她端了碗进来……也许这只是我的臆想。但我后来还碰见几次。说实话这场景让我吃不消，我的老婆既吸烟又喝酒，而且我的儿子很可能是同盟。儿子吸烟我本来就知道，陪岩佳喝酒也是可能的，陪了吸烟当然陪喝酒。岩佳的身体容易过敏，这方面要注意。

几乎每个夜晚，岩佳都会半夜醒来，仿佛有个人总在两三点恶作剧地推醒她。除了折磨自己，她倒对我没有什么要求。唤醒她的那种力量让我愤怒，我都回家了，还有什么放不下？不过，她有什么过错呢？在离开吕青葙最初的日子，我也如此失魂落魄过，半夜几次跌跌撞撞去客厅的冰箱边找酒喝，也曾经妨碍过她睡觉，她恼火的时候，并不是没有骂过："你那么自私！"

既然这样，程子不太同意我回家，就等彻底过了冬天过了年再提吧，老家的事情，也只有缓缓。

6

过完年了，准备到文轩书屋买几本书看，回老家给父亲上坟烧纸，按理年前就该到，总得住几天，带几本书。半夜，收到了巫云生的儿子巫灵山的电话，云其父亲突发疾病，现在医院，无人可求，所以打电话给我。那时候是子夜两点，正是大年初七。之所以初七没有出门，其实也是因为老家风俗里这是小年，属于人日，不适宜出门。接天就是初八，按理正是出门好日子，想不到巫云生在夜里发了疾病，好端端的一个人……过年之后我们说了一起喝茶呢，还没有见。

接到巫灵山的电话，我就急忙起来，一边穿衣一边和岩佳说话，没有吵醒程子，想着白天给他打个电话再交代。岩佳的事情，我不在身边他还是要上心的。

打车到巫灵山电话里说的 541 医院，才进急诊室，就已经听见一个妇女的哭声，我心里想着大事不妙，恐怕回老家的日子要推迟，赶忙从走廊往哭声的方向跑，却发现门口坐着一妇人，仔细看，正是巫云生他老婆沈长安，接着望向房间，只见巫云生在靠墙的第三张床上躺着，肚子撑得老大，像要生的女人。

他的大脸我并没有看清，却已经是认出了，毕竟我们是二十多年的朋友（殡仪馆里面，别人问我，这回烧成骨灰你还认得吗？我问过我自己，如果是青葙，还可以相认吗？我的心中充满丧葬之声）。

巫云生亦和我一样，属于作家大院里的签约作家，多年来躬耕在长篇小说的栅栏里，我好写大江大河他好写大山大漠，所不同的是，我混迹作协当的是三级职业作家，巫云生的正式工作是混职于几所地市级师范类院校，最后定在省城的一所高校里。

说到高校，我就会想到吕青葙，她在东南的一所高校里一直无法拿到性学博士学位，她把这归结于对我爱得迷乱，所以无法定心。在我看来，这根本就是个无用的幌子。很多中文系的学生，用三个月不到就可以写出论文，将博士学位搞到手，至于社会学的论文，则连三个月都用不了。对于聪明人来说，每个人都可以从文学系和社会学系毕业，这并不是什么难事。

问过护士，知道巫云生在送来时就已经不行了，后来的死亡证明上也有这方面的说明，死亡地点：家中。在出发的时候，就已经神志不清，叫了邻居的车子，送了来。证明上也写了原因："心因性猝死"，我对"心因性"三个字实在太敏感。老家侄儿生的孩子，出生不到两个月，医生下的单子，也是"心源性疾病"。心因与心源，我查过太多的医学书籍，对我，这就像岩佳突然骤变颜色的脸。以至于后来和岩佳说起来，我也只是如同网上和随处可见的那样回答她，说是脑梗，人过了五十一定要注意，避免她听到"心因"二字受刺激。

在那张医院的床上，护士要拿出听诊的仪器，必须将亡者翻身。她请求我帮忙，作为亡者的一方，我们必须做出这样的行动。巫云生的妻子倒在门前，巫灵山回家里拿户口本开死亡证明，只有我，去拨弄他的身体，抱起，翻转……突然间就发生了那样的变化，仿佛大气受了挤压。他的嘴巴、耳朵和鼻子开始流血，他的肚子排山倒海在发出轰鸣……判断已经下了，医生也已经走了，证明人已经亡故。然而那声音，那呼啸声。我无法解释那非同寻常的出血特征，不是生，是死，突然之间我觉得害怕。而护士早就哭着跑开了。她应该还是一个见习生，所以可以怕到一切不管了，跑掉了。周围的环境是那么难以表述，夜半的医院，急救室，就我一个人。我是那么害怕呀，就像一只惊惧的老鼠，在面对海啸般的地震。我不得不适应这种原始症状的恐惧。现在我早就离开那种场面，但我为那样的恐怖不解，经常回想。巫云生的脸上全都是升腾的紫色液体，这种不该称之为血液的东西，这种奇怪的颜色，在我心里竖起了它的丰碑，将我的人生分为生之色与死之色。这生的红与死的红，充满对比。

后来，与另一个小护士推着将巫云生往太平间送，快到太平间的小窄门，护士却是怎么也不走了，我觉得可能巫云生的身体又发生了什么变故，就盯着仔细看，问她为什么，她说前面会有大爷帮忙的，我才放下心来。果然，一会儿从标有太平间的门上出来一个看不出具体年龄只觉得很老的老年人，他接过推车推了起来。

太平间里面真让人震颤，赫然一个停尸广场，很多具被白布覆盖的遗体被码在一张张床上，但算不上是大厅，而是四五间相互可以通来通去的房子。有的房还要拐弯抹角，虽然视野会有短暂的屏蔽，但惨白的灯光下，避开那些障碍物，就会看到另几具。我只觉得脑袋都要停止思考了。这所城市有数不清的医院，我希望别的医院不要有这么多停在太平间的人。真的有一眼望不到边的恐怖，你知道每张白布下都有一个曾经喘息而今不再喘息的躯体，那是多么可怕。你无法唤醒他们，因此你会害怕，觉得他们在一动不动地邀请你、呼喊你。——时至今日，我都觉得像做了一个梦，写下这些都让我于心不安，不断一次次逼迫自己调整内心。

这一夜,巫云生改变了住址,也改变了形体,别的一切如故。他只是不再与人交谈不再站立起来了。也许他去轮回转世了。想到这样并不觉得为他如何痛苦,只是他老婆的哭声,让人觉得生者在恐惧和缺失里真是凄惨。他的灵魂也许飞去了另一个世界,在那里说不定又可以结婚生子,谁知道呢。要真是这样,估计他老婆就不会哭得这么伤心,人因为信息的不对等才有太多的伤心。吕青葙说:"要是早知道你是这样的人……"如果有后世,如果巫云生欢天喜地去另一个世界恋爱结婚,沈长安绝对不会如此伤心。世间感情,很多来自信息的不确定。还是说巫云生吧,我也不知道他哪里去了。也或许,他就如他的名字一样,到一片云朵儿上面去栖息了。活着的人面对死亡,则总会陷入伤感和阴沉。

　　因为巫云生,我才有了殡仪馆的旅行,在那里了解到中国的第一台殡葬炉,还是在二十世纪二十年代上海的英租界工部局开办的,到现在还不到一百年。那天和巫灵山发出死亡通知之后,就帮着他联系这些事宜了。巫云生虽然家在本省,父母却已经去世有年,倒亦如我,兄弟姐妹六七人,却也是不大来家交往的。这方面我也理解,老家的亲戚有诸多事,一来就像走客栈,想清静下来写东西都难,这却成为人们嘲笑巫云生六亲不认的原因。人世难周全。奇怪的是,巫云生电话里连老家人的号码一个都没有存储,甚至他的电话里,只三个号码,一个还是自己的,另外两个分别是老婆儿子,也许我和林欲晓的号码,他抄在小笔记本上。我见过那样的本子,他有一个。巫灵山虽然已经三十岁了,却是在父母羽翼下长起来的,明显看出来对这些不懂,亦不知道想什么办法。如果我遭此大难,想必程子和岩佳,也哭哭啼啼孤儿寡母不知道如何发丧。我打114接通了巫云生老家的派出所,接着按照派出所给的电话,联系到了巫云生的村人,然后才通知到他老家人。从那里到城里至少也得五六个小时,因此,去往殡仪馆以及办理相关手续,就只有我和巫灵山了。巫云生老婆已经哭得不成样子,单位叫了他的学生来照顾师娘。

这是我第一次到迁移到城郊雀栖原的火葬场,以前的火葬场在城内,由于污染原因这两年新迁到了这里。说实话,以前出席悼念活动,我也至多只是到悼念的大厅参加简单的十几分钟的告别仪式。我的家族和父母都埋在老家的山上,所以我对殡仪馆了解并不太多。可以这样说,对于城市如何消除死迹我其实一无所知,面对巫云生,这是第一次。虽然来来去去为巫灵山做事是因为与他老子的友谊,但客观上也算是大大满足了我一次对殡仪馆的好奇心。

巫灵山在办手续,等着开证明,我便独自一人在馆区内走走,也是给他独处的机会,给自己一段接受一个朋友死亡的心理时间,我需要一种外围的感觉。

一辆又一辆的灵车在山间呼啸,上午应该属于这一大片土地的喧嚣时分,因为本地人讲究十二点前火化入葬,很多人一般都是从早上七八点就约定开始举行遗体告别仪式。下午,这里则是静寂的。

也就是这天晚上,巫灵山忙着陪母亲,我又单独去了一次殡仪馆,重新确认了第二日九点举办仪式,以及花圈和花篮的各种摆置。

上午来殡仪馆,忙着帮助巫灵山处理各种事件,一点休闲时间都没有,晚上我独自来,抬头望见天上众星环着正月初八的一轮弯月,觉得近乎有一种内在的羡慕了。一天之内,来殡仪馆的时间不同,想法也就不同。上午来的时候因为太过忙碌与悲伤,我都没有细细感受。晚上来到这里,才觉得波澜壮阔,风景和空气都比城里好。

园内随处都有忠孝礼仪文化的艺术,还有对死亡的浪漫诠释,也有对殡仪馆的宣传——人生最美丽的后花园。作家写作品,总会提到某处院落是自己的后花园,我是活到现在,才知道最美的后花园在这里,但那是"人生"?出于职业习惯,我很想问问礼仪厅内值班的三个殡仪服务人员,但强忍住了。园内草木青青,白日的时候,我看见了远处的大山,终南山、大巴山、秦岭山脉……我不知道该写下哪一个,反正我看到了山,巫云生并不寂寞，他只是比我早上山而已。说实话，如果不面对他的妻儿，我并不觉得他的死有什么值得悲伤，一个人行到五十岁，艺术生命差不多算是结束了。三十岁才是可以死也可以活的年龄，五十岁去死，似乎太迟了。我在年轻的时候，听到有人十多岁尤其二十多岁死去了，就会想到"中道崩殂"，实际这样的人生还没有入道，因此觉得可惜。三十岁才是死亡最好的年龄，这是我内心的预期。而立之年，一切都隐约感受过了，可以选择死亡也可以继续活下去，因为再之后的活着，怎样都难免显示出人生的颓唐。我这话也只敢写在文字里，平时不敢说的。

巫云生此刻躺在这山风吹着平坦的雀栖原上，享受着星星和月亮，享受着绿树丛林。节日的红灯也在大院里照亮着他，一切都像是一种安静的指引，也可以用安详来形容。我的手机里存着他单位老同事发来的挽联，准备在追悼仪式开始的大屏幕两端配着他生前的视频播放，我仔仔细细读了一遍："艺苑光华经卷美文千古在，英年殂落神州大地一星沉。"一个人的一生就这样概括了。一千万字——十部长篇，三十五部中篇，一百多个短篇，四百多篇散文——终结了。抬头看天，想到纳兰性德的诗："天若有情天亦老，月如无恨月长圆。"人生就像打电话，不是你挂就我挂，想到与巫云生最近的一次通话，约出席一个文学座谈活动，他说他不去，想到他妻子、儿子说当天他还散了步打了坐看了书。

离开殡仪馆服务部，坐在喊的单位的车子上回住地，下山时，抬头看雀栖原上璀璨的灯海，仿佛在我住处的高楼上看万千星星。我想到我正行着的路，有多少遗体曾经运输通过，就觉得感慨万千。

翌日早晨九点各路人马依次吊唁，当经过被殡仪馆服务人员推到大厅的巫云生遗体时，我又仔细看了下，巫云生的表情是安详的，像睡着了一样，和我在医院急救房间的第三张床上看到的一模一样。唯一不同的是，由于穿了尸衣，身上鲜花覆盖，看不到他那在医院隆起的极大的肚子。安详的，安详的……亡者身上的平静令人动容。巫云生戴着一顶黑色的帽子,这让他躺下来的脖子显得非常短,与活着时成了两个模样,像一个截了一截脖子的人。他的脸上有种敷过粉的白,他平日可不是这样。那种白令我想起女人的脂粉,于是深深地吸气,我渴望在空气里闻到一种甜蜜的味道——可是什么都没有。也许殡仪馆给尸体上妆的尸粉并没有味道。他的身上穿了寿衣寿鞋,那是在医院太平间时请那里的老人穿的,那时候还没有整容和化妆,脸不是这个样子。买的衣服的颜色也是通常的那种冥衣颜色,蓝绿,像清代五品官的官服。绸料上好,我摸过。胸前绣着一朵好看的荷花。我也特意看过的,所以又想看一眼。前面似乎说过了,岩佳的小名是花花,她又极其喜欢荷花,我自己的一些衣服上,也被她绣上了荷花。以前不知道冥衣上也绣荷花,大约岩佳亦不知道,她总不至于咒我死。咒我死的是吕青葙。巫云生穿着的丧服上的荷花让我想到死,想到佛教里的水上睡莲,想到莲子灯,七月半放的河灯也是莲子灯,送鬼的,巫云生的死让我想到吕青葙的诅咒。也只能想一想,如果巫云生活着,我们还可以谈谈,说说他的荷花、他的帽子、他滑稽又庄严的装扮,像清朝的五品大官。我相信他会哈哈大笑,我甚至已经组织好了语言:"你个狗×的,活着不当官,死了当大官,也不荫福我们。"我们喜欢这样互相打趣。

临盖上棺盖推走之时,我又特意去看了看巫云生这具已经失去生命的躯体,经过整容化妆这两道工序,他比活着的时候显得年轻,也可能是戴了帽子的原因。他的头发是少年白,不到二十五就全部白了,不到五十就几乎秃了。这几年接连写了三部长篇,有两部还在酝酿中,虽然看起来创作精力旺盛,人看上去却极度颓唐,头发几乎全没了,明显开始走下坡路了,身子和肚子都往下塌。经过这两天殡仪馆的休息,他的神色已经完全消除疲劳。如果不是胸前摆着鲜花,不是躺在灵柩里,我真觉得他在享受安稳的深度睡眠,那么幸福,似乎怎么都不可以叫醒他。在这么多年我们相识的岁月里,我从来没有看过他如此安闲舒适。他总是急匆匆的,说话也是有前句没有后句,句子说到一半就好像后面的话被什么咬去了。很多人说起他极其有特色的说话方式会笑，甚至有算命先生和他说这是不幸要早夭的特征。那时候他才三十来岁，和我说起，无非是笑笑。他还说："有妻有子，谁怕谁？"想到这些，我不由得也落下了泪，深深地向他鞠躬："巫云生，你的生命仍然在延续中……"

白色挽幛共十九个，列在两面，上面依次是从国家单位到各个名人的悼联，中央、作协、省委宣传部、省作协……也许我死的时候，也是这样的阵仗，虽然我不喜欢，但作为体制内的人，死也属于体制内。以前的追悼方式是三部曲：鸣炮—奏哀乐—默哀，由于近年污染严重，炮火管制，于是就奏哀乐和念悼词，接着默哀。哀乐一起，巫云生妻子哭得晕了过去，高血压已经飙升了两天。单位安排了跟着的医生，但大家仍然手忙脚乱。死亡对于生者是残酷的，仅此而已。对逝者也许是一种自由的脱逃。

隔日我在微信翻看，发现了无数篇巫云生的悼文，有些甚至在初八那天就发出了，那是巫云生去世的当天。其中有一个巫云生对我骂过的年轻女人，她真令我害怕，居然又写了悼词，不到二十四小时。上一次见她的名字也是一堆悼文里，是作协死了创联部主任的时候。在微信公众号所发出的照片上，她挽着巫云生的手臂站着，背景是某次国家作代会。创联部主任去世的时候，她也贴出了相应的照片，报纸上大幅刊登了出来，说她是个少年天才，受着老一辈的人的指点，现在长者去世，她开始传承接力，要把汉文学的自信发扬光大。这一次，文章里，她用的是这样的句子："他说他会支持我，一如以前鼓励和肯定了我的才华，说向法国等其他国汉学家专门推荐了我。他的短信还存在我的手机里，最后那句话：我会一直支持你。"食腐文化一直在这片土地上盛行，想不到我自己亲见了，不过巫云生他不会看到了。

这几年，在吕青葙的影响下，我在内心其实远离了文学现场，对于获奖这些也并不够尽心。客观说，我和巫云生是竞争对手，也许我如此忙碌他的后事，会被很多人当作是兔死狐悲。对于国家最大的文学大奖，四年评一次，我和巫云生都是倾心的。迄今为止，巫云生陪跑五次，二十年，我陪跑三次，十二年。我还得继续，巫云生停下了。因为吕青葙，近几年我实在是没有在这方面太下功夫，巫云生倒是比我积极，以前手机都不用，这几年开通了微信，我也是最近自己开通才知道，他不断去点赞。所以，虽然巫云生当着我的面骂过这个靠着父亲官位成名的年轻女作家，但并不代表巫云生在她面前是不屑的。我并不是说我不在乎，就如前几年对于出国去发展的那个官二代年轻女作家，我们都是客客气气的，私底下却总不以为然。我们在内里都看不起这些文学背景天才，但背景也是一种资本，当着人面给笑脸，巫云生做得比我到位。他也许比我明白，谁也想不出世事会如何发展，世界最终会让给这些年轻人，与其以后相见得求告这些人，不如现在就看得远一些，和睦相处。巫云生的心理应该和我差不多，殊途同归，我们都不是什么伟大的作家，无非就是在生活的道路上沽名钓誉，所不同的也只是各自的姿态。看到这个年轻人接二连三地写悼文，我很庆幸自己不熟悉她，但一个系统讨生活，以后说不定也会被来一篇。我觉得省作协主席应该最怕食腐族，毕竟他也老了，据说这个姑娘的工作也是他帮着找的，而且对其作品的"吹拉弹唱"，都是他一路向"有关部门"推荐出来的，毕竟受了其父恩惠。

当年我上大学时，在文联实习过一段时间，经常会碰到领导们商议：某某书法家要死了，赶快收藏；某某画家不行了，已经开始不吃人粮了，马上要升值；尤其省作协的那个大师，这么多年卖字卖画，洛阳纸贵，从来不降价，但也上了年纪了，水涨船高，有识之士要多收罗一些，到时拿出来，就可以卖个大价钱。搞收藏的人最懂得时间的韵味，和写悼亡文抬举自己的年轻女作家一样，他们头脑精明，需要市场，深谙食腐规则。可惜了，巫云生，你写了千万的字，不会想到人家将写给创联部主任的悼文，换成你名字，引了几段你作品，就又拿出来充数吧？你不会想到你自己成为一个速食题材，你一辈子也不会想到这样的收场吧？我在心里和巫云生说着话，诚觉世事荒诞。

后来的几天，我翻开殡仪馆发来的录制视频，赫然发现这么一副挽联："这里苦着呢！熬到今天真不易，总在盼盛世；那边好些吗？遇见故人且尽欢，无须说太平。"只觉得熟悉无比，翻阅脑海的记忆，分明是见过的。但这样的笑话本来就比比皆是。这和过年过节不分性别和老少群发的那些祝福短信差不多，只是临时拼凑的应景悼联，甚至也不需要修改一个字，直接复制粘贴请人或自己写出来就成。用它作为燃料烧给巫云生显然是不合适的，但是如果真指出来也早就没有必要。我看不出来，为什么非要写这一副对联，末尾却还是署某某市文理学院挽送。我想，这和那些换个照片换个年龄其他几乎什么都不换的黑框讣告一样，都是可以速成的，不必用心。

虽然是帮忙料理巫云生的后事，但我还是对殡仪馆感到特别兴奋和好奇。跨进一个我从未进去的陌生房间，仿佛在那里可以看到我的一个朋友或亲戚，想到巫云生晚上就在这座大院的某间房子里和几个同样被装在棺材里的人共享一个房间躺着，我就想起我们出差一起睡一间房子两张床的情形，也会想起读书年代好几个人睡上下两铺的架子床，当然还会想到火车。人生的轮子不停旋转，我们在架子铺上栖息着，有人下去有人上来，不过如此。一想到这点，我觉得一切都是那么有趣，同时发生的悲伤与喜悦，贯彻我心间，似乎他的死，有一种甜蜜。我感到这一切是那么值得我讲述，仿佛是一个大新闻，由我发现，必须由我来独自进行报道。

我就像接到了任务的报道者，焦虑不安，随时随地在不断观看和倾听，在准备组织语言，生怕自己错过了什么。确实，文学写作使我染上了强迫症，这个任务我不能放弃，我必须掌握我所能掌握到的素材，收集资料拍摄场景，我得做具体而详细的深度报道。我相信，如果我死了，巫云生也会如此，这一点上我们互不欺瞒。对我来说，记录下这一切是一件紧迫之事,甚至比想念吕青葙更让我觉得迫切。如果吕青葙死掉了,我会这样吗?痛不欲生还是兴致勃勃。我曾经那么爱一个人,所以我想象了她的死,这也许是罪过。即使看到的朋友,以后谁也不要谴责我,生活对于作家来说就是素材,一切对他不过是资料,哪怕由他自己的痛苦熬制而成。今天我不想写什么,不想写老婆儿子的鸡零狗碎,也不想写对吕青葙看似爱情实则一场通奸的情感勾当,我的写作和生命联系在一起。对于巫云生的死,我必须写下我的所见所闻,我知道以后别人也会写下我的,甚至也会那样按照单位和名声来排放花圈和挽联,最后一次为我摆放位置,但我最讨厌的还是那样的悼文,我不喜欢有人在我死去二十四小时不到就开始写悼文,更不喜欢那些夸张的交情和眼泪。在这个世界,有趣的只是素材,所以,即使我不喜欢,我知道我到时候也不得不接受。我现在不需要管你们喜欢不喜欢,我现在要写下我要写的。

我对一切感兴趣,这是私密的个人内在现实,就如讲座一样,对别人滔滔不绝只是我的表面任务,我个人的任务则是观察他们。埋葬巫云生也一样,和我的私密兴趣混合在一起,所有的人都很有趣,所有的场景。在殡仪馆的两天,我发现了死亡的四季风景,和生活的四季风景一样。我心血来潮,对于吊唁厅和休息室还有焚尸炉都给了一致的观照。我也仔仔细细观看了骨灰超市,和我们坐在大巴上走到中途休息的服务大厅一样,在办理殡葬事务的大厅旁有标着超市字样的开间,很大,各种各样可以在路上吃的零食,有泡面也有鸡爪,这些是我最喜欢的,最好有点白酒,那种小瓶装的度数不高的泡酒,喝了非常令人心旷神怡。这里的超市标着四个大字——"骨灰超市",里面是一个又一个的坛子,骨灰坛,各种质地,不同价格,上百上千再上万,令人想到卖陶瓷瓦罐的一些店面。一个坛子会装一个人的一生,然后下落不明。

一切都令人那么无动于衷,殡仪馆才是每一个人都该去参观一次的博物馆,仔仔细细认认真真,忘我而克制。你会发现你是一个死亡的暂时逃生者,你会发现此刻的喘息是那么的迫不及待,你会发现这里的一切必将与你相关……你同时也会发现,这真正的"故乡"也是有阶层的。灵车分三个档次,普通灵车、中档灵车、高档灵车。高档殡仪车是固定资产在三十万元以上的车辆。至于大抬(抬动遗体)、遗体洗澡、穿脱衣、瞻仰、书写横幅、骨灰盒写字、拣灰休息室、提前会场布置、会场超时、非正常遗体收殓、遗体休整、焚烧祭奠费、法医检查尸体、尊体养护、人生小电影制作播放、花艺布置、礼仪礼乐、丧葬摄像等各有各的收费价格,琳琅满目,都是服务,为亡灵的。这里的故人指亡者,尊体养护又名故人沐浴,也许这才是"故人"一词的真正场所。就是遗体放置所在地,也有级别,和人世由钱财划分的阶层秩序一样,有豪华空调冷藏棺单独存放所,也有惠民厅、小厅、中厅、大厅、豪华大厅等需要不同数量的人民币划分的不同设置。套餐是享受优待的,也有一些打折的节日。真是不知道还好,知道吓一跳。据说各级领导的焚尸炉也有不同的规格,在小道消息里看过那些埋葬在八宝山的达官贵人,不同的人所享受的炉子不同,有特供有专供有一般供。死生同指,在科技还没有发展到可以长生不老的时候,即使那些享受不同级别焚尸炉的人,他们也得变为空气里的尘埃和一把骨头,哪怕装在纯水晶制作或者纯黄金制造的骨灰盒里,他们也不得不停止在人世的喘息。

以前在电视上看到殡仪馆,想到的无非就是尸体和气味,尸体可以看得见,气味却闻不着,而一切没有气味的东西就丧失一种交接的可能,但电视里总是能传达阴森恐怖的气氛,因此总让人对这里感到不悦。但此次来给巫云生置办一切,倒并没有觉得有什么不洁。

车子开出市郊,开上了高速公路,接着在一个道口下高速,然后平地上走十几分钟,再接着上一道长坡,道路变得宽阔,两边有人家,人家尽头则是一座大型墓地,传说以前飞机失事,当地人就地建坟,所以成了一片有名的陵园。道路右边是陵园,左边不远,就是殡仪馆了。一片崭新的仿古建筑群,错落有致,气宇轩昂,白日看,像一个建在城郊的博物馆,四面没有高楼林立,视野极其开阔。灰白的色调,瓦蓝瓦蓝的琉璃飞檐高翘,尤其在烧掉巫云生的那个中午,暖和的春阳给整个殡仪馆蒙上了一层金色的纱幔,混着各家各户烧得红红的纸火,让人感觉这里是那么金碧辉煌。这里看起来不像个殡仪馆,倒像一座教徒的基督圣殿,也像一个花费了心思采光很好的博物馆。迎春和连翘开得正好,梅花也在吐艳,楼台亭榭,小桥流水,雀鸟歌唱,加上院落中心一排又一排的红灯笼,让人觉得在这里工作也是好的。如果以后作协真如很多人要求的那样解散,我失业,其实申请到殡仪馆工作也不错,每天参观各种死亡,算是真正的向死而生,到时程子若拍电影,还可以拍我,毕竟这是个特殊行业。真想把这个想法说给岩佳听,想必会招一顿骂。对文字的痴恋,不外乎自己骗自己,一切功名和面子看透之后,不如做个火葬人,将一具又一具的人体,一一送往云端。那时候,应聘办事大厅里那些推销骨灰盒的工作会被拒绝的,大家需要年轻人。那么,专门做一名殡葬员就好了,虽然每天离死亡很近。不能不说职业可以带来很多新鲜感,神秘而恐惧,比如每天得经历遗体交接手续,接着防腐冷藏、化妆收殓、追悼葬礼、火化拣灰……

我从危险中逃回,替你写下这些,我不该被谴责。贵贱同尘,死生同指,我并不想因为道德的节律掩盖什么,无论是一场婚外的通奸还是一次同事的死亡事件,我都希望自己录下的口供真实,这是对自己的彻底交代。谁都不可对我审判。

置身在现代医疗体系之中,在被送医之前,巫云生就脱逃了,医生说也只有四分钟的争取时间,还得一切设备都准备好,这对于普通人几乎是不可能的。巫云生没有经历医疗的黑暗和不堪,顺应了自然法则,他没有让自己陷入恐怖的深渊,没有住进医院一次次听重复、乏味的故事,然后一点一点等待死亡,他的一蹴而就不能不说是一种完美的姿态。他没有活到八九十岁,没有活成医疗的垃圾,也没有活成家人的垃圾,当然,他也没有活成一个百岁的文学大师。活得久在这个时代是可以成为大师的,但他显然没有做这方面的努力。他也没有经历孤独之死。他死在家里，平日与妻子睡着的那张床上，死在儿子面前，这样的死亡不能不说是一种寿终正寝，算是得着命运的祝福的。他没有让自己变成一个床上之物，死得有尊严，没有不堪，因此我不觉得应该有过多的悲伤。死在我这里，是可以说得出口的，和一段恋情不得不终结一样，也是可以说得出口的。一段挫败的恋情，一次猝然的死，人生呀，就是在不断经历这些，锻炼自己的神经，直到迎接自己生命最后凋落的那一刻。

　　我是一个目击者，你不得不承认，参观了一场死亡，然后记录，秉直书写。没有死亡的人生是不可能忍受的，也是不完整的，长生不老是一种诅咒，死亡是一种解放。我不知道如何来忘却。尸身，殡尸炉，红彤彤的大火，香火与爆竹……一切都是那么令人恐惧又新鲜。一个又一个人，我停在那里，他们活在相片上，被人抱着，一排又一排依次立着，他们享受他们的香炉和纸火，享受他们的炊烟。年轻的女孩子，被一个笑嘻嘻的男人抱着。她的丈夫，还是弟弟？只可能是丈夫。她的相片那么年轻，甚至还可以感觉到青春的肌理。骨灰盒呢？放哪里去，接受谁的祭拜？我不得不猜想，由不得我自己。只有消失，也或者从来没有消失，一切不过重新组构，世间万物。不过这样的节奏和速度太可怕了。我再转头，却发现一个小小的孩子的遗像，在角落里摆着。显然是非正常死亡。因为人太少了，吊唁的人只四个。

　　就这么两天的"实习"，我已经可以清晰地分清老中青幼了。戴孝多的一般是老人，吊唁多的一般是要人，而年轻人和孩子，这些过早死亡的，在这里也是孤单的。

　　默哀之后就是最后的告别，遗体从悼念大厅降落到地下室，然后运抵火化间。家人则从大厅出来，走到拣灰休息室；其他宾客则忙着离开，或忙着到外面露天寒暄，交换微信和电话号码等联系方式。大家好不容易碰到，当然有需要的联系需要，有感情的联系感情。

就是在那里,隔着一道似掩非掩的蓝黑色布帘子,巫云生进入了彻底的死亡之门。门口的走廊上,紫黑色背景的布条,上面用白色字体写着"迎灵厅通道入口",旁边则有一张敬告牌,上面写着:"近日,有部分人士反映在我馆内出现身着便装的社会闲杂人员,利用家属急需办理丧事伤心无助的心情,冒充工作人员提供非专业性服务,骗取家属的信任并私自收取家属额外的费用,严重损害了广大群众的经济利益,并损害了我馆声誉。现郑重申明:凡我馆内人员一律着工服配工牌,所有项目收取费用均开具正规发票。"鉴于强迫症的职业习惯,我默默在心中记下这些,心里想着到这里来投机取巧赚钱的人,大约和我一样,对死亡有种不置可否的暧昧迷恋。

　　由于巫云生老婆和儿子坚持亲自拣骨灰,我就陪在休息室等着。隔着门帘,可以听得见炉膛内发出的哔哔声,还可以听到脂肪燃烧时的爆裂声,气味也随之传了出来,和人们吃烧烤时动物肉发出的那种被烧灼的烟味一模一样。卫生棺原本就是纸棺,很快就会燃烧殆尽,炉膛里烧五六分钟,至多十多分钟,纸棺和衣服就烧完了,剩下的就是身体了。四十多分钟,用不了一个小时,一个人就那样成为骨灰了。

　　只有死,人类才体现了一切的公平,不管是什么样子的人,最终都不过是一片尘埃,灰色的灰,生命的灰,最后一次扬起。这么简单,又这么不简单。

　　在等殓尸炉焚烧尸身的时候,我又开始在这绿色的殡仪馆散步。我无法眼见了巫云生的死亡,再完整地呼吸他的死亡,虽然这样的过程已经发生了,但我还在试图躲开一些。

　　随意走走,随处可见楼台亭榭,楼都不高,根本不像市区那样拥挤堆叠,这里已经春意盎然,虽还没有垂柳依依,却也是迎春花盈盈了,放生池里不同颜色不同大小的鱼游来游去。园内集墓地、绿树、鲜花、小石塔(塔葬? 我没有问)、石景、草坪于一体。宣传栏上写的没错,这里确实是"人生最美丽的后花园",毫不夸张,毫不虚妄。一些孩子和老人坐在栏杆边的长凳上一边赏花一边聊天,含饴弄孙,分明是逛公园。春山茂,春日明,园中鸟,多嘉声,梅始发,柳始青,让人恨不得弹奏《采菱》,歌唱《鹿鸣》。水抱山环,死者居住在这里比城里好多了。巫云生生前居住的房子,大是大,但一家三口,马上要迎娶儿媳,再不买房子,自然会有一堆矛盾。房间里都是书,以至于巫云生送老婆一个衣服柜,都不知道摆在卧室的什么地方,只能放在客厅。因为装修卧室的时候,只考虑了书的地盘,没有考虑衣服的地盘,衣服素日都是装箱的,书在架子上。现在,算是巫云生一生住得最畅快的时候,有清风明月,山泉流水做伴,雀鸟来栖,亭台楼阁,分明是个隐士了。我不为巫云生苦。以天地为棺椁,以日月星辰与万物为随葬品,这算是丰厚的享受了,巫云生回到了他的居室之内,不再被锁置在有限的鸽子笼中,不得不说让人羡慕。但当我看见人已三十的巫灵山最后抱着巫云生的骨灰,站在我面前,我还是被伤到了,只有拍一拍他的肩膀。他绝对不会想到陪了自己三十年的父亲,就这样与自己隔着一只木头盒子相互拥抱——再也无法伸出他的手。

尽管和巫云生相识三十多年,我从来没有问过,也一次都没有听说过,巫云生有没有一个吕青葙。巫云生的心里在最后那一瞬间,生死交接的时候,会不会想到某个人,不是妻子,不是儿子,而是生命里的一抹红云? 他有过吗? 会不舍得吗?

室祭那天,下午时分,我正在客厅的沙发上坐着,和前来悼唁的同事说话。忽然听到大堂内有人哭,以为是沈长安,但分明她在我对面的卧室里,没有出来,就觉得奇怪。于是我就走到正厅的灵堂前,发现一个梳着两个麻花辫的女子在哭,她是跪着的,亦无人搀扶。我走过去,安慰,她问我:"巫灵山呢?"我喊了巫灵山给她见。分明他们是不认识的。她把巫灵山拉到另一个卧室,说了好一会儿话。后来我推测,她并不是巫家的亲戚。然而若说是巫云生的情人,又没有证据。她那跪着痛哭眼泪鼻涕四流的悲痛样子,倒分明像是有很深的情感。看她签在账簿上的名字,为彩虹,我是根本没有听过亦不认识的。她痛苦的样子让我想到吕青葙,她在短信里的最后信息:"你死了我也不会有哭泣的灵堂,所以我们从来没有关系,你别再来引起我的尘埃。"

第一天将巫云生放进棺木的时候,巫灵山都不敢正眼看,他侧着身子似瞟非瞟地看过自己的父亲。而这一次,他抱着骨灰站在我面前,请求我再待一会儿,他到存骨灰的地下室去办理手续。所有的寒风,都同时到来了,他不得不接着。

这个小巧的骨灰盒是巫灵山选的,上面有"天地共晓千古事,山水同育世间人"的对联,横批"日月同辉"。我看着他抱着这器物,想到前天夜里选择盒子时心里想的话:"最后的住房。"我就像参观巫云生的新家一样,仔仔细细打量了一下这间盛着他骨灰的最后的房子,像一个不忍分别的老朋友,知道这是最后一见了。在此之前,烧花圈和纸火给巫云生时,殡仪馆说选两本书放进去,让"故人"看。巫灵山妈妈已经哭得下不了床,但她还是说让希腊叔叔帮忙选择。我正想放巫云生生前写的那些书里的哪一本的时候,巫灵山已经做了决定,他说他知道爸爸要看什么书。最后拿出来的,是那天下午巫云生陪巫灵山去书店买的书,两本都和他自己的创作无关,一本是《中国古代数学》,一本是《大唐西域记》。巫灵山似乎怨恨地说:"写了一辈子,以后让他去旅行去学理科好了。"看得出,他并不因自己爸爸是个作家自豪。

追悼仪式开始之前,他的小姑拉住我,意思是有需要干的重要事情,可以让自己的儿子去做,说是巫灵山告诉她他有点撑不住了。他在面对她的时候,也许还是个孩子;面对我这个希腊叔叔,则没有这样"娇弱"。可是推送父亲的棺木,应该由一个儿子来引领。悼念仪式快结束时,看得出他是崩溃的,只说了一句,却把顺序说反了:"亲爱的叔叔阿姨、爷爷奶奶,感谢你们对我们一家人的帮助,今天到来……"不能不说,那一刻,我也融入了他的痛苦之中，没有继续听他后面的呜咽。

乡下人做丧事，一般都要在家吹吹打打几天做道场，然后将火化了的骨灰择吉日土葬。巫云生老婆想带了骨灰回老家土葬的，但巫云生的姊妹们似乎不同意。毕竟，人在外三十年了，巫灵山就生在了外面。死在外面的人回村子里自然不让的，想不到出声阻止的第一个人居然是巫云生的弟弟，这倒是个意外。也许，他嫉妒他。一想到这一点，真是沉甸甸，难免联系到自身。这些年，岩佳家的亲戚也走动得少了，我隐隐感觉到对她是一种伤害，但对吕青葙同样如此。等我发现这些的时候，我知道自己家的亲戚也走动得少了，往日的朋友也有意无意地疏远了我。心都在吕青葙身上，五个年头，逢年过节短信电话都不给别人回一个，进入人群也是很快撤退，很多人说我像变了一个人，即使碰见一些熟悉的旧人，也不像以前那么嘻嘻哈哈了。青葙呀，即使是此刻，也没有人能把你从我心中赶走，我自己也无能。大过年的，也没有什么人来往，除了岩佳父母和她妹妹。如此伤痛，无论人生的情感如何汹涌，但是想到吕青葙，还是一片茫茫，不想告诉自己有后悔，那是疲惫中年的亮色，却也在时光里丢掉了。

我们离开时，头顶飞过一大片鸟，我努力想从灰蓝的天空里辨认出它们的模样，但也只是听见了它们的合唱。以前和巫云生在一起的时候，我们倾向于细听每只鸟在空中留下的轨迹，辨别它们的年龄和关系，这样的乐趣我们玩到三十岁又玩过四十岁，后来就不这样了。那么多的鸟在天空里飞，我紧闭双眼，静静聆听，却无法辨认确定哪一只是我喜欢的，也无法想象，巫云生会附灵于哪一只鸟上面，低头俯视我们……

7

仅仅只是三个月，总共也就 104 天，亲密的日子。接着，与吕青葙之间开始了成年累月的拉锯战。

这近乎是荒谬的，人到四十八岁不可能再重新出生一回，可那时候我的情况就是重生，我想好好活一回，我和程岩佳也是说了的："我要离开一段时间。"我没有告诉她多久。那时候我忍受着她的诘问和呐喊，我知道我可以努力穿过那条狭窄的道路，尽头处吕青葙在微笑着等着我，我可以忍受来自生活的压力，承受一定的痛苦，然后我们就会重生了，拥有我们共同的洁白的生活。在此之前，我得费些力气，但我确定我可以克服重重障碍，会在尽头之处与吕青葙庆祝。

那时候，对于我来说，生命的意义就是吕青葙，我是为她而重新点燃生活的希望的。渴爱，这是我造的一个词，我喜欢，一种强烈的激情，由吕青葙唤起。她是朝霞与晚霞，她是星与光，她是生命的欣欣向荣。这不是少男少女式的初恋，虽然我们会像高中生一样在每个夜晚为必须回家面对"父母"而难舍难分，但不是初恋，深思熟虑而充满计划。

我的亲戚尤其是朋友们试图弄明白我发生了什么事情，尤其巫云生，他似乎羡慕又嫉妒我的好运，但他的生命却在规规矩矩里郁郁葱葱。他不明白，一次次在酒席上说出："你们不知道，希腊被一个女人打了一巴掌，打出了爱情。"其他人就会喊："什么？怎么回事？为什么？不可能！这怎么可能！"尽管他们会说不可能，但他们还是要仔仔细细询问这一巴掌的故事，是女娲炼石的手还是乡下村姑的手，一巴掌怎么就把一个人的爱情打了出来。

如果这发生在我和吕青葙没有开始之前，我也会像他们一样愚蠢地发问和否定："这不可能！"然后跟着他们争论不休，一个巴掌可以把女人打得爱上一个男人，一个巴掌绝对不会将一个男人打到爱上女人。真是徒劳无益。他们找不到答案，尤其巫云生，他想不明白，他了解的那个希腊，人到中年正在为了下一部长篇小说兢兢业业，根本不会有这样的事情。他一次次问我："真的是一巴掌打出的爱情？"当然，他还提醒我，用巫云生后来对我说的话说我：你老婆是个好女人。他经常吃岩佳做的饭。岩佳做饭手艺一般，但比起沈长安，她算是知书达礼，特别在哥们儿面前给我面子。沈长安与巫云生结婚后，第一件事就是将巫云生的一堆兄弟姐妹赶得远远的，在单位，她也是吆五喝六的，经常跑到领导面前为巫云生算账，一分二分都抠得认真，从年终的慰问品黄油和大米到端午中秋的月饼个数，她都要仔仔细细问个清楚明白。巫云生说苏东坡需要河东狮吼，他需要河西狮吼。因为沈长安老家所住村落叫鱼河镇，她家在村的西边，村子叫河西，所以巫云生一般称沈长安的吼叫为河西狮吼。也许是因为沈长安将恶人做了，使巫云生写作环境安安静静，所以他虽然经常说自己婆娘是河西狮子，但对妻子也有一份敬畏。人人都知道巫云生家有河西狮子，知道我希腊家有芸娘，作为我们共同朋友的林欲晓，有时不可避免地要谈论一下这些家事。岩佳确实像芸娘，沈三白的《浮生六记》合我们之间的情趣，贫贱夫妻，却也是甜蜜有时，悲苦有时，如果没有吕青菇出现……巫云生对我的损失做出了评估：妻离子散。他对我提出了劝告，让我人到中年眼看进入老年不要瞎折腾，换老婆的写作者，一般是诗人，从少年换到老年，散文家至多就是三四十岁更一更，我五十岁了，巫云生说五十岁写长篇小说的作家，不适合换妻行动。至多学学托尔斯泰，离家出走很快就送命了，虽然那是他八十岁的事情，但对小说家来说，五十岁后的生活和八十岁一样，尤其对于长篇小说创作的作家而言。他特别对我做了强调。他说我的损失将是巨大的，这是肯定的，别怪他没有告诉我。除了妻离子散，他说我还将失去一些朋友，比如他，因为他觉得我新找的女人不会做饭给他，他说他已经是老头子了，和年轻人有代沟，他可不想找我的时候碰到一个年轻女人对我颐指气使，尤其打耳光。总之，在他的解说下，大家都觉得一向洁身自好不被年轻女孩拉下水的希腊要完蛋了。

我知道我这种情况并不是独一无二的，一个人的艺术生涯刚刚稳定进入一个飞跃期，然后遇见了一场崩盘的爱情，会直接导致整个人生的坍塌。尤其是一些人还说我又将迎接来一个女儿或是儿子，那时候我将终日

"道在屎尿",从其中寻找我的人生哲学,根本就不会再有什么充裕的时间来进行文学创作了。用他们的话说,我的文学之花会开始凋谢。我仿佛看见花瓣朵朵飘落在淤泥里。

我知道这些,我不笨,但也不够聪明,我不坏,但也不够善良。我和程岩佳的生活已经二十多年了,眼看着要上三十年,我们的婚姻之花是棵盆景植物,我知道在枯萎死去之中,甚至一些时候,用她的话说:"每天对着一棵枯树在浇水。"然而,这又何尝不是一条分娩之道,吕青葙在青青草原上等着我,她是我的幸福和欢乐(现在她是别人的幸福和欢乐?我不能想),尽管我拼命挣扎,身负重伤,但是只要走出这条通道,我就将迎来我的美好。那就前进吧。

那时候我就是这样想也这样做的。巫云生的那些劝勉我只当作是一种嫉妒的废话,网络上有年轻女子小二姐祭悼与导演张扬的一场一夜情,说是愿意为他生孩子,也愿意为了他的岁月静好出家。人人嘲笑年轻女子的幼稚痴情,没有想到,隔一日,果不其然削了发。很多人开始羡慕张扬。我也未必不是巫云生羡慕的对象,毕竟,即使他的夫妻生活再甜蜜,我们都是过来人,可以想见。与程岩佳的生活是可以预见未来的,没有生命的突然风险我们可以同床共枕到寿终正寝,然后共享花圈和坟墓,共同承受儿子希程子携带媳妇和儿女的祭奠,在此之前那些活着的岁月,我们会为希程子以及他的倩倩(不是这个倩倩,就是其他倩倩,反正是他女朋友或媳妇)姑娘做一对榜样夫妇,让他们幸福地生儿育女。国家二胎政策出来后,岩佳一直觉得长子太独太孤单,她希望程子有个弟弟妹妹。现在程子享受到了好政策,她希望他多生两个,因为三胎政策也已经放开了。孩子越多越好,子孙成行,那时候才叫幸福。这是岩佳的梦,在我们恋爱的时候,就有这样的想象。如果没有计划生育,我怀疑岩佳会与我生一群孩子,只要我们养得起,她就有生孩子的热情,她爱我,也爱孩子,我一直知道。二胎政策开放前,她甚至几次说过:"要抱养一个孩子。"她对地震灾区那些残疾儿童有过很长时间的关注，她想知道他们的命运。

　　和吕青葙的开始，其实很简单的，很快就天雷勾地火。我们算不上一见钟情。一次会议的中途经由别人介绍，她来到我面前，得知她需要一些采访资料，就留了电话。——她临时客串记者。以后半年也只是偶尔发个短信，其间见过一次，也只草草。她那时候在准备大考，打算换个城市生活，年轻人总是这样，我也理解。半年之后我去出席一个活动，刚好她发来短信说谈谈，也许是她对这个就要离开的城市有所留恋，或者在努力爱上什么，留下来，我不知道，但我约了她一起见面。接着我们就两三天又见了一次。我算不上心猿意马，但当时写作进入了一个瓶颈期，原始素材已枯竭，见一个喜欢讨论性学硕士论文研究社会底层女性如何生活的女孩子，觉得也许可以给我一点写作灵感。一次与几个朋友唱歌，我也喊了她。那之前，发过几个短信，不近不远交往着，但已经属于很深的暧昧了。她是个笑嘻嘻的人，不断笑，永远是愉悦的表情。我没有见过比她更能笑的人。弯弯的，眼里盛着海。人群里，我嫉妒了。因为在此之前我以为她是专门为我笑的，我是个能让她快乐的人，我单纯地这么以为。我说她："你玩我。"就着灯光她在我近前的沙发上，慵懒地斜躺着。我说了之后，她立即扇了我一巴掌。歌厅摇曳的灯光在那一刻变亮了，房间的电子屏上一片空白，一切的声音像是为这巴掌在补白，在场的人都听见了……

　　当然，以后还会有这样的巴掌，一次次，我要求她打我，或者毫无预警的情况下，只要说了让她不舒服的话，她会立即扇过来。后来我喜欢上了那样清脆的声音，包括现在，有时不由自主，我会扇自己几巴掌，然后摸摸自己的脸颊。

　　那样的手，小小的，并不柔弱，打过来了。人群里我不能不说是恼羞成怒的，恨不得扇回去。我看着她怒目不说话。她低声说着对不起。我的朋友来劝解了，他们带着一致的恶作剧的嘲笑口吻。我知道这一巴掌过不了今晚就会传遍整个圈子，我会是个笑话。我应该离开吕青葙，离开这个疯狂的女人，在那之前没有人打过我，更没有女人如此打过我。我受不了这个女人。

我的腿却制约着我，我的心也制约着我，我并不准备原谅她的这一巴掌，也不想随意走开，我要看她出丑，要她解释。我不知道自己是怎么回事，最后居然接受了这样的过失。这一巴掌成了我们情感的升华，很快我就不顾一切地疯狂地去找她。

我不是没有骂过自己是个浑蛋，不是没有告诫自己已经不是毛头小子，应该负起责任。那时候希程子再过两个月就高考了。我的婚姻可以说一切平顺，虽然前一年的九月岩佳差点出事命救不回来，但一切都是好的，一切都向好的方向发展。吕青葙却近乎一个魔鬼，让我缺乏冒险的生活一步步走向高桥。这么多年，程岩佳给我的生活是纯洁又丰盈的，我俩用白丝线构筑了婚姻的城堡，我们互送礼物互写小卡片，每晚她给我朗诵几首诗歌，或者读读我写下的文字，如同巫云生的老婆一样，她是我的秘书和打字员，很多事情由我口授由她打出；她比巫云生的老婆沈长安更懂得丈夫的心思，亦能为我提供一些灵感，而且经常会对我的阅读做一些筛选，将自己认为好的推荐给我。不能不说，我的婚姻虽然疲乏但并没有失去控制，还可以走下去。甚至在床上，即使结婚二十多年了，有时我也会热情过头，随心所欲对她进行嬉戏，虽然没有初次经历那些时日的激情，但她是贤良而温顺的妻，适合我的。

程岩佳在婚前就已经预言了我们的婚后生活，五彩缤纷地描绘了一切，她描绘得那么仔细，我这个队友一一去帮她实现了。

最开始的时候，她并没有什么奇怪发现，但开始经常唉声叹气，有时无缘无故哭，我都是如同以往一样，早上四点开始写作，十点出去活动应酬，下午早早回家，继续写作。与以前不同的是，我早上越来越将写作的时间提前，然后就是梳洗，对于不太喜欢洗澡的我，用程岩佳的话说，简直是大问题。我回来的也越来越迟。程岩佳开玩笑："是不是因为儿子高考怕冲撞了儿子？"这是她给自己找的借口,我也不觉得她对我有什么怀疑,只是几月后我才获悉各种细节。她一一攀爬过吕青葙的博客,细细看过每一张照片,对于我裤兜里的各种发票,她也是一一上网核对具体的地址,她以一种一动不动的沉默在打造一把匕首,论证一个令人感到羞辱的方程式。那时候我不知道。我是一些时日之后才感到她身上总有一种惆怅的情绪。她说话少了,似乎比以前更注意衣着了,开始化妆。她经常静静地坐在窗前,小猫儿不知道从哪里跑出来蹲在她面前,她也不再抚摸。是不是她已经知道了什么内情？

也就是那天下午,我正在吕青葙处,她发来短信,写着:"希腊你提包里两张火车票,你搞什么鬼说清楚？"那张火车票上,写着男女的。在此之前,她见过吕青葙的名字了,并不以为这是一个女孩子。她一定揣测过别人,各种人。

我把短信给青葙看,提醒她:"人家已经怀疑咱们了。"很多个时日以后,青葙发来短信骂我:"我才是人家,那是家人,你既骗我又骗别人真是恶作。"

她没有表示什么。后来亦然。对于程岩佳,她只是厌恶她到自己的博客上去攀爬,向来不放在心上。她说她是好女奴,她不想和一个女奴计较。后来分裂的日子里,她发过短信来,骂我,说我需要的是女奴,说我欺骗了她。那时候我陪着岩佳躺在医院里,气得恨不得砸了手机。

"她是谁？"

我回到房间没有找到岩佳,就下楼去,在楼下小公园里面找到了,她坐在里面的一个石凳上,旁边是水泥塑的一个石桌。我也坐下来,将身子靠在石桌上,听她问出这句话。她需要更多的解释和补充,需要翔实的材料,我知道。

"这不重要。"我当然知道她已经知道了吕青葙的名字。伸出手去摸她的手。她退了一下。

"当然对你很重要。告诉我。"

"为什么？"

她咬着牙齿说："你还有脸问？"

"岩佳，这不重要，相信我，一点儿关系都没有。没有一点意义。"

"你们有足够的意义上床，你告诉我，你们什么关系？"

"不是。和你想的不一样。"

岩佳一直想知道我们有没有上床，和所有的妻子一样，她问出这个问题。可是和所有会出轨的丈夫一样，我没有坐实这件事。

随着岩佳揪开的丝线越来越多，我越来越得不断做出解释。

"儿子要高考，眼看着就这一个多月两个月，数一下也没有多少时间，你又只顾满足你那该死的欲望，从来不想一想后果。你一直没有停下来，对吧？从你那会昏死过去的初恋到还要我写评论的女文青，再到现在这个女学生，你从来没有。当你从一个女人床上爬起来的时候，我告诉你，希腊，你想过这对我们二十多年的感情和对我们的儿子会产生什么影响吗？要是以前的时代，你已经做爷爷了。"她停下来，气喘吁吁。

"对不对？"她大吼。

我使劲摇头，却也不说什么。

她走向窗台，向窗外望去，她在看儿子有没有回来？有种力量在阻止她不要让儿子知道这些，尽管她清楚儿子是她的同盟，但是她想让他知道我们是相爱的。我并不清楚她这样做的原因，也许也是一个母亲要的面子吧。

有时她的怒火会突然被点燃，狠狠地不断地踢床脚，但是无论她做什么，都像是一种发泄。

"你是个垃圾。"她慢慢地说。"你是个偷吃也不记得擦干净的狗。你就是坨狗屎。"她转到我身边来，接着说："不要脸的你告诉我，你本来就不打算让我知道装作什么都没有发生，对吧？我应该感激你的善良？不让我知道,保护我?你的良心给狗吃了吗?这么多年连我父母都贴补着养老金帮我们养儿子买了房子,然后才好起来,你就是这样回报我的?你还不如直截了当告诉我。之前那个让你写评论鬼鬼祟祟在邮箱来往很久的女文青,我还不是装作什么都没有替你写了,而且我自己也写了一篇,我还不是对你的粉头夸奖又夸奖。你还想要什么,你还想要我怎么做?"

我一言不发。后来对吕青葙也是如此,无论在邮箱和短信里她如何诘问我,我都是一言不发。我有两个邮箱。当岩佳发现我的163邮箱有吕青葙发来的照片之后,就删除了她,拉进了黑名单。吕青葙的清高让她不去触碰这层底线,但她在新浪邮箱里对我进行宣泄她对我的思念和诅咒,长达五年。

无论她怎么追问,我都会一言不发,对于女人我已经习惯如此,沉默是最好的,这样可以不断回头,即使错了也可以回头。何况在婚姻法则里,我是个越轨者。

"你说说,结婚以来多少次了,多少次?就这十年,你算算,北戴河那次,女文青那次,还有那个韩国翻译家,你告诉我,一共多少个?你说实话你不会死,也不会改变我们这种关系。你告诉我。"她等待我的回答,我只有说:"不记得了。说这些没有意义。"

"那什么有意义?你让我装?继续装?你让我觉得我是幸福的,当我撑着从上次发病走过来,你以为我是因为我自己,你以为我突然的发作是因为这些?我承认我有病,但开始并没有这样,并没有这些。你一步步地在害我,你恨不得我死。你就是恨不得我死。"岩佳激动地说。

我过去试图抱她,她躲开,嚷着说不要碰我。我迫切地感觉需要身体上的接触才能让她平静下来。我一把抱住了她,把她拉进我的怀里,她肯定觉得这躯体令她熟悉,还有我的重量也让她感觉安全。我不想她痛苦,这让我很难受。她的眼泪流了出来,顺着脸颊而下,我抽出手去抹除。我知道如何让她平静下来。

"说吧,你肯定记得,我不会怎样的。"岩佳一直在诱导我,无论我们在床上还是在餐桌上,避开希程子,她就会这样问。

"为什么,"她试图让自己平静,"为什么要这样做,这样伤害我和孩子,他都马上要高考了。你怎么可以这样?"

我试图拿我的工作说事,我说写作上遇到了压力。我还说:"没有那么糟糕,你不要自己想太多。"我喜欢在她发作之前表示我的抗议,有罪之人提前会发出攻击,这样更有效。"你知道我热爱我的创作,你也知道这是我们共同的事业,关乎我们和儿子的生活。只是我有时候——"我尽量说得含蓄,不能说的地方让她去意会。

"她住在哪里?那个吕青葙。永陵路吗?曙光大学吗?你告诉我。"

"不是。"我接着说,"她马上就走了,我们之间没有什么,她要去别的城市了,你也知道,要毕业,你查过了。"这一条消息让岩佳觉得安稳,这也是后来成为吕青葙逼迫我的证据,她说是我抛弃了她,赶走了她,客观上显然是这样。

让她走的那时候眼看八月了,那年夏天,岩佳进入了她身体的过敏季,程子已经高考过了,只上了本市的二本,而且还是我一次次去争取的。开始录的是一位电视台长家的女儿。虽然是二本,学校倒算是好学校。全国大学里面所有导演系,当然北京电影学院更好,但他的文化课没有上去。成绩出来甚至就差公布了,我们打问到消息,他和那个女孩一个班,知道她的成绩,两个人报着一样的学校。如果她可以上,那他的分数比她高,自然更可以。因此,我找到省教育局局长,我告诉他们如果他们不按照规则录取,我将会举报他们。当然,在此之前我和市委宣传部也打过电话,我连这也告诉了他们。他们知道我以前做过记者,也做过教师,还下过海,也许囿于这一层顾虑,以及近年来我作品的节节发表,他们答应了我的要求,给了希程子读所想要读的导演系的机会,进入了本省的电影学院。这件事客观上也是我和岩佳关系相对缓和了的一个契机,她知道我还是关心儿子的,而且我一直没有提出离婚,尽管我们也说到过离婚,但那不是认真的、严肃的。她只是在电话里听到我要和吕青葙一起走掉,放弃一切。后来的几年她还是咽不下这口气,她觉得我曾经想那样。

她也问过我关于我们性生活的问题,她说:"你感觉厌倦吗?"我自然不会告诉她实话,而且事实上,我也未必是厌倦。

"到底哪里出了问题,你不能和我诚实谈谈?"最后的最后,吕青葙也是要谈谈的。那年腊月她来到我的城市,在我生日前后待了十天,就是要谈谈,也就是岩佳也要和我谈谈的时候。那时候她的病很重,岳母和姨妹轮流照顾,我更是几乎不被允许出门。然而她还是温柔而诚恳地,要和我谈谈。有时她会哭着和我说:"我知道你一直在和别人乱搞。"说的时候看起来又像发病要去急救,我不得不停下书写的双手过去抱住她:"我没有,我发誓。"我抽出一只手像初高中男生那样发誓:"如果有让我出门被车撞断腿,撞死。"岩佳像所有言情小说里温柔的女主人,她不要听见这些的。她不像吕青葙,吕青葙在邮箱和短信里一次次祝福我:"夫妻婚姻美满,共享世间坟墓。"她还说我是共享单车和云养的男人,一些网络流行术语她用在我身上,她仍然觉得不够。她指责的没有错,我们之所以相爱,仿佛就是为了这场离别。

在那段或那些天不回家的日子,我并没有与世隔绝,岩佳和希程子的电话和短信就像索命追魂。以致恢复了"正常"日子之后,我还会有听到电话响起的惊悸。

我离开她之后,左腿经常疼痛,我不知道是因为对岩佳的誓言还是对吕青葙的誓言起了作用。即使我坐在桌前,也常常不得不把左腿搭在右腿上,而不是右腿搭在左腿,我的左腿逐渐变得不堪重负,甚至不能进行稍长时间的走路。我经常能感觉到左腿的小腿肚在不断地被蚀着,无论是夜里睡着还是白天坐着,无论是躺着还是走着,我都能感觉到有东西在一点一点一小口一小口虫子一样啃噬我。——我和吕青葙分开了,也许她恨我恨到每晚在扎小人,当我疼的时候我克制不住这样想。

　　事情陷入恶性循环,岩佳的病,我的腿疼,以及疲惫、不满、愤怒之间的循环往复,让整个家庭进入死灰状态。虽然吕青葙离开了,但不亚于留下一个尚未打扫的丧葬现场,我们试图复原,却发现清理起来是那么艰难。岩佳一日比一日病重,有时甚至下不了床,她是突发的,必须要防止激怒她,让她引起心因性反应的东西,都得阻止,比如我的大声说话也是不可能的。她会哭泣,疼痛会从她的指尖蔓延到额头,然后是太阳穴。满床都是纸巾,还有她突然发作需要急救不小心撒掉的药物。器具随时放在手边的小凳上,只要有反应,就得注入嘴里,喷射。心因性哮喘,加神经症,都是突发的,你懂得,所有发作过的人都有那样的经验和恐惧,一口气上不来,就很有可能……最崩溃的时候,要全身插上管子,还有导尿设备。儿子对这些充满了愤怒,他愤怒的指向对着我,是我让他母亲如此不堪。

　　也许岩佳真的已经看透我了,也许她也很清楚我在艰苦地努力。她在人事上的判断比我有经验,她说我是见好就收,说我也不明白自己有没有够不够。

　　在吕青葙出现的前几周,岩佳经常哭泣。她肯定察觉到什么不对劲,尽管我们真正开始是半年之后。她比我敏感太多。我们咬紧牙关也要共守家庭(坟墓——吕青葙说的),这是我们彼此承诺的。所以后来,我们都摆出一副要把日子过给彼此和儿子看看的样子。以前是岩佳安慰我比较多,像安慰一个孩子;现在换了过来,她成了我中年时期新得的女儿。以前呀,那时候我心碎了,有时遇到什么都要生气,但是岩佳知道如何让我冷静。

　　其实这二十多年眼看到三十年的婚姻里,岩佳承担家庭的责任比我多,甚至儿子进入叛逆期之后,也是岩佳在说"爸爸辛苦""爸爸要养家""爸爸从小受了很多苦"等这样的话让儿子体谅我。她一直都是高尚而温暖的，没有人知道。我自己也不知道，为什么我有那样的决心，曾经想一走了之。

岩佳在方方面面都很节俭，有时只是为了我可以吸到更好的一种烟，有时只是为给儿子省出一节钢琴课。一天又一天丧失着年轻的养分，但她其实并不注意保养，她觉得保养是需要钱的。她至多只是将蛋清和黄瓜皮贴在脸上，这是她少女时代的美容大法，她用到四十多岁。可以说，婚后最初几年的日子，她甚至不如在娘家过得滋润舒服。

岩佳用她惊人的体谅承受我，越如此，我越爱，但也越会想到一个表现道德的高级词汇——良心。我越对她体谅，就越显出是对自己良心的平衡。我们之间是一种交换的关系，我几乎再怎样也还不清。后期，岩佳甚至要押上一条命。

我清楚地知道，我最艰难的日子是在她的陪伴下度过的。这样无私付出的女人很少。而我却如此挥霍，对一颗善良的心如此豪夺……

我们的婚姻出了问题，她比任何时刻都想死，我通过一切感觉到了。因此，我放弃了吕青葙，急速地撤退。我从四方八面感觉到了危险，心中充满担忧，难道我真怕岩佳死掉吗？我想我更怕自己成为一个没有女人照料的鳏夫。我沮丧地从一段婚外恋情里蹒跚地撤退，心中揣满了疑惑不安。岩佳想死，并且她已经在行动了，我们都进入了危险地带。

为什么会有这样的感觉？我根本说不出来。因此，我一反常态，成了一个乖顺的丈夫。

现在，岩佳已经在恢复健康，重新散发出她小名花儿般的清香，吕青葙已经远去，我也几乎不再踏上通往她的那条禁忌之路，为什么我的心就不可以回到从前呢？为什么感觉就像哪里不对劲？人的年老时代也许比年轻时代更不满足，而不是更易满足，所以，在经历了吕青葙之后，我不得不面对我生命的颓唐？我试图拼凑我与岩佳相爱的一切证据，我得去热烈地爱着什么，吕青葙之后，我总在恐惧着什么，我得去把握一些东西。我们毕竟是模范夫妻。

"艳丽芳华"，吕青葙说我经过的女人"艳丽芳"都有了，缺华，她说艳丽芳华才是你人生的红颜，我又算什么，华是你的终结，你最后会一劳永逸死在这个名字的主人前。初恋叫艳，然后是叫丽的女人，在她之前的女人叫作芳，她都知道，威逼利诱加各种甜言蜜语，我是个主动招供的犯人，所以最终承受永不相见的刑期。女人比我想象得聪明，她们总会知道她们想知道的，岩佳也一样，我就如在一张张白纸上不断画押。

青葙不知道，岩佳外婆姓程，少年时代跟随外婆以及外婆后嫁的不是亲外公的外公生活，所以改了名字，程岩佳。住在大巴山深处，山气日夕佳，飞鸟相与还，倒是一个好地方，因为觉得山佳有点男儿气，就将山以岩代替，取名岩佳。在此之前随父姓，名字里有华字。也是邪乎，想起来，觉得命运的终结者为程岩佳，似乎命相学上也说得过去。我不是信神的人，但是青葙这样说，也觉得像是宿命。就如她还告诉我，恋情最艰难的时候，她问了测字人，别人让她写了一个字，她写下就后悔了。我问她写了什么字，她说是洛水的洛，因为那几天她就住在叫作洛水的河边。测字的女人对她说："天各一方，老死不相往来。"说实话，我听到她说写了"洛"字时，也是心里一惊。水虽然有流动之意，但历史上从来都是伊人在水一方，爱情道阻且长，写什么都不能写水。写火也好呀，写金也好呀，写木最好，双木成林手拉手，永远不分离，为什么要写"洛"？我的恋人。我有些恨她，我觉得这一切都是她造成的，她过早让命运预言了我们的交往，本来不是分别也成了分别。我恨她。

8

我致力于改正夫妻关系里我们的相处方式，我们的婚姻实在太牢固了，我是岩佳套着鼻环的马，她是善良的主人，经常抚摸我皱巴巴的皮肤，深入我长长的脖子抵达我的后颈，这感觉让我愉悦，但我也同时知道岁月不饶人。我这个过了五十知天命之年的老男人，开始直面婚姻关系的裂缝，过去糟糕的性生活以及一直喜欢新鲜的我是不良的。岩佳不是傻瓜，她也致力于这方面做出改变。

我们又回到了模范生活里。我重新安居在自己的家中，享受岩佳对我的服务，重新坐在书桌前，面对那些签了合约的稿子。岳母看到女儿脸色不断好起来，也开始笑，她通过岩佳告诉我，她觉得我品性不错。岩佳还说了，她母亲说我从小死了母亲，多年老妻如老母，只是偶尔误入歧途，改了也就好了。

我坐在楼下花园里第一次事发找到岩佳的那个小石凳上，等岩佳上楼提猫粮，喂那些流浪猫，也会随着对往事的回忆浮想联翩。吕青葙赋予我瞬间欢喜瞬间悲伤的能力，我曾经想把这一切合二为一，野心勃勃却最终背信弃义，像一个窃贼。可是难道我真希望岩佳死掉吗？

我双手插进头发，想象背叛岩佳的那些日子我到底得到了多少快乐。仅仅只是 104 天，然后一切就在结束中，我是主导者。但我却长久在内心不能结束与吕青葙的秘密关系，精神游弋，无法回到正常的生活。岩佳的疾病将这一切扼住了，包括我的腿疾。为了回到我的家中，为了恢复正常的家庭生活，我没有坠落悬崖。现在我才知道，为了摆脱吕青葙才让吕青葙彻底占有了我的心，为了惩罚自己，我才选择离开了吕青葙，我在四十八岁那年制造的爱情神话，都只是为了让我彻底地将自己放在这样的一所婚姻坟墓里，彻底明白无前路可走。在那之前的十年二十年，甚至更早，在结婚的时候，我总觉得还有路的，还有爱的，夫妻之爱之外的爱情，其他各种可能。我并不是不爱程岩佳，只是还有一些方式，我没有灭绝，我给自己留了路。

总而言之，吕青葙走掉了，我的骄傲也被击打得粉碎。在一种虚构的自由里，我亵渎了半个世界，亵渎了所有的女人。

当程岩佳和吕青萡各自恢复推理能力的时候，她们对我一明一暗的攻击让我觉得我是那么肮脏。没有荣耀，没有田园雅歌，更没有柔情蜜意。我和吕青萡连悼念爱情的墓地都没有。她拒绝我再去找她，她说她不想看到爱情的骨灰。她就是这样用词的，打击我，让我毫无余地。——有那么一次，我到达了她的城市，见了她。有那么几次，我到达了她的城市，不知道她在哪里了。我只是源源不断收到她长达数月的诅咒，然后忽然间消失，再一次的出现也是忽然的，还是一样的诅咒，图文并茂地将配着各种花圈和挽联的图片发给我，告诉我："祝你和你制造的死亡病患者共享花圈和坟墓。"开始的时候，我担心自己像一团泥浆一样化掉，可是我逐渐适应了。我不能不说，如果吕青萡和程岩佳一样，寻死觅活，离了我会喘不上气来，我是不是就会……我其实也害怕再次与吕青萡共度时光，如果她也像程岩佳一样，忽然之间喘不上气来，需要急救，气急攻心，手指发紫，嘴唇也绛紫，那样痛苦，我可能也会情不自禁去拯救她——抛弃我的妻子和儿子——抛弃我的一切。

我和岩佳开始经常注重养生，锻炼身体。我们每周爬一次山，城里太热就回乡下住一段时间，反正有老家那些亲朋打理房子。我还没有活到让他们抛弃的地步。

那天，我们登上本城最高的老君山，一路两人扶着台阶歇了好几次。——在独自承受吕青萡离开的那些夜半，我有时自己来。当我们到达山顶的平地时，两个人都明显觉得心怦怦跳。极目望远，城市浸在一片苍茫暮色里，住处附近那耸立的尖塔却可以看得见，万家灯火忽闪忽灭，让山这一边显得特别清寂。虽然是二月，但仍然会刮风，岩佳探过身来，我搂住她，夜色渐趋黑暗，城市的灯光像天上的星星，她说回去吧，回去吧。独自登山的那些时光，我也总是告诉自己回去吧，回去好好生活。

她很衰弱，由于药物过敏，不能用抗生素，只有一些草药和食物可以配合治疗。一到春天,花粉更加过敏,她一直坐卧难安,为了我的腿疾迅速好起来,她才坚持一路走这么久。我曾经向往另一种生活,四处摸索拼命追求,此刻却觉得就这样好了。漫步在小路上,我们说着二十多年来一直说的那些话,夫妻之间的那些有一搭没一搭的谈话。从前有那么一个时期,每周抽几个小时的空闲,我们会半夜起来散步,看星星看月亮,看寂静的街景,直到早晨第一班公交开往城郊的三圣乡,我们去欢喜地坐上,然后到那里请一些盆景植物回来,顺便仔仔细细将那里的花卉市场逛一遍,就像是旅游。那时候我们贫穷又快乐。我们都努力去再一次获得。

我们从山上下来,沿着通往住处的普光河一边走一边说话,像初来乍到的陌生人,这里成了新鲜的地界,安全的避难所。

我想到前不久的一次登山,不过是在老家。我们给我的父母烧了纸,岩佳叫着"爸爸妈妈取钱来……"她叫得那么自然,让我觉得曾经要割舍她,是个多么大的错误。我像是浪子回头,不断在心里说,要对她好,再好一些。我想到巫云生死去,他老婆沈长安哭得如同一只水母,我死之后,岩佳有哭丧的墓地,名正言顺,我们是夫妻。我把父母亲下面的穴位指给她看,埋我父亲的时候,她也是看过的,她知道她会和我葬在那里。父亲为母亲做坟的时候,就已经想到要埋五代人,他已经计划了他的墓穴,还有我们兄弟几个的墓穴,坟地大大的,五六步可以丈量一个穴位。我给岩佳指着说,脑海里想到吕青葙发给我的信息:"你们会共享花圈和坟墓。"这没有什么不好,而且一直就是这样规划的,并不难,只是生活走了一段弯路(一段弯路?)。岩佳尽力配合我,她尽量控制自己的病情,为了我的写作,我们有时住回我从小长大的山村,我给她指我小时候的斜坡、古柳、已经塌陷的一些旧房子,给她认村里的老妇,与我母亲吵过架的罗大娘、一言不顺就脱裤子的翠花二娘,还有神奇的总是可以在夜里听见各种人声的聋子大爷……这些上了岁数的人,我都指给她看,解释给她听,我们又像是回到了新婚的时候,她将这些人再来认一个遍,那些年我在各种场合讲给她听的村庄传奇，再讲一遍。我们像回到了世界的尽头。

我努力去做这些，主动积极，岩佳也很配合。我们几乎都相信，日子回到了从前，甚至连希程子也相信了，那些日子，他经常会给我们打个电话，叮嘱我们吃好喝好。

不久，我举办了一次宴席庆祝我与岩佳的二十五周年结婚纪念日。前来参加的有我们的亲戚还有我们共同的很多朋友，当然有岩佳那几个固定的闺密。我们在楼下住处不远的饭店里吃了饭，还定了包间去唱了歌。晚上亲戚们回到房间，程子雅兴很好，弹了琴，倩倩唱了年轻人喜欢的歌，她唱的那首《三十岁的女人》尤其引起了大家的共鸣。岩佳的父母和小姨趁机说他们可以结婚了，不要等到三十岁。岩佳看了一下我的脸，我笑了一下，不是那么伪装的笑，自然的，顺心的。吕青葙的三十岁。她肯定也想到了。现在吕青葙成了我们夫妻间的一个笑话，有时可以会心一笑的，像我们俩"甜蜜"的小秘密。我的爱情残灰是夫妻恩爱的证据，你看，城池牢固……

我与岩佳两人坐在家里新买的沙发上，端端正正照了相，岩佳发了微信朋友圈，引来很多人的点赞。在她的微博上，我们双手牵着我在背后她躺在我胸前的那张照片，更是被一家杂志拿去配了我们的文章发表。电视台对我进行了采访，问我对国家即将展开的四年一度的长篇文学奖有什么看法，并且告诉我我入围的那本小说《扶贫》，引起了网友们广泛的好评，很多人撰写了论文，发起了投票。人们因为我冒着政策的风口浪尖写了《扶贫》这篇小说，认为我是个有良知的作家，但一些异议人士则不点名地在报刊上大批特批我不该在时代凯歌高唱面前发出丧音。——其实那篇小说在发表前夕就遭到了编辑的讨论。当时正在开两会，编辑给我打来电话的时候我正在山里，姓李的编辑说现在是非常时期，让我要么改结尾要么改投其他杂志。这篇稿件是他向我约的稿，我们认识十年了，他从一个乡下小科员混到现在省城这份还算知名刊物的主编，不能不算是飞黄腾达，但我最厌恶他每次电话我那副歌唱者的嘴脸："希腊呀，你文笔好，给我们投个小说吧？"隔不久，会收到以他的下属的名义发来的邮件或短信："希腊，大作看了。表达了对形式主义的鄙视，对现状的焦虑和痛心，可谓善意满满。叙事上也棒，更有地气，特别有亲和力了（括号内为我的话，我只想说写小说如果是为了唱赞歌，我还不如不写呢）。喜欢你的语言。但是，当前这种带有暴露和揭示的作品，尤其是涉及大调研的作品，还是有点忌讳。和其他几个编辑商议了一下，略推后些再说。特告。"有时则说："希腊，几年不见兄台文章，如此突飞猛进，非我辈能比，但你也知道，现在刊物……"这个人总是这样，每次听见他在电话里的哭腔，只觉得想扇巴掌。一次采风认识的，长得看起来倒壮实，只是心如眼睛小，每次都如此恶作。但是看起来不计较，骂他一顿狗日的，不发大爷作品不要问大爷约稿，下次他如是。我一气之下，改投了一个市级杂志的刊物发出来，这个刊物的杂志主编当然也紧跟时代的调子，但是他是学历史出身，知道"风物长宜放眼量"，并不像体制内的纯文学编辑那样自我阉割，战战兢兢。想不到这篇文章社会反响大。通过这件事，我觉得国家的恐惧有一部分就是这些自我阉割的文人制造的惶恐。看到这部作品如此受欢迎，我不能不说还有点欣慰。这当然是庆典以后几天的事情。

　　我不能说对这次评奖不在乎。巫云生的突然猝死，也不能不说与争这个奖没有关系，他是累死的。林欲晓那里保留了他最后一次的短信，给我看，劝告我虽然出版社催稿急，但自己也要注意身体。我还记得那个短信："文学院教学秘书7月13号给全院老师和我邮箱发今年新分办法，我不会电脑，让我的研究生7月15日晚上登录了成绩。教务处就通报了我！我一年本科两门课研究生三门课监考八九次，来大学教书十一年十部长篇小说都是节假日与晚上写作，没有一天创作假！学校把我当牲口！真不如专业作家。"巫云生临去世的时候，还上报了五部长篇小说的大纲，希望国家拨下一笔款,他要紧跟"一带一路"的旋律高唱春天的凯歌。对此我应该有前车之鉴,人固有一死,但被自己逼死则太可悲。

从三十年前大学获得全国大学生征文奖开始,我已经获得大大小小不少"国家奖"。与那时候的获奖不同的是,现在的大多数奖,每次都得准备好几天材料,还得填各种不同的表格,另外也得将近期的创作计划通过邮件和打印分别呈交给承办此事的相关部门。这些部门除了文化部门,还包括那些出钱赞助文学事业发展的董事长,他们会和一堆文学长官站在一起给文学旗手颁奖,以显示他们对文学艺术的热情。颁奖前会有歌舞,颁奖后会有晚宴,总是这些人,获奖奖金可能有一部分来自他们的赞助。声势浩大。我们这些作家,不得不像个陪唱的歌女。你们知道,有各种名酒的赞助商,对文学非常热情,比如贵州那一家,四川的也很有心,还有陕西肉夹馍店老板也热心赞助呢。他们大肆宣扬赞助文学,慷慨大度地支持文学事业的发展,出一笔奖金或自主办会,然后理所当然在杂志上打上他们的物品广告。当然,近几年还发展了私人文学奖,非官方的名义,如"道远文学奖",更是需要这些财神的大力帮忙。道远就是那个宣扬"道远几时通达,路遥何日还乡"的作家,你们知道,作为土著陕北知青,虽然他的坟头草青又草荒已经十多个年头,但因为搭了知名的北京知青的列车,而且又死得早,作为"勤劳勇敢不怕牺牲"的真实生命奉献者,他早就活成了民间文学家的榜样和典范。人们喜欢拿他做招牌,在他们,倒像是慈善,一来出了名,二来变相打了广告,三则嫖娼了作家。毕竟,被颁奖的大多都没有什么资本,坐下来吃饭不得不听他们讲生意经,无聊时分也不敢走,或不好意思走,不亚于陪酒的小姐。归根到底,获奖并不是什么美化,只在"坊间"好听些,换得其他一些东西。

一些奖有年龄限制,但是省作协要我填那些青年奖,我又不得不填,因为说不定会因为作品好而获得"特殊资格"。我获得过各种不同的奖,但岩佳也知道,这些和那个专门的"国家大奖"比起来,都不算什么,专门的这种国家大奖会成为毕生杰作，会进入文学史。我们需要钱，更需要名。尽管在商量送哪部作品出去评奖时我和岩佳有过争议，但是最后出版社做了选择，因为出版社之间也是要竞争的。

我写的那本《山河依旧》虽然好，但绝对比不上《扶贫》这部跟得上时代的旋律。我一点都不知道，我们开始填的表格是两份，做双手准备，就从这两部里面挑，最后在送审的最后一天，作家单位交上去的是《扶贫》，这是他们和出版社的一致意见。

事后，林欲晓才向我承认递呈书稿的事情是他做的。他说虽然他也喜欢《山河依旧》，但他觉得太重个人感情，而《扶贫》，则有家国情怀，宏大叙事向来可以获得国家大奖，比如《太阳照在桑干河上》。其实就我个人而言，我想提交《山河依旧》，因为里面写到了吕青葙的影像。

我很反感这些部门，他们在最后都没有通知我一下。我也知道，不能和这些人闹翻，每年都有几笔资助，我的大多数钱都是从这些人手中批下来的。但是我在内心咒骂这些部门的官员们，他们对文学就如死去的陈忠实所说："懂个锤子。"他们骄横而愚蠢，每次和他们谈话，他们都不置可否，尤其是在你作品还没有开始书写之前，他们就让你上交五千到八千字的文字报告，阐述你将要写哪些内容，而实际上，文学不是建造房子，需要地基和这些见鬼的规划。他们在艺术领域的鉴赏真是无知得可怕。巫云生才会为这些人献上他的生命，我绝对不会。即使他们有时给我一些小奖，也仅仅是因为平衡的需要，给我和给别人未必有什么两样，我不和他们直接对抗而已。说实话，那些我获得过的奖不得不说也令我经常有羞耻感。

我有志于此奖，但并不想和这么多形式过招，然而我知道如果我有抵抗，很多指责我傲慢狂妄的文字就会满天飞。在各种策划里，我已经被塑造为"底层文学"代言人。五十万元的奖金，以及一堆名誉，相比较结果，这个凌迟的过程可以承受。林欲晓很支持我，但我知道，他心里其实是看不上我作为底层文学家的标签的。如果这个奖真的评出来有我，很多人会认为，正是我投机取巧，很快写了一部紧跟时代政策的小说拿去参评。一定有很多人会这样想，我知道。就如我和吕青葙的关系，很多人会以为是因为我小有所成，所以抛弃了她，在我的生命年轮里，她只是其中一个，不是唯一一个。甚至吕青葙自己也认为，她不过是我单调生活的重复复制。这些装潢门面自以为聪明的人，我很清楚他们，抓着鸡毛当令箭。

沈长安也来了。她带着自己的儿子，那个在广播电台做编剧的男孩看起来已经走出了服丧的抑郁，落落大方地坐在钢琴前弹奏了一曲。忘记说了，拍照的时候，程子走过来，我们一家三口合了影，然后倩倩走进来，再接着请岩佳的父母坐在中间，我们一大家子三代人合了影。倩倩很羞涩，程子说要宣布一件大事，不过这件大事也确实出乎我的意料。他说倩倩怀孕了，他们已经领了证，就看我们办理结婚庆宴何时方便。沈长安说真是喜上加喜。她还哭了，拉着岩佳的手说她好福气，不像自己，儿子还没有订婚就死了老子。不过她说，巫云生的事情她也看开了，人就一辈子，要快乐一些。

我感到了世界对我的爱，那么满，我荣幸地满载而归，回到了自己的舞台。洁白的、吉祥的……

但事实上，我的二十五周年结婚纪念庆祝活动没有举行，沈长安也没有来，仅仅是吃了一顿简单的饭，我们在山村里继续住着，像亚当和夏娃，开始准备耕织，做对农夫农妇。岩佳还病着，需要调养，乡下空气好，我的腿疾也没有好……生活达成了一片和解，希程子有时打个电话。山间总是雾蒙蒙的，灰色与白色交融，似乎是生活的一切。从诀别吕青葙起，我就限制了我自己。我知道岩佳是一种安全的象征，包括她的疾病。

而实际上，我真正的二十五年结婚纪念日是我独自一人度过的，前面的都说错了，我需要那样装潢门面，来给生活一份日常的祥和的虽然充满鸡毛蒜皮但没有什么大变故可以继续下去的描摹。我把自己关在山村的房间里写这篇供词，我打算倾吐这些秘密，不再欺骗任何人。或许哪天来吊唁我的人会看到这篇供词，就像看到巫云生死时桌子上的那篇标题为"红色的春天"的文章，那篇他没有写完就死去的文章，那篇永远没有终结的文章。记者们给那篇夭折的文章拍了照，说巫云生的文学精神会千古流传，像红色的春天。千古呀。

我感觉自己会被人判罪的，人们会认为我生命最后的最后，仍然在对一场失败的庸俗通奸进行哀悼，而不是对社会发展的广阔前景进行描摹，对文艺的春天也没有献上自己的奏鸣曲，或者人们会批评我是个可耻的逃匿者，我离开了吕青葙，与妻子程岩佳名义上仍生活在一起，却没有在心理上断绝对吕青葙的思念。我把我们的爱情写成一座岛屿，将她葬在那座岛上，她如同一只洁白的鸟，经常飞在我的视野。我甚至写到她和我一起拜访过我的村落。我的村叫作半岛，是一个有着辉煌远古史的地方，我写到我把她埋在里面，我就睡在埋她的小坟几步远的木头床上。我知道这很悲剧，到处是别人的春天，就连巫云生，他也死在他的春天里。我没有，我无能。

我陷入生活的迷雾，在作品里对失败的爱情进行描摹，吕青葙上了断头台，而我是戴着面具的刽子手。她不知道……

也可以是这样，我回到老家，到坟上给父母烧了纸，然后又很快回到了城里。我所居住的城通往世界的道路四通八达，我抬腿就可以起程。这篇称之为小说的供词，只是我整个人生的一篇。也许我并没有一个叫作村庄的老家，我在城市里生活，无拘无束地表达自己。厚颜无耻是作家的能力，这么多年我一直巧妙地运用着它。我写过十几本书，一些好一些坏，但道路越来越通达。我越写越炉火纯青，越写却也越麻木。

哎。真实不过是，我写下这篇人到中年的供词，也是我自己对自己的悼唁，作为后来者的你，看到了接收吧。我不想和巫云生一样，半夜两点突发疾病,心源性猝死,然后连一句遗言都没有,我也不想像林欲晓世事洞明活成一片镶有黄色金边的云朵。这一切,我都不要了。我提前写下我的悼词。不要猎奇,不要有人哀悼我,不要有谁为我再写悼文,说与我有过什么样的亲密交往。我已经都供出了。

　　仅此而已,生活……

婚姻解剖师

1

这是个春天的晚上，程岩佳在自己家准备出售的房子的客厅沙发上躺着，她才与自己的两个闺密分别，感觉全身不适，因此靠着沙发睡一会儿。她感觉自己的身体像座破庙，早就缺乏上供的对象，风吹进来，雨打进来，不是咳嗽就是气喘，如果现在手边放着手机，她一定要拨通打给丈夫希腊，她要他受着，她也要自己活是他的人死是他的鬼，他已经无法给她做庇护，但这一切，他得承受。她想象他在哪里，走在回来的路上或者躺在哪间屋子的床上，享受着他五十多岁的健康与舒适，就觉得充满嫉妒和仇恨。她知道他其实根本不理解，尽管他做出充分理解的样子，但那是装的，骗人的，一个健康的人从来就不会理解一个不健康的人，一个正常喘气的人从来就不会理解一个溺水者，他们就连想象也不会达到那种体验，甚至，在他们，这种病态想象是抵达一种浪漫。但是病人就是病人，喘不上气就是喘不上气，咳嗽就是咳嗽，他们自身没有掌控权。天越来越晚，对面楼的灯光早就亮起了,程岩佳静静听着门的位置可能传来的声响,她不想移动身子,不想打电话,不想走出房间,但是她在听着,同时发出艰难的喘息声,因此她躺下来,希望正常的喘息尽快到来。"也许搬了家就好了,改改运。"这是她的一个闺密给她的建议,她忽然想起这句话。

程岩佳是个婚姻制度的拥抱者,这是她结婚后,她还是个花粉过敏者,尤其是春天,这是她结婚前就已经拥有的体质了。她喜欢婚姻名分带来的安全,以及它为某些让人害羞的事情所赋予的清白;她也喜欢这种敏感性体质带来的多愁善感,季节就像在她身体里设置了一个闹钟,对于中文系出身的她来说,这是一种难得的天赋。即使她现在经常喘不上气来,她也始终认为自己是正确的,她在这种正确的认知中预知着自己可能到来的死亡,这让她有点悲观,她不止一次在春天里想过,她会活不过春天,死在某个春天。一定会这样,她暗暗地等着,甚至等得有点焦急。

这个春天已经过半了,桃花李花三月天,都已经是开过了的,过了暮春就会是夏天,那时候就比现在好很多,现在有风,风里带来刺激性物质,让她整个夜晚都喘不上气来。她感觉到春天的嘲讽,不知道该热爱还是该感激。她觉得自己了无生趣,尤其是那些事总是发生在春天,所以她最不喜欢的季节是春天,最无生之乐趣的季节也是春天。春天是发情的季节,一想到这点她就觉得恶心,但是,她也明白,自己与丈夫的相识,也是在春天。春天发生了太多的好事也发生了太多不好的事情,比如,自己作为一个胚胎,受孕于春天;再比如,儿子作为一个胚胎,受孕于春天;还可以比如,那些,一个接一个,面目模糊的面孔,也是在春天出现。

不得不说程岩佳是恶心的,她在春天已经连着三次发现了丈夫的外遇,还不带那些边角料故事。在春天的希腊就像一条发情的狗,他一整个夜晚在号叫着要交配,然后沉沉睡去。年轻的时候,更年期的时候,程岩佳是感受过了的。而现在,这些隐形福利随着发现丈夫的外遇消失了,与此消失的,还有自己对他的所有……也不能说是所有。最近一次发现丈夫的外遇，是在前一次过去五年之后，是在程岩佳追踪了另一个女孩的微博、博客、人人网、qq朋友圈照片以及微信签名和头像等五年之后，发现目标置换……她还沉浸在过去一轮的折磨里，为他不得不因为自己中断的爱情守丧，却突然发现———代新人换旧人。

这些年，程岩佳勉强承认自己是胜利者，婚姻的城池巩固，她是铁打的营盘，别人是流水的兵，这是希腊的原话，当时在饭桌上说的，程岩佳不是没有想过端起一个碟子给他扔过去，但是她没有这力气了。那些女人，突然而至，不过三个月，就如电影《将来的事》里女主角对自己丈夫的放纵和牵制一样，只要有耐心，熬过三个月就是了，春天发生，夏天还不会过完，一切就已经是东流水。《将来的事》里的娜塔莉就是榜样，一个人到老年的妇女，看着丈夫的新宠换来换去如东流水，耐心地耗着时光，程岩佳知道，婚姻的关键，就是不必把这些花花草草当回事，离离原上草，到了秋天都死了，她得出的结婚就是婚姻之道的要义在于超然。不得不说，这也是间接读一些经书的好处，尤其是一些佛经，《道德经》也是要感谢的。

"婚姻就是这样，过下去就当儿子养着，何况他还赚钱养着咱们。"程岩佳的一个朋友刘华说。程岩佳有两个固定的闺密，刘华和罗芳芳，从大学时代到现在，每年都要见一见的，她们互相清楚彼此的一切，过往情史和老公历史，以及身体的几个疤痕或者某个夜晚的一次哭泣。其中一个在同城一个在外地，刘华在同城，罗芳芳在广州，但是，每到年底或者七月，她们都会碰头，在某个人的家中，赶走她的老公，然后三个女人一起聚会。孩子小的时候，也拖家带口过，就这样已经二十多年了。刘华喜欢实实在在说一些"真理"，因为她实在爱她那个花心老公，她老公的母亲在她老公婴幼儿时期就死了，她从见到自己高大帅气的老公之后，就把他当儿子一样养起来，这么多年，他也不是没有什么风吹草动，但是，世界上的女人可以换来换去，妈却只有一个。这是刘华的心得。"谁叫是咱自己爱的人呢。"这是刘华常常说的话。"那是你有斯德哥尔摩综合征。"罗芳芳揶揄着。罗芳芳是三个人里面结婚最早的,也是生育最早的,三十岁,她就把自己活成了一个已婚已育已离的女人。希腊不喜欢罗芳芳,他说怕把程岩佳教唆坏,对于刘华,倒是很喜欢,每次听见刘华发来的微信视频,不会催促程岩佳赶快挂掉,也不会努嘴做鬼脸。他觉得刘华是正经人家的女儿,而罗芳芳,毕业之后好好的公务员不做,跑到广州做了二十多年什么,男人一年换一个,比换床上用品都快,后来的几年,却一个都没有了,他不喜欢这样花心的女人。当然,罗芳芳现在手头有一个固定的男人,是个画家,北京人,却跑到了珠海,与罗芳芳在一个画展上认识……这些程岩佳没有告诉希腊,她在近来不想和希腊说任何自己的私事。不然,希腊那样的人,什么样的事情都可以倒打一耙,夫妻吵架,也能怪到老婆的朋友和家人身上去,甚至,他自己出轨,也能将理由怪到老婆头上,说程岩佳那方面冷落了他,伤了他的自尊心。

"不是都已经结束五年了吗?你也算胜利者,为什么放不下?"罗芳芳问她。这一次,新发现的这一次,和前一次有些微的出入,前一次发现的那个人叫吕青箱,如同所有体贴丈夫的妻子,在他出差回来之后殷勤地去洗他脱下的衣服,裤兜里发现了同去之人的火车票,而在此之前,希腊已经铺陈了一堆谎话,如何一个人去的,旅途劳顿,由于错过了程岩佳订好的卧铺,急得买了无座票。感谢火车票实名制,她很快在网上搜出了那个女孩子的照片、身份、籍贯,以及生活情况。之后的事情,就是审问,交代,有退有进。这次,是她发现了希腊在出门前忘记关闭的网页,邮箱里新的女人发来的车票信息……她第一次知道希腊在告知自己邮箱密码的这么多年之后,还有另一个自己不知道的邮箱,而不是,自己知道他一切所有的密码,包括银行密码。她早就不信他了的,但她没有想到他甚至连这些都懒得再遮掩。

"这个年龄了,你还穿胸罩?"罗芳芳说着。她们在健身房里做运动,几乎都是女性的那种健身房,桑拿,汗蒸,为的是将体内的毒素排出,现代文明的一种有氧运动。"你不怕侉我们还怕呢!"刘华说。罗芳芳伸手摸了程岩佳一把,似乎惊异地说:"你也还穿着?"

她们三个人毕业于一所师范类院校。刘华毕业就留在这所西南省会城市做了中学教师,这么多年从副高到正高做到了特级教师,算是班上的名人;程岩佳开初也是教师,老家县城煤矿子弟中学的老师,为了让希腊在省城好好发展,所以在千禧年辞职,借款买了金沙小区的一套房子,搬到了和刘华家相隔不远的这座家乡省会城市,做了家庭主妇;而罗芳芳呢,一毕业就被父亲分配到大学所在市的地方宣传部,开初是个公务员,二十世纪九十年代初的公务员虽然吃香,但下海经商的念头也袭击着中文系毕业的人,中文系毕业论文喜欢做小说评论的,多去做官了;喜欢散文的,多做了教师;而喜欢诗歌的,大半下了海,这是几十年来很多人走过的道路。罗芳芳当然喜欢的是诗歌,一度她和撒娇主义阵营里的一个男青年进行过如火如荼的恋爱,后来,诗人经商了,她也经商了,诗人做的是火锅生意,她做的是服装生意,他们的爱情早黄了,但志趣还是相像的,一致经商发大财。

罗芳芳早在二十年前就提倡乳房有氧生活,不穿胸罩运动,但是宣传了这么多年,发现成效只在自己身上显示,就连亲爱的闺密,也还没有被安利,她觉得自己的理论颇为失败,但一样还是看不上她们这副样子,就说:"你们一辈子,真如人家说的,念的是男人,想的是男人,到死,还在怨恨着男人。"刘华说:"我不行,脱了不敢登讲台。""中学男生知道什么?"罗芳芳接着她的话说。"现在的处男,可能就小学存在吧。"程岩佳插话,她接着说,"希腊喜欢我穿胸罩的样子。""又是希腊,你能不能争气点?"罗芳芳接过话头。程岩佳总是不由自主和人说起希腊。爱情里,她算是一帆风顺,希腊是她的初恋,也是她的暗恋,暗恋和初恋的结果,结婚生子,一度是个美传。程岩佳的丈夫希腊,虽然和程岩佳不是一个学校毕业,而且比程岩佳高两级,但是省会高校里的名人,当时负责三所学校一个文学刊物的主编工作,还创办了一个千层河文学社。二十世纪八十年代末九十年代初的中国,是属于文学的时代,作家出门不用背包,走哪里吃哪里,因此海子才可以那么自信,也因此才有了"姐姐,今夜我在德令哈,我不关心人类,我只想你",希腊当然没有海子有名,但小说当时获过全国高校的优秀奖,平时也写诗,校园里的风云人物,大学时代的女友就是粉丝团里的一员,高挑漂亮,又弹得一手好钢琴,父亲在电影制片厂,属于很多人的女神。即使结婚后,希腊与她来往,程岩佳还非常吃醋,铁路人家的女儿,当然比不上电影制片厂人家的女儿风光,虽然那个电影制片厂后来倒闭了,但毕竟风光过。希腊第一次出轨的对象,当然是大学时代的这个女友,他们因为各种原因而分手,当然有一条是未来岳父觉得希腊癞蛤蟆想吃天鹅肉,偏僻山村出来的穷鬼高加林,居然爱上了干部人家的女儿,落在现实里,下场肯定不好。路遥《平凡的世界》是励志小说,生活多不按照剧本来演,最后黄了。但几年之后就在程岩佳已婚已育生下儿子希程子不久,发现希腊和大学时期的女友居然在省城见过面,并且还同居,当然是他到人家在望江边的房子里……她一度哭闹过,结果也颇有成效,用希腊的话说:"程岩佳懂事,肯心疼人,肯牺牲,是我的阳子,而我是你的荒木经惟;你是我的三毛而我是你的荷西,你是我的织女而我是你的牛郎……"他说的肯牺牲,包含的一条,就是结婚的时候希腊的父亲连新人新婚的被子都出不起,程岩佳裸婚,没有敲锣打鼓八抬大轿。铁路人家的女儿,配农民儿子也是蛮配的,何况还是大学生,希腊父亲对这门婚事很满意。希腊母亲死得早,父亲独自一人把他们兄妹几人拉扯大,大儿子的媳妇虽然也孝顺,但是属于刨土一族;二儿子媳妇则经常咒骂,当时怕二儿子打光棍,花了重金娶过来的,又生了一胎是女儿,再一胎还是女儿,因此让老人家很失望;轮到希腊娶妻,已经二十六七岁了,在农村属于大龄青年,几乎结不了婚了,好在念了回大学,但即使这样,希腊父亲也是急躁的,后来希腊带程岩佳到家,程岩佳第一天就叫了公公为爹,让希腊父亲喜不自胜,及至后来一生就给老希家生了个儿子,所以希腊父亲对程岩佳一直高看。大学女友的事闹出来,还是希腊父亲摆平的,他说要为程岩佳做主,只要程岩佳不离婚,程岩佳本来就没有想过离婚,何况当时才生了儿子。后来,希腊父亲狠狠踹了希腊几脚,让希腊回老家农村当着全家人的面给程岩佳道歉,才算了事。程岩佳当时还觉得面子有光,至少脸是赢回来了,多年之后才觉得,那样的道歉,在农村,分明就是一场炫耀。至于荒木经惟,大家也许知道,日本的一个摄影师,拍摄过很多女性裸体相,尤以妻子阳子为主,当然也艳遇不少,有过一些三人行四人行多人行(性)的日子,后来,阳子就此写成《我的爱情生活》,里面对这些多角关系有着大篇幅的描述。希腊想要赢取两性关系的自由,但对妻子却是单向要求,程岩佳觉得他是在乎她才如此,这么多年她一直如此认为,直到现在才觉得浑然不是这么一回事。

五年前程岩佳犯病由过敏性哮喘变为心因性哮喘的时候,那时候希腊的父亲已经去世了,好几个月夫妻之间相持相扶,程岩佳认为自己因祸得福,因为明显感觉到丈夫对自己的依恋,就如新婚时期,然而她也有那隐隐的担忧,人到中年走向老年时期突然之间如青年时代相爱,理性上讲有点不正常,因此有点惶惶不安,很快这惶惶不安得到了应验,就如哺乳期一样,希腊进入了第二次如火如荼出轨期,四十八岁,儿子希程子高三,按理是最不可能出轨的时期,却出现了吕青箱,一个还在读书马上硕士毕业的女孩子。也就是这次,希腊买了阳子写的《我的爱情生活》给程岩佳看,他让程岩佳要理解艺术家的生活,在此之前就说过了,比如毕加索,比如托尔斯泰,再比如当下很出名的冯导演,国外的不说,画家作家不说,还有导演和摄影师,哪个男人不是为了灵感四处采花逢场作戏?心爱的才可以做妻子,自然也就在心上。他在书上写下了自己的名字,也让程岩佳签下自己的名字,他说要做这样的夫妻,说萨特和波伏娃活着也会羡慕他们。

关于希腊的事情，程岩佳告诉罗芳芳和刘华的，几乎都是好的。罗芳芳说逢到希腊的事情，程岩佳就像被婚姻教主给洗过脑，而刘华则说："每对夫妻有每对夫妻的相处模式，你虽然结过婚也离过婚，但那是过家家，你不懂得彼此的制约与妥协。"刘华是中国哲学的信奉者，尤其很懂阴阳，她说男主阳女主阴，柔能克刚，对丈夫一定要柔，但阳为天为正为上，女为地为负为下，女人就该听男人的。她说生活中处处是折磨是破烂，但女娲炼石补天，我们女人缝缝补补，做的其实是补天的工作。她的意思程岩佳明白，只要希腊还愿意沟通，不那么沉默，甚至还愿意贡献甜蜜的谎话，就是他还不想失去，还是珍惜她的，要她好好补救。

"他们已经几年不联系了，你也看到那个女人博客和微博都把他删了，qq朋友圈也没有了他的照片，你就假设人家没有关系不行吗？"刘华接着说，"而且你也必须这样。"对于希腊在程岩佳哺乳期的那段外遇，她们也是清楚的，但刘华当时的话也是："男人在女人怀孕和哺乳时候容易出轨是因为身体需要，这段时间让他们断了口粮就像动物阉割了一样，有个人作为婚外的陪衬反倒容易让婚姻持续得更久，因为过了这一时期，男性容易回到'人类时代'，会很珍视家庭生活。"

"你也可以假设，你出轨了，想回头，老公在审视着你。"罗芳芳说。

她们两人都不知道，根本不知道五年之后剧情和主角变了，场景也变了。她们两人说的还是五年前就安慰过她的话。就像她安慰过希腊的。那时候她把这个场景告诉过她们俩，她说看得出希腊是动了真感情的，吕青葙两个小时没有回短信，希腊居然哭了，她的内心充满了丧葬之音却还不得不安慰他。而实际上，将希腊和吕青葙的爱情烧成骨灰盒葬下的，却是程岩佳，她心知肚明。那时候眼看就要过不下去了，一分一秒都是细碎的磨难，希腊出走一百〇四天，对儿子的高考也不管不顾，他说就这么一次，一生里唯一这么一次，他想着离家出走，他让程岩佳给她时间，如果不行，就去办离婚手续。而为了知道希腊底线，程岩佳连离婚手续也是起草了的,她让希腊签字,希腊真的要去找笔,她当时准备的是一支没有墨水的废笔……现在想起来程岩佳还浑身颤抖。但是她也被希腊搞昏了,像往常的每一次吵架,那一次希腊还哭了,最后两个人还稀里糊涂做了爱。那是补偿的爱,程岩佳知道,可是她明白她在这场爱里挽回了什么,然而,也就是这次做爱,让她感觉一切都那么不一样了,他们此后所有的性爱,为数不多有限的一些,都能让她回到这个场景,一次不是性爱的性爱,一个道歉,一种妥协……

刘华和罗芳芳,像是婚姻的两个解剖师,她们中的一个做解剖是为了让别人的爱情在精神上存活,一个则是为了让爱情死无葬身之地。不行,她不能说出口,说出新的故事新的剧情。罗芳芳已经说了:"你三十岁在赶小三,四十岁在赶小三,五十岁还在赶小三,赶小三成了你的事业,但你也要明白,夫妻生活不是舞台……"她不想听她那样的嘲笑,生活毕竟是自己过,程岩佳在心里独自和自己谈判。她知道希腊要面子,自己要面子,希程子也要面子。希程子二十六岁了,在城里的另一处租着房子住着,忙着考研,已经考了三次了,还没有考上。他想当个导演,所以希腊一直供养着。这方面刘华一直是向着希腊的,认为希腊是个负责任的人,自己过得多么不好,钱都拿回来交给了程岩佳,即使外面有人,也花的是外面女人的车费,即使逢着吕青葙,一个穷学生,也不外乎就是出了下饭钱。这些当然都是程岩佳告诉她的。说到钱,罗芳芳也会马上将理转到希腊身上,认为程岩佳这么多年辞职没有收入,希腊将赚的钱主动奉上,算是有情有义。这其实针对的是罗芳芳自己的婚姻,三十岁,已婚已育已离,爱情把她伤透了,那时候什么都没有,就一套房子,一个儿子,丈夫杨万里要离婚,却居然要她把那套房子作为抚养费给他,不然要她承担抚养费。生活里充满折磨,这也是后来罗芳芳努力赚钱的原因,这些年,儿子上学,大学的吃穿,都是她自己供养的,虽然离婚时儿子判给了男方,但她通过自己的本事,成功地让儿子现在在广州自己的家里生活。然而,谁又能否认当时的挫败感留下了棺材一样恐惧的阴影呢？她自己也知道，并不是一个成功者，按照世俗的参照，她的前夫后来娶了自己的女学生，不是当时出轨的那一个，生了一个儿子，二胎政策出来后，又补生了一个女儿，她能想到她前公公婆婆喜滋滋的笑脸，虽然现在他们已经死了，但是她完全可以想象出来他们对儿子和对生活的满意，他们根本不会认为儿子离婚有什么影响，甚至会认为去掉一个克夫的老婆，迎来的旺夫老婆对生活更好，因为她前夫在与她离婚后，很快评了副教授，接着出国一年，回来破格成了教授。听说在学校里混得很好，但米兔运动在大学里罗列排行榜的时候，罗芳芳发现他也赫然在列，说明持之以恒兴趣专一，不过比起那个娶了五六次不同的女学生做新娘的知名大学的名教授，他还不算是极致。——新型工业国家，成功男人的追求，无非票子房子和女子，他们也就这气象。

　　罗芳芳聆听和观看程岩佳的故事，心中充满了不屑和不齿，但也很明白，她心中拥堵的并不只是深沉的姐妹友情，更多的是物伤其类。经过这么多年，爱情和事业也算丰收，但是旧有的那段埋葬在地下的婚姻，直接借着程岩佳的灵堂从棺材里跳出来，体现着它的惊惧和肮脏，一切并没有因为时间而打扫干净，旧有的那种阴郁感随着时间的积淀更显出年轻时的挫败与哀伤。不是谁爱谁，谁不爱谁，而是那种谎言，加上细小的各种各样的磨难，再加上无关人的闲言碎语。罗芳芳明白，自己之所以脱离体制换个城市生活，其实是因为那时候那段感情已经病入膏肓，只是外人还不知道。如果说多么爱前夫杨万里也谈不上，但就相当于自己拥有的土地任由别人来撒尿，她咽不下这口气。通过这么多年的生活，她算是活活地把自己的婚姻完整解剖挫骨扬灰。所以，面对程岩佳的时候，她并不鼓励她如何保护好财产或者怎样请个调查员调查他的行踪，因为她知道程岩佳会自欺欺人，即使知道希腊和别的女人在某处居住着，为了最后彼此都可以下台，她也不会去闹。她知道程岩佳在这一点上并不是佛性使然，虽然她读过很多经书，渴望超脱，实际哮喘病一次次出卖了她，她只是把退让妥协当作换取,对,一种致命的疾病可以换来希腊的同情,在这点上让希腊进退两难。罗芳芳知道,如果自己当初在婚姻里施行这个一哭二闹三上吊的第三步骤,也会赢得婚姻的起死回生,而不是儿子偶尔的怨言:"妈妈太强势,赶走了爸爸。"罗芳芳以程岩佳做参照,思考自己曾经的婚姻。罗芳芳知道,人与人不同,程岩佳会让这种非常态生活按照常态过下去,哪怕利用自己有心无力的自戕,她爱老公,更爱儿子,她要让三口之家即使合葬也围拢着一个墓地,她喜欢团聚而不是离别,在她那里,爱就是团聚,团聚就是包容和原谅,然后就是超脱。她能理解希腊,只是偶尔无法接受,她知道只要熬过春天就好了,熬到他们生命的寒冬,夫妻就可以共享同一个晚年,同一片花圈和坟茔。这是吕青葙的原话,程岩佳在翻看希腊短信时候看到的,是她在离开时对他们的婚姻生活进行的最后诅咒,但是,对程岩佳来说,这样的结局是很好的结局,比孤魂野鬼强多了。仅仅是春天,仅仅是荷尔蒙,过去了也就好了,她能感觉到,希腊在逐渐软下来,坚硬度大打折扣,不会再持久,即使放在嘴里也一样……她有时觉得自己在面对希腊的身体练习不漏法,眼看着就要走向成功,如果自己的身体再争气一点。她恨她自己。只要坦然地接受丈夫和其他人的性关系就可以上一层,这是她修炼的秘诀,她从来没有示于人。

2

有些东西对改变心境是有帮助的,比如换个环境,或者彻底搬个家。这话是罗芳芳说的,她说离婚后辞职下海换到广州发展彻底冲淡了离开一个男人的悲伤。吕青葙事件之后,程岩佳听从罗芳芳的建议,想卖掉房子,因为她在邮件里知道吕青葙来过这间七楼的房子,主卧或其他……可以想见的故事,不说也罢。但希腊则认为下乡住一段时间就不错,正好采风,他在考虑接受当一所学校的教授还是去当一个杂志的主编,在这之前想好好利用时间写一些东西，当然，最主要是为了照顾程岩佳的心绪，说白了，照顾程岩佳让她健康喘气。

程岩佳坚持认为是房间里的不洁物品让自己喘不上气来的，经常，半夜两三点，希腊不得不起来打开窗户。吕青葙事件之后，已经好几年了，希腊过着这样的生活，时时刻刻得安排一个人照顾着程岩佳，因为经过吕青葙事件，程岩佳已经由过敏性哮喘变为心因性哮喘，如果一口气喘不上来，随时可能有生命危险。希腊连香烟也不敢吸了的，偶尔躲进卫生间开着小窗户吸烟，坐在床上的程岩佳都可以闻得到，开始不断咳嗽，说是屋子里有气味。

曾经，就算希腊在房间里如何吞云驾雾，程岩佳也不会有什么反应的。然而，医生说了："心因性哮喘。"一切都可以由心生发，希腊陷在自己设置的泥沼里，在经过一轮轮的检查以及治疗后，他对程岩佳的病束手无策，他当然不想她死，不希望自己是个隐形杀人犯，何况社会的眼光，加上她的弟弟与妹妹，还有白发苍苍的父母，尤其是加上希程子，都会是声讨者，那时候他的日子将更不好过。

程岩佳早就在气头上对儿子说过了："如果我死了，都是被你爸气死的，反正我也没有多长时间可活了。"他们结婚二十多年，从吕青葙事件以来，程岩佳就经常说这句话。那个年轻的后来去海边城市读博士的女人，当时青涩而邪恶，她让希腊离家出走一百〇四天，程岩佳一直记得清楚。在此之前，即使有过哺乳期出轨的经历，但是程岩佳觉得总体而言自己的婚姻是最好的安排，暗恋加初恋，都是同一个人，她算是个成功者。然而，现在总体已经无法来概括这几十年的人生，得非常具象地一件一件扯开来重新分析。

"别被罗芳芳忽悠了，她的人生和咱们不一样。她辞职下海换个城市是因为她有个在省委大院上班的爸爸，政策优势也会倾向于她，咱们能吗？"希腊如此劝说程岩佳。在此之前，儿子是更好的理由，儿子当时在上大学，他从幼儿园到初中到高中到大学，除了六岁之前在老家的那所小县城，都是在这间七楼房子附近的学校里完成的，本来他想跑到北京去读那里的影视学院，结果高考失利了。这笔账也一直被算在希腊身上。然而，现在希腊毕竟在认认真真兢兢业业像个孝子贤孙一样地供养着叫作儿子的这个爷爷考研，已经三年了，有目共睹，程岩佳也不好说什么。但是，希程子考研想继续圆高考的梦，到北京去，他认为那里才大浪淘沙，可以发展他的导演事业。因此，程岩佳给出的最好理由："搬到郊区那套租出去的房子去住，这个住了十多年眼看二十年的房子卖掉，将那所房子装修一下。"随后她就哭了，说："你把这个家糟蹋得早就不是一个家了，我们应该搬到那幢房子去重新开始。"

　　和几年前吕青葙事件出现已经不一样了，那时候程岩佳还可以被希腊哄住，还愿意到乡下住一段时间换个环境换一种心情，赢取自己丈夫的心。而现在，她没有坦白自己知道的新人新事，就是告诉他要卖掉房子换一个居处，与此同时，她似乎越发显得病弱沉疴，只要希腊不在房间里，她就会发病，希腊出去工作，她也要跟着。乡下断断续续住了差不多一年之后，他们回了城，希腊拒绝了几所大学抛出的橄榄枝，没有去做相当于教授待遇的副教授工作，而是当了省城一所文学杂志的主编。杂志虽然每次出刊前需要通稿，但一校二校三校完全可以交给新来的实习生和已经干了几年的老人，最差还有副主编，他这个空降的主编需要负责的是终审，决定发哪些人的稿子，质量和人情的较量，此外，就是政治把关，风花雪月和乡土哀愁多上一点，其他抱怨时政的少发一点，就可以保证安全，倒也轻松自在，一切都可以在自己的家中完成。

　　婚姻是一场坟墓，房子是最基本的实体，现在，程岩佳只是准备弃墓地而去，仅仅是抛弃个表象，她不明白希腊为什么不喜欢换房子。两个人竭尽全力维系着婚姻，她也没有图他如何辛苦地赚钱，而恰恰在省会城市的郊区有一所房子，地铁眼看着要修到那里，离机场和高铁站都不远，为什么就不换？她喜欢郊区那间不规则房子里的一个小房间，买房时希腊说是给她做衣帽间，她觉得就像一个适合于她自己的棺材盒，里面摆不下一张单人床，甚至两个肥胖的人只够相互擦肩。然而，她觉得就需要这样的一个空间，安慰她。她要拿一张瑜伽垫，躺在那里，像死亡一样躺进那个盒子一样的小房间。这样，她就既在自己的婚姻里，又有一间自己的屋子，不会再感觉空间如何别窄，喘不上气起来。

　　关于卖房子，程岩佳自然也得征求希程子的同意，这一点上，希程子是向着自己的父亲的，他觉得有一套市中心的房子有利于社交，住在荒郊野岭人的风水虽然好了，人心容易荒凉，他说闹市红尘有闹市红尘的美意，意思是程岩佳在做无理折腾。可是，如果这对父子俩仔仔细细体谅下程岩佳的处境，也许就会知道答案。因为换房子受了阻碍，所以换房子更加成了目标，程岩佳一边向希腊暗示着自己会因为憋闷而死掉，一边努力寻找着不错的买主。她觉得只要有人出比市场价高出二三十万的价钱，这对父子就会动心，因为，这套学区房，完全可以在市场价的基础上要出更高的价格。房产税出台之后，眼看着第二套房要征收更高的税，把这套卖掉，再买一套，以希程子的名义，这样就不算是夫妻之间拥有二套房，就不会被征税。程岩佳在房产税出台之后，马上想出这个主意，与希腊开始商量。

　　由于程岩佳的哭哭啼啼，希腊也开始似乎有所动心。程岩佳在内心想自己是不是迫切需要通过一个目标来转移注意力，对于家庭主妇来说，转移注意力的方法，大的方法是换房子，小的方法是换家具，另外，添置人口也是一件，但她不得不承认，快满五十岁的她已经接近于绝经，生理期也是零零散散来，有时可以持续两三天，有时连半天也待不了。这所房子虽然有旧情，但毕竟已经十多年了，即使希程子在此结婚，他的女朋友也未必看得上。以前买郊区的房子，就是为老两口养老，现在，儿子大学毕业，虽然没有工作，但已经活成了空巢老人，儿子却根本不理解自己。程岩佳有自己的私心，吕青菇的出现让她像个母狗一样护着小狗，尤其是知道吕青菇有过一次怀孕事件，让希腊想着要离婚再娶，而房子是夫妻的名，如果离婚再娶，希腊完全可以裹走自己那一半。怎么可以便宜了另一个女人？她在心里气得咬牙。而且，客观而言，她一直认为是自己如盘包浆将希腊像盘一盘珠子盘成现在这样子的。初认识的时候，希腊谈不上多么差，但绝对不够好，是现在典型的凤凰男，空有一点大志，毫无实力，后面还跟着黄土地上刨土而生的父亲和一众兄弟姐妹，最多而言，算个英俊的乡下人，未必会在事业上有什么好运气。之所以会在三十七岁到现在开始成名立业，还不是自己的家庭给了支持？自从自己辞职，厚着脸皮找退休的父母和分别在飞机场与医院工作的弟弟妹妹借了钱，买了省城这所房子，他才好运不断光临，先是从省里走出，又是走向国家。否则，以他家的水平和他自己的能力，现在至多还是小县城中学的一名教师，最多是个中学名师罢了。而现在，世俗的成功让他变得糊涂，让他变成了一个打着自我主义实际却不断勾搭女人的货色，更让人难以相信的是，他用半辈子打造出来的那种克制和冷静变成了淡漠和无情，被名望冲昏头脑，只剩下自恋。程岩佳并不是看不出自己的丈夫是个银样镴枪头的人，他靠着书写社会主义的卖惨文学而成名，在底层垃圾里寻找精华，实际上对艺术的品位远远没有得到提高，但是，由于配合了政策，在这十几年之内，他算是名利都已经赚得钵满瓢满。程岩佳自问过："如果嫁给一个出身还不算差的城里人，会不会就不会如此？"农村人，尤其那些受过饥饿受过寒冷的农村人，看似克己复礼，实际对世界充满攫取的欲望，一旦获得世俗的成功，腆心压肚，生怕别人不知道他那点荣光。然而，曾经相知相恋的快乐记忆，让她对他形成了情感绝对的服从，所以并不想离婚。但是，两个人之间的谈话早就毫无激情，希腊很容易滑向一种自我感动和自我吹嘘的尴尬境地，作为妻子的程岩佳一方面要表示自己的崇拜，一方面又觉得有点悲怆。她知道两个人之间早就出了问题，不是谁上谁下谁左谁右谁对谁错，而是整个的场,两个人在一起的吸引力,越来越稀薄。她想搬家,除了考虑自身外,也有这方面的考量,一个新的环境,会不会对夫妻双方形成新的吸引力?

真正让希腊同意卖掉房子的,是从冬至下乡回老家归来发现房间里始终弥漫着一种动物腐臭的气味开始。按理来说,深秋之后天气也不算炎热,但这座西南城市硬生生飙升到了三十四五摄氏度,然而,程岩佳在出发前,扣下了电源的总阀,她忘记了前一晚希腊的粉丝从乡下提回来的半扇简阳羊肉,希腊回房子睡觉的时候她已经和儿子洗洗睡了,由于希腊喝酒应酬到半夜,根本没有力气叫醒她来说话,第二天出发的时候,希腊正在打电话,也就忘记了冰箱里搁置进去的羊肉。那味道就是羊肉的腐臭味,如同一个上了年纪不洗不刷的老人的体味,绵延悠长。——坟墓的气息。

他们不是没有被吓到。在楼下往七楼爬的时候,希腊还说:"又不知道谁家猫死了?"那时候他们就闻到了那种尸体的味道。在此之前,一年多两年前吧,或者更久,总之是与吕青葙分开之后的一段倒霉日子,希腊家的猫依次死掉, 家猫和他们喂养在顶楼的流浪猫以及家猫与流浪猫杂交所生的儿女,希腊和程岩佳一致认为是因为邻居投毒所为,由于在此之前邻居就警告过他们,让他们注意一点,不要让小猫去自己家门口的鞋盒里拉粪便。然而那些猫也真是奇怪,无论程岩佳放置多少猫砂便盆,它们总会跑到人家的鞋上拉粪……最后一只长着阴阳花脸的小猫咪并没有立即死掉,还活了两三天。其他的猫在此之前的一晚,希程子陪着父母一人一猫已经送去安乐死三只了。然而,那只活到第三日就在希程子准备往家抱的那天,发现也直挺挺躺下了。希程子的眼泪当时就流了下来,但希腊并没有安慰,只是手指撑了一下按在了儿子的肩膀,他觉得儿子应该学会承受一点来自生活的有意或者无意的折磨。然而,当他站在家门前准备开锁走进房间的时候,那种难闻的气味就像一下子入侵他的心脏,他觉得自己对儿子是那样残酷,与此同时,他看见自己的妻子哆哆嗦嗦地流着眼泪看着他。他不是没有感受到那样的恐惧，气味明明是从自己家的房间传出来的，他们夫妻于沉默间发出这样的判断，尽管那种气味把他们熏得呕吐，但是他们还是彼此帮助着打开了房门。"儿子——"对，他们想到的是他们两三天以来没有联系的儿子，以为住在他自己出租屋的儿子，他们此时一致认为他可能在这间房子卧室的床上，正散发出那种腐臭味。他们一直在暗暗祈祷但又不得不依此推测。因此，当他们进到客厅的时候他们根本不敢向卧室有任何张望，希腊催促着："给程子打电话。"这是吕青葙事件以来他为数不多的向程岩佳发出的请求。程岩佳摸出了手机，递给他："你打。"看到妻子脸上因为恐惧变形的脸，希腊顺手抚摸了一下，就像那次为了和解不得不进行的一次委曲求全的性爱，程岩佳感受到的并不是安慰，而是绝望。希腊拿起程岩佳的手机，却不知道如何打开，因为程岩佳一直以来设置的都是自己的指纹密码。于是，她按上了自己的中指指印。在这一瞬间，她觉得自己在判下儿子的死亡。

不过，感谢上天，电话并没有接通，但手机明显是通着的，夫妻俩长长舒了一口气。接着，希腊想起来了，冰箱，那半扇羊肉……他说："你别怕，程子没事。是羊肉。"程岩佳看着他，忽然之间，犯病了，喘不上气来，倒在了沙发上。不过，有药可控，希腊只需要打开包里的一种装置，对着她的嘴巴不断挤压喷气就行。

不再认为对方爱着自己的一对夫妻，却在共同分享着许多灾难的体验。当最后一只猫因为医生说的可能喝了断肠草死掉的时候，夫妻俩就有过这样的绝望了，甚至比同时面对前三只猫一起安乐死更难受（其他的猫自己跑掉了，楼下的邻居说死在了花园里，被环卫工人收拾进了垃圾箱）。这一次，他们面临的是羊的尸体的臭味。就像一种什么灾难要发生的暗示，程岩佳感觉到了惶恐，在被希腊对着嘴巴喷雾喷过来之后，挪到卫生间开始大口大口干呕，那种腥臭的感觉是那样相似，最后一只脸上一半黑一半白的阴阳猫死的时候就发出这样的恶臭。此刻，它派了它的亲戚来，进入这所房子，仿佛从棺材里跃出，发出这样的腥味。受到程岩佳的传染，希腊就着马桶真正吐了出来，在老家吃的酸菜泡饭全部涌入了马桶里，混合着房间里的腥味，程岩佳忽然觉得那么恨希腊，这一切都是他造成的，都怪他。生活充满了折磨，本来规规矩矩按部就班充满秩序的生活，都被他毁了。但是她却发现希腊在干号，眼泪也被他号出来了。他哭了差不多半个小时，她却不知道怎么安慰。一直都是这样，即使完全是他的错，他也能哭着将一切改变。过后会给以这样的解释："从小母亲死得早……"这么多年，程岩佳就像是希腊的母亲，做爱的时候，他有时喊她小妈妈，说多年老妻如老母，也有那样的时候，做了错事请求着她原谅，撒娇着说："母亲哪有不原谅儿子的。"程岩佳不是没有觉得甜蜜过，她会为夫妻间的这种亲密感动，但此刻，她却忍着自己的恶心，承受着希腊的哀号。

半扇羊尸流了一地的液体，从冰柜的中间层流到下面一层，再流到地上，黏稠醒目……像是生活真相的另一面。

"唯一的办法就是尽快处理掉这些积液，还有就是开窗，消毒，通风，再不行，扔掉这个冰箱。"希腊说。

冰箱是程岩佳在前一年才买的，她亲自到电器公司选的海尔双门对开冰箱，之前的冰箱因为已经十多年接触不良所以才买的……

"去年才买的。"程岩佳说。

"那也得扔。如果处理不干净。"希腊说。

没有办法，希腊站在当地，似乎不想有所作为，程岩佳换了家居服用毛巾包起自己的头发开始收拾起来。婚姻二十多年，丈夫养成了老儿子，家里都是她一个人忙前忙后，即使希腊出轨过，也从来没有改变他的这种回家就当甩手掌柜的本色。程岩佳觉得自己如果生个女儿，以后嫁过去如此，近乎是灾难。

3

因为房间里的羊肉腐尸事件，希腊完全改变了主意，开始着手卖房子。因为即使把羊肉腐尸和积液处理掉，木头地板拖了又拖，冰箱一次次清洗，房间整日通风，他们俩都可以一致地闻到那种味道。甚至半夜里醒来，还可以闻到，这气味尤其让希腊喘不上气来，他说他也许受了程岩佳的感染，传染上了哮喘病。两个人心里都明白，无论怎样晾晒清洗，这间房子就像那个大家都知道的故事，夫妻俩在房子中间埋下了一具尸体，然后夜夜睡在上面。他们在很久以前一起分享过这个故事的感觉，觉得有爱伦坡小说那样的惊悚，但类似情节发生在自己身上，只觉得恶心和害怕。

在这期间，希程子回来过，说准备待一个星期，但是不到两个小时他就逃走了，他说他无法忍受一对还不到老年的夫妻如此糟蹋自己的生活。这话他是笑着说的，但厌恶写在脸上。希程子与生活格格不入，高考没有考好进了很差的学校，虽然从小一直弹着钢琴，过了八级，但是自己也逐渐明白，这项爱好只是父母装点他们生活的一个项目，并没有指望他成为一个钢琴家。也确实，希腊夫妻并没有把成为钢琴家当成培养孩子的目标，儿子也就空有一点信心，到了高中开始，这点爱好甚至成了弱智的表现，因为每次考试数学二卷都向着个位数走，一卷的选择题是蒙的。如此空虚又如此无聊，进入高中之后他差不多算是个自闭的人了，小时候还被程岩佳带着去医院治疗儿童多动症，中学之后居然像个女孩子从早到晚除了吃饭不会离开桌椅一步，甚至为了不上厕所努力不喝水……

程子，亲爱的希程子，程岩佳总是在心里默念，为着这个儿子，程岩佳操着太多的心。好不容易哄着他读完了大学，然后鼓励着他考研，因为他自己说了想去做导演，不然人生一辈子太漫长，还不如去自杀。这些方面也是程岩佳恨希腊的原因，如果当初不出那些事情，也许好好学几个月，希程子在高考就可以考个好学校。因为希程子就读的学校并不赖,市外语学院附属中学,每年为世界和中国的名校输送不少人才,当时入读这所高中,程子也是考上的,靠的不是关系,尽管后来学习差,但是高考前他已经确立了自己要当导演的梦想,开始行动起来,即使寒假仅仅几天,每天天不亮就自己起床了,以前几乎靠闹钟。那几个月程岩佳不是没有看到儿子的希望,她很开心的,也许因此才忽略了丈夫的感受。作为一个兢兢业业的老母亲,在那期间她为儿子投入了很多精力,她希望给儿子创造一个非常有利的学习环境。虽然后来她发现了吕青葙的事情,但开始的时候并没有声张,只是一步步审问和察言观色,是后来觉得不得不行动,才向希腊发出惩戒的。

程岩佳觉得作为父亲,希腊其实并不合格,除了给钱外,他一点也不关心自己的儿子,也不问他学习的好坏。倒是有那么几年风雨无阻地接送儿子去学钢琴,但除此之外,再没有了开家长会居然能走错教室,最重要的是,每次回来都不知道老师讲了什么,甚至还串通儿子其他几个同学的家长向老婆们编造瞎话,因为他们去开家长会会还没有结束,就商量着会后一起出去喝酒了。他们一致发现,不是老乡就是以前的同学。当然,这是后来在程岩佳的审问下希腊才吞吞吐吐说的。程岩佳此后再也没有派希腊去开过家长会。将这些联系起来,程岩佳就觉得自己的生活是磨难,够委屈。

不过,希程子现在的生活是积极的,自己租着一个房子,每天看书看电影,他发誓要去当导演的,程岩佳觉得作为父母这点还供得起,虽然希程子经常抱怨买不起好器材,但是作为学生一族,拿的一直都是好器材,家中的开支主要在他身上。对于他的要求,程岩佳已经退而求其次,健康安全就行,有个爱好是发展的动力,指望他赚钱是不可能的。希程子的志气也不是不够大,希腊也是教训的,要他脚踏实地,向那些名导演学习,甚至还给他介绍几个自己认识的导演,也为了锻炼希程子,父子俩还合作了一个剧本,内容都是希腊写的,只不过后面也署了希程子的名,老子英雄儿好汉,他相信自己的儿子。那之后,甚至自己创作的作品上,只要能合著,他都会署上自己儿子的名字,在此之前,是夫妻名字合体,仿佛阴阳交合才出现一篇文章。希程子本身就是阴阳交合的产物,小名叫成果,小时候也叫果儿,是希与程两家结出的果子,作为果位而存在,还会作为因位继续传承。而且,就目前发展来看,状况相对还是好的,因为新近希程子交了一个女朋友,叫倩倩,两个人商量着一起继续考研,倩倩算是二考了。希程子带回家来过,大家还一起吃过一顿饭,是个漂亮温柔的小姑娘,家也在本市,二十四岁,比希程子小一点。在此之前程岩佳不是没有那样的担心,因为儿子似乎对女孩子不来电,从小家里摆满了女孩子们送来的或者寄来的各种艺术照,有些还装裱了起来,也有其他产品,但似乎希程子没有什么反应,倒是经常带一些男同学来家吃饭,晚了就一起睡。那时候他们很怕他是同性恋,毕竟他们这一代老希家人丁单薄,是希望他以后可以续香火的。

程岩佳开始时只在熟人间宣传说是卖房子,见希腊松口,就把卖房子的消息挂在了中介处,也贴在了房屋中介网,她只有一个要求,就是买者全款一次性付清。希腊开始允许别人来看房子,允许别人登上楼梯去看楼顶花园,这让程岩佳觉得很刺激,仿佛打开一个场所供人展览内部格局。因为,长久以来,黄昏楼顶的一场刺激性冒险,是两个人之间的秘密,趁着孩子散学归来,或者趁着将他关在房间做作业,也或者,趁着亲戚朋友在家中寄居,也有那样的时刻,仅仅是为了寻找一种清风明月的刺激。出生于农村的希腊一直保留着在原野上做爱的习惯,他说自然面前人的赤裸才显得优雅真诚……他们夫妻对顶层自制花园非常有感情,但来看房子的人可就没有那么讲究。当程岩佳怀揣着一种小满足向来访者介绍顶楼"绿色森林",说这是夫妇俩(在来客眼里,她要营造一种恩爱家庭的氛围)

很多个早晨坐环城大巴到郊外的三圣乡掏的泥土和买的种子和花盆种出来的,那些人脸上就明显表露出一种不屑。没有老年人,几乎都是三四十岁的中青年,这些人还欣赏不了泥土的好处,也欣赏不了绿色。她感觉到房子卖给不在乎泥土的人真是好笑,但是她又不得不承认,自己向房产市场公开售卖这套房子确实是真心的。她无法承受当着这些人的面打开鞋柜,搬动厨房或卧室的东西给他们看内里,尤其无法承受他们对附带的顶楼花园的挑三拣四。当这些来看房的人之中有一个说根本没有必要在顶楼种一棵橘子树来遮挡城市风景的时候,她直接怼了回去:"橘子树本身就是风景。"还有那种更让人觉得想发火的买房者,认为七通气,而且房子开门属于向西的方位,风水不好,尤其卧室不该对着大门,犯煞……这让她生气又恐惧,觉得都是因为这房子的原因,儿子才总是考不上,先是高考再是研究生,夫妻关系也不和,一直有花花草草各种消息。然而,怎么说这房子也是程岩佳到这所省城的第一套房子,即使房间如何不合风水,房屋如何破损,即使一切都显得不对,但她总觉得这套房子对于整个的人生其实算是安慰过,起过大作用,因此,她可不喜欢来看房子的那些人如此乱说。

"我其实不想卖掉这套房子。"她又一次和希腊说。她被一种风水学的恐惧侵袭了,觉得必须卖掉房子,但是她自己又在内心辩解,觉得不会有那么坏,还应该住下来,最起码自己住着是个验证。希腊安慰她,说一切听她决定。希腊想掩盖他对这件事已经毫不关心的事实,但是他必须如此表现,他很清楚,如果他坚持卖掉房子,程岩佳就会有不卖房子的理由;如果他坚持不卖掉房子,程岩佳就会有坚持卖掉房子的理由,这几年他觉得自己是风箱里的老鼠,怎么都要受气。

总体来说,希腊对妻儿是愧疚的,他觉得人生半百已过,却还没有实现财务自由,很多时候会感觉经济紧张,供养儿子的爱好让他不得不节衣缩食,连吸烟都吸的是几元一包的烟。现在程岩佳闹着要卖房子,开始他不同意,觉得处于市区,对新接手的编辑工作有利,但是他很沮丧,他知道自己反对不了什么,也不想再反对什么。这当然是程岩佳猜的。她控诉他,说他就想看着她在这里死掉,因为她知道他不会有什么反抗。市内的房子和郊区的房子一样,墓地和墓地等同。她不想在这件事上与他耗太久,毕竟已经用掉了几十年。

这时候卖房子,实际是最好的,房屋屋檐外的爬山虎正歪歪扭扭掉下来,叶色新颖清脆,微风吹起,就像要荡过人的脸。偶尔,程岩佳也会想,是根绳索,一旦希腊晚归,自己吊在那里让他看,让他此后的人生陷入阴影,让他在腐尸羊之后,再见一个腐尸人,让他的梦里枕上爬满蛆虫……她一次次如此狠毒地想,但一次又一次在空想死亡之后复活。还有儿子,希程子虽已长大离开,但尚未婚配,他以后的人生还长,不能陷入这般的恐惧里。程岩佳的烦恼就在于此,儿子是软肋,她的报复必然落入虚空。

程岩佳觉得她必须卖掉自己的房子,这所被吕青葙玷污过的房子是不洁的,腐尸的气味也不绝如缕。她在报纸上也刊登了出售房子的信息。中介那里她是不想配合了,一天能走七八遭,每一次都留有希望,最后总是失望的,不是说一次性付清不可想象,就是说房子比市场价多了二三十万。她在相关网站都设置了不能直接提取电话号码的障碍,也都标注了"业主自售"的字样,她需要这样。当然,她也挂了一些照片在网上,屋顶花园是必不可少的,成年的橘子树和一大堆围拢着园子的仙人掌是背景,然后是爬满爬山虎的屋檐,苍绿青翠,屋内则表明是清水房,一切都可以搬空,她将修建时的建筑图拍照发了上去,表明购买之后可以自主装修。对未来的卖家,她显示了前所未有的诚实,说房子是一九九七和一九九八年左右建的,比不得二十世纪九十年代初,但是相较于二十一世纪的豆腐渣工程,算是不错的了。她说之所以搬走的原因,是因为不想再住在学校周围,想到郊区享受桃花源的生活。

然而,当一些人表露出诚心想要购买这套房子的时候,程岩佳又会提出各种要求,否则就如聋哑人一般,应付着别人说签合同要有丈夫在场,现在丈夫在乡下。——实际有时希腊就在隔壁的书房里坐着。不过,程岩佳倒是很认真地对室内物品做着各种打包,也网购了一些真空包装袋,将冬天盖的厚毛毯和被子已经抽干空气压缩进了塑料袋子里,家具也多打包在了几个桶里。眼下,程岩佳选择在门口宽敞空荡的桌子上吃饭,说这是临时过渡时期,需要凑合。整个屋子在咯吱作响,程岩佳为了让房子更好地卖出去,每天都在与蜘蛛网和粉尘战斗,不断在搬动东西,甚至楼下人家已经提出了抗议,敲了几次房子,但程岩佳说只是挪动一下,清扫房间,以备出售,请人家体谅。

　　“又不是鬼屋,这么急着卖掉?”希腊忍不住说,在一个黄昏。“就是因为是鬼屋才要卖掉。对你不是对我是。对我不光是鬼屋还是脏物。”程岩佳回他。她早就不怕他了,这一切都是他造成的,她恨不得他立即变为一堆舍利子,让儿子盛在骨灰盒里放着,但是,他毕竟还是一个有用的父亲。希腊埋头去吃饭,他在家里早就没有多少话了。

　　“该死。”程岩佳大叫,一边往后退。

　　“怎么了?”希腊问。他努力想表现出关心她的样子。

　　“这屋子里有爬虫不说,居然还有蜥蜴。”程岩佳说。

　　“惊蛰百虫出。”希腊说。

　　“这些脏东西不要脸到处乱跑。”程岩佳在那里骂。希腊听出了她的意有所指,但他仍然觉得一些事她是不知道的。

　　然而,一切都是隐喻,想换掉一所房子也是隐喻。程岩佳能感觉到自己急切地想顺利喘一口气的希望,但是就像有什么东西卡在了喉咙,她吐不出来,再加上最近又吸烟又喝酒,她觉得自己在走向死亡。如今,卡在她喉咙的每口痰都是一根尖刺,都可以致命。可是,一切都出了问题,早就出了问题,只有吞云吐雾才可以静心,只有不断喝酒才可以入睡。

"这间房子就像坟墓。"程岩佳在诅咒里说出了这句话。她想搬出这座房子，离开这间鬼屋，就这样简单。

她向希腊宣传。

"好吧。"希腊如此说。

最后，程岩佳想把橘子树搬走，她说只需要挖出来就可以了，在新的地方虽然没有土地，但是砍掉头放在客厅也是一种摆设，只需要买一个大花盆。新的郊区的房子并没有土地也没有楼顶花园。

"那样它会死。"希腊说。

"死了也是一种姿态。"程岩佳回应着。

她已经咨询过自己的闺密和姐妹了，包括自己的父母，他们都告诉她放弃这棵树才可以给它以生命，因为长了十多年的树砍掉了头搬迁，存活下来的概率不高。

当然，不只是树，程岩佳还想把其他的植物也带走，当然也想把爬在屋檐下的爬山虎带走。对于这间房子，她有太多舍不得。

"让我想一想，要留下什么。"程岩佳说，"至多就是让爬山虎留下，新的地方只要有种子还是可以种植的。留下一些小仙人掌，送人，大的带走，种进土里的长得人高的那棵也要挖出来。"

"你把杂草也带走。"希程子在微信视频里抱怨。

我也想。程岩佳心里应和着。

"它们太占地方了。这个房子一百一十九平方米，加上楼顶花园近三百平方米，郊区的房子可是九十平方米多一点。"希程子继续用话语打击他母亲。

程岩佳耸耸肩膀说："我不觉得，挤一下总是可以的。"她接着就说起了初结婚时住的学校的福利房，夫妻俩的单人床并在一起，五十平方米不到的房子，将儿子养到六岁。她说现在的孩子根本没有吃苦精神，自己养儿子当祖宗养了。

"那随你。"希程子说。他接着就挂了电话。

程岩佳只恨计划生育年代生的少,二胎政策出台又迟了,如果生个女儿也许就是小棉袄。

由于猫被断肠草毒死了,老鼠又横行起来,尽管期待搬家,但程岩佳还是继续在楼顶花园搞种植。春天是收获的季节。她种下了西红柿、小白菜,漫下了红薯秧苗,点下了几苗花生。可是,在种下这些东西的时候,啮齿类动物出现了。它们可没有文学作品里表现得那么诗意。这群聪明的爬行动物,小心翼翼地躲开仙人掌的刺球,然后钻进园子,伸着毛茸茸的脑袋,张开嘴,想咬什么咬什么。

程岩佳站在楼梯上,透过缝隙观察着,不由自主咳出声之后,这些小动物就开始逃窜。难道它们知道自己做了见不得人的事情?程岩佳这样对希腊说。她说希腊也是来自这样的家族,有机会就兴风作浪,平时总鬼鬼祟祟。

因为没有猫,鸟类也来这里驻扎,排泄粪便,寻找食物,有时在楼梯间徘徊,试图吃垃圾袋里的食物。其中最可恶的是只黑乌鸦,它是常客,隐秘地站在楼梯入口那根横放着的杆子上,在那里撒下一坨坨淡黄色的粪便。最主要的是,它太聪明了。它将从别处偷来的鲜肉和腐尸埋在楼顶花园里,隔一阵子又刨出来吃掉。程岩佳已经看到不只两三次。最重要的是这只乌鸦还呼朋唤友,俨然它才是这里的主人。有猫的时候,程岩佳收拾猫粪;没有猫的时候,收拾鸟粪。而且,乌鸦这种浑身充满丧葬气息的动物,还拥有很强的好奇心和傲气,经常会扑棱着翅膀突然从菜地里飞出,吓得程岩佳没来得及挪开就几乎要飞扑到她身上。

"应该装个铁丝网。"这是她向希腊的请求。

"卖房子还装什么?"希腊总是如此。

"那放点毒药？"——然而程岩佳也只是说说。

程岩佳既惦记着希腊的新情人，又惦记着顶楼的乌鸦和耗子，最惦记的是如何卖掉这套房子，这些似乎都不是可以一举就解决的问题，然而又是不得不躲开的烦恼。为了让自己转移注意力，程岩佳开始去看电影。以前她可不喜欢花这方面的钱。现在——她不在乎了。特别打动她的是两部电影，一部叫作《将来的事》，还有一部叫《双食记》。她后来还在网上花了钱下载了这两部片子，仔仔细细一句一句看其中的台词。不间断地，她还看了《革命之路》《女王的沉默》《纯真年代》等。特别打动她的当然是《将来的事》，一个做着教授的女人，对丈夫无限包容，然而丈夫却抵挡不住新的变化的诱惑。《双食记》与《将来的事》看似不相关，却实现了女性对男性的报复，里面的主角是个男子，食宿两女子家，一情人一妻子，最后两人间接地在食物里给他下毒，终究命丧红颜之手。对程岩佳来说，前一个故事更显得悲伤而真实，但后一个电影则更加荡气回肠，因为大多女性活的样板是前一种，最后活进喃喃自语纵酒失眠甚至失疯的墓穴中。

希腊虽然在上班，但负责着一份杂志却是自由的，不能说他对程岩佳不好，如果程岩佳上了七十的老母（住在附近）不陪着她去看电影，希腊就会陪着去，尽管每一次他都在电影院打鼾如雷，但这不妨碍他做一个疼爱妻子的丈夫，至少表面是如此的，他怕她犯病，忽然之间喘不上气来，倒在影院里。也许他有过那样的设想，被吓住了。他还谈不上坏。很多丈夫人到中年之后，无非期待三件事，升官发财死老婆。希腊不是没有对程岩佳安慰过，甚至还举了现成朋友的例子，那一家子程岩佳当然也见过，在省城，舞文弄墨的，彼此有点名声的，都认识。男子是希腊的朋友，画协主席，女子是本省舞蹈协会主席，曾经是男子老婆的学生，后来成了男子的老婆，但是，女子查出了是肺癌晚期。不到一个月，这个画协主席就携带着北京城来的新欢喊着希腊及其他几个人下乡吃野味呢。希腊说自己的良心不是这样的,男人花心是天性,但花心而有良心,要对妻子和家庭负责,他说他是个负责的男人,他不希望出人命。有时,他说得简直情深义重,他说他五六岁就死了母亲,程岩佳就相当于他的母亲,他可不希望自己的小妈妈死掉,不然他也活不了了。他还用了文绉绉的话,说"你身上有我的光阴"。如果去写诗,希腊肯定是个好诗人,不过,他还希望自己是个好哲学家呢,一度用希哲为笔名,发表过一些雾里看花水中望月云里雾里很多人看不懂的作品,中年开始写的是小说,很快就发达了,脱掉了县城小干部的帽子。他很感谢程岩佳的支持,说如果没有程岩佳当时勇敢辞职,到省城来陪他,说不定他不会有今天。程岩佳也知道,如果不如此,两个人也许早就离了。她不是没有想过,如果当初离了婚,保住了自己的工作,也许现在是另一番样子。她爱他,爱就得受着,受得累了就要吵,冷战也会得病。她知道自己是要超脱的,可是在希腊身上总看不开,一个丈夫,一个女人人到中年全部的身之所系,就像个笑话。她不是没有想过出轨,要是有一个走得近的男人也好了,或许让她的生命兴奋,觉得自己一整天处于亢奋状态,永远充满活力,即使泪水也是干了又生的。但是她清楚,婚前还来往过一些男同学,工作的时候还来往过一些男同事,这些年,搬到省城之后真的就单纯做了儿子和丈夫两个人做饭洗衣的老保姆,除了两个闺密互动着,娘家关系走着,就是路上买菜和人家多说两句,希腊碰到了,也能闹几天,开初她以为是在乎,等到真正她觉得自己将自己活成一个社交自闭症,她才觉得一切都是自己出让主权造成的。现在,四十多岁眼看五十岁,想要一个新的男人,想谈一场新的恋爱或者想仅仅偷一次情,也可以说想仅仅和丈夫之外的人做一次爱,她才发现,举目无人,没有一个合适的……

程岩佳躺在客厅的沙发上,想着这些年来的一切。有一刻,她觉得自己舒畅了,觉得自己安全了,可以自由喘息了,但很快,也许就是在她不由自主朝门口望了一眼之后忽然而来的绝望里,她觉察到了自己的被遗弃,那种窒息感从内心冒出来,直接窜到鼻孔。——与闺密分开的时候,她们说送她,她说自己已经康复了,那之前她是由希腊保护着交给她们的。她独自回的家,希腊去上班了,他不会知道她一个人在房子里,不会知道她在死。一想到这点她就觉得害怕,尽管有无数次,这些年来上千次万次,她都想吃药或上吊或割腕死在房间里让希腊受着,让他从此每一天都不安。她不是没有想过惩罚他,她清楚自己,就是要这样,要活是他的人死是他的鬼,要一辈子与他绑在一起。

"哦,妈妈,让我去死吧。"她低声呻吟着,向附近房子里的母亲祈求,七十多岁的老父母,她实在不想他们白发人送黑发人,一直以来,除了疾病之外,她扮演的都是一个孝顺的大女儿,懂事体贴,除了没有奉献太多钱,她给过他们太多的安慰。这一次,她只想告诉妈妈:"我太累了。"突然,音乐响起,手机就在不远处的茶几上,她想伸出手去接,却只看见手机屏幕的闪动,诡异的红色光芒,春天的红色花朵。

最后,她听见有人说:"什么情况,医生,怎么回事,我回家老婆就成这样了。"她也听见了希腊叫着自己的小名"花儿",闺房里的名字,有一次父母说起来被他听去了,就两个人的时候这样叫着。

她努力睁开眼,想看看他,想挽一下他的臂膀,想告诉他一直以来自己还爱着,尽管心灰意冷,可仍然爱着。她感觉到胸口作痛,所有的骨头在颤抖,感觉有什么插入了喉咙。

"程子,我的宝宝,我的儿子。"她在黑暗里说着,"回家来。"

附:

那一天,程岩佳并没有如自己希望的那样成功死掉,一了百了。她被丈夫希腊救了回来。后来,丈夫专门给她雇了个保姆,负责看着她,寸步不离地跟着她。此外,他也尽可能多地陪在她身边。他近乎善良地对很多来访者说:"她从小就有病,先天性过敏,哮喘总是在春天里发作,变得疑神疑鬼,必须将养着,要好生休息。现在城里天气,雾霾和花粉,实在是……"人们报以同情的眼光,看过她之后,就和她那多言善思的丈夫到会客室去聊天了。他们有的是事情可谈,有的是话可讲……她在隔壁的床上和保姆坐着,听着。从此,她家成了个会议厅。一些事情如程岩佳所愿,比如这时候她住在那所她一直想住的郊区的房子里。

寻人启事

1　上坟

　　走在乡间小径上，想到父亲优盘里的那份寻人启事，想到如果我也贴一张出去，是不是父亲就可能还会有消息？我想起高考的那年夏天，父亲的死亡，以及父亲的遗物，这一切似乎已经过了很久，像是过了很多年。

　　那是春节后的一天，典型的正月的雾霾天，潮湿灰暗，年前的暴雨让乡村泥泞不堪，但是，过年那天终于停了，我就乘了火车，去了我童年总去的村庄。

　　此刻，我走在父亲童年生活的村庄，去往他的墓地，那里还埋葬着我爷爷，早逝的祖母和她的一个小儿子。位于大巴山脉的一个山谷，村庄还保持着中国典型的大山里的村庄的那种面貌，小小的村庄，从山上到山下分散地住着一些农户，房间里住的多是老弱病残，年轻人多出去打工了。现在正是过年时节，村里人比埋葬父亲的骨灰时多了起来，但我没有在这个村庄长期生活过，因此大多不认识，也就无处可去。其实我可以去不远的镇子上的伯父或姑姑家的，但我和他们并不熟悉，熟悉他们的是父亲，已经去世了。我感到寒冷，在通往父亲墓地的小径上，我觉得自己的身体在微微颤抖，于是不由自主地将手伸入了裤兜。在这个村庄，如果没有父亲，不会再和我有什么联系了，父亲在我出生之后就已经精心为我制造了一个新的身份，属于城市而不是农村，一切都和这里不同。而这里，埋下父亲的这片土地，似乎是我黑暗的前身，现在，我的目光不得不回到这里穿梭，回想父亲，或者，回想我自己的源头，毕竟，三年之内，身为儿子为死去的父亲上坟是一种习俗，我应该坚持。

这一带似乎很荒芜，春节刚过，山村还属于冬天，一切显得静寂又荒寒，这让父亲在我心中的形象也变得捉摸不定，不断变化，一会儿是慈祥可亲，一会儿又显得陌生，一会儿不断高声说着话，一会儿又沉默如近旁的村庄。但这就是父亲，那些年的父亲，开始是索要，后来是祈求，再后来则是现在的万事方休。

我很高兴母亲没有来，新寡似乎让她的悲戚之色增添了一种戏剧性，她显得呆滞而僵硬。自从父亲去世以后，她说话变得结结巴巴，表情迷茫而温顺，那么快由一个正常的家庭主妇切入悲伤寡妇的角色，让我还没有来得及适应。虽然已经过去好几个月了，可是我还是觉得自己无法与母亲一起面对父亲的墓地。也许正因为如此，母亲听从了我的劝说，没有跟着同行。

在一条小径上，一个男人正在抽旱烟，很多年没有见过这样的烟了。远远地，我认出他的姿势，爷爷也是这样卷烟的，我小时候父亲也这样卷烟。他把一撮烟叶用手指捏碎，平铺在一张纸上。我能闻得到他正在吸烟的手指的味道，老年男性吸烟的姿势，和父亲一样，歪着脑袋。他身边坐着两个看起来比他更老的男人，正在大声讨论着农村补贴和农业政策、扶贫计划，他们用方言说着一些名字，而我并不熟悉。在他们注意上我之后，我已经走开了，但很明显，他们知道我是为父亲来上坟的，他们声音高亢地聊天，喊出了我爷爷的名字。此刻，在父亲的村庄，我感觉到一种亲密的感动。

父亲死后，返乡成了一种旅行，不再是归家。即便不是因着要给父亲上坟，我也喜欢这样清寂的悲伤或欢喜，似乎生命本身就是既悲伤又让人欢喜的。我迈着大步走在早春的日色中，感到自己仿佛在经历着一次冒险之旅。

我走在父亲村庄的小径上，不由自主地问着自己一句话："这是个怎样奇怪的小村？"这些年，他们过着狂飙式的生活，似乎和我父亲一样，村庄被放弃成为一个坟墓，彻底的死亡才是回归，却已经不再进行单纯的土葬了，那些死在外面的，就如我父亲，最终以一个骨灰盒的形式，运回了这里，如他所愿，埋在了祖父母的脚下。

山谷里，风把薄雪吹散，冷风钻入我的领口，我甚至听得见附近千尘河流动的声音，季节在这里行进得很快又很慢，又是冬天又是春天。我看不见这条河，但由于小时候每年过年回村拜年的记忆，我总想着这河的流水。环顾四周，一切都那么冷冷清清，只有一条河流可以带出生气。千尘河是从山上一路流往山下的，似乎是一种自主的流亡，每一年，回到这里，我都能闻到它的气息。我的父亲在这个叫作千尘村的小村落度过了他的青少年时期，他人生的第一份职业是在这个村落所在的县城的中学谋得的，在千尘河的下游，也是在那里，认识了我母亲，孕育了我。

我叫希程子，父亲希腊，母亲程岩佳，顾名思义，希与程的儿子，我是他们的成果。我们曾经一起创造出一个幸福的家庭，我的整个童年时代，他们体面、优雅、受人尊敬，让我觉得我们的家庭是那么幸福，无忧无虑。我的未能有幸出生的妹妹，他们就取的这样的名字，希程果，那时候已经不是这样了。好在作为一个胚胎，她不可能知道这些，也就不会有任何忧虑。谢天谢地。偶尔，这对夫妻也会叫我为果儿，在父亲的笔名里，他叫他自己也会叫程果。就如此。反正，我是他们的儿子，唯一存活的儿子。父亲死去的第一个年头，遵照母亲的嘱咐，我来给他上坟，来确定一种血缘的亲密或安慰。我母亲似乎在向什么人证明，父亲生是她的人死是她的坟，她在确认着这种身份。——我但愿这是我的敏感。然而，确实如此，父亲去世后的这几个月比父亲从前活着的这几年似乎更加明晰地存在于我母亲的生活中，她会时时说起父亲，和我，和我的女朋友（已分手），和亲戚朋友们，如同一种物品，她展示着她的使用权，包括在博客和微博，以及微信朋友圈，她一次次悼念，晒出他们早就泛黄的翻拍的结婚照，晒出父亲最后时光的照片，当然也晒出一家三口的合影。——赢得了太多的安慰和赞叹。——父亲死后，又一次印证了我们是一个健康幸福的家庭，就如平日的采访报道一样。母亲需要这样的明证。然而，一切都不是那么一回事。

我走在这条乡间小径上，时间仿佛凝固了，仿佛人生中的所有时刻，全部浓缩在这一刻，这个特殊的下午，一切不再有后续，不再有未来。确实，对于父亲，一切已成定局。他在土地之下，喘着气或者说着话，都无法改变活着的情况了。

2 遗物

我还记得那一幕，我手里握着父亲的骨灰盒，母亲在家属休息室等着，也就是在那里，透过一道蓝灰色门帘，父亲被升起，落入火炉。我去捡的骨灰，母亲说她已经没有力气。她也许恨他，但看得出，她不舍得他死去。

在这个三口之家的共同生活中，恶意早就不断攀升，但是有人离开还是彻底让人感觉到了打击。最后的一些年，父亲用郁郁寡欢来消耗着自己的生命，而他们的婚姻，也在以相互折磨来度过剩余的时光。然而，母亲的悲伤面容还是偶尔能袭击到我，她在父亲死去之后开始急速老下来，仿佛没有了对手，她不再需要坚持，一下子就显出了真正的挫败面容。

父亲生病的消息，是由母亲告诉我的，在我高考完要去入学的前一天晚上。母亲当时正在厨房杀一条鱼，案板上的鱼已经不跳了。准备给父亲补营养？我并不知道。我夜里和高中的同学分别，各道祝福回家之后，母亲一边刮鱼鳞，一边告诉了我父亲生病的消息——肌肉性萎缩。

父亲当时坐在客厅的椅子上，像一个客人，或一条案板上沉默的鱼。我被我这个新颖的比喻吓到了。很久以前，就听到父亲抱怨说腿疼，感觉右腿在不断变细。

从那天开始，父亲经常这样默默不语，每天像失去什么，无论是他还是我们，他一坐就是半天，陷入自己的忧伤，以及由忧伤而制造的沉默，至少在那一年的好长一段时间是如此的。但是，我母亲很快就怀孕了，他们说是无意怀上的，四十多岁，B超说是女胎，老来要得女，看得出喜悦。——最后胎儿夭折在了母亲的肚子里。但在我高考之前，父亲消失了三个多月，妈妈告诉我他出去进行社会实践搜集素材和资料了。我天天盼望着父亲回来，一百多天。

父亲去世后，他的一生从他的那些遗物里不断涌出来，比如穿过的衣服，写过的笔记本，甚至，剃过胡子的剃刀。父亲死后的好多天，我开始整理父亲的电脑，发现父亲优盘里的照片，由此想起了我高考的那一年。而这时候，父亲不必再在这个家庭里万事小心，不必再担心某一个电话、某一条短信、某个口袋里的一张车票，或者某张银行小票、某份邮件，所有这些他曾经非常烦恼的问题不再是烦恼。他将这一切在他死后，不管是有意还是无意，摊开在了我面前。

单独的文件夹——宝宝，一个女人的照片，不是我的母亲，而是母亲的耻辱,她和我父亲,就这样一起出现在我的视野里。一度,她让我们整个家庭蒙受灾难。他们的关系在我们的世界,是丑闻也是谎言,是欺骗,也是不入流,是坏,是恶,是厄运……他们的关系当然也被社会排斥,摒弃在健康生活的社会之外。不过,他们曾经让我和母亲害怕,一整个晚上又一整个晚上失眠,让我和母亲相互拥抱着安慰,却不敢流下泪水。

我在卧室窗帘后面的拐角处,打开电脑,一张又一张看完了这些照片,那个女人的面容,我父亲的面容。仿佛这样,我才能确定那一年发生的一切是真的,而不是我的想象。一帧照片里,她坐在父亲身边,很年轻,很美,围着一条玫红色的披肩,不知道她施行了什么魔法,她的双手放在跷着腿的膝盖上,一条腿向着我父亲的方向,但那披肩却没有滑落。我觉得她很美,也许是映照着我父亲的衰老,我才会有这样的感觉。她那看起来一米六几的个头,让她在父亲身体的陪衬下,显得像个还没有发育全的孩子,像是他的女儿。那时候父亲已经不再年轻,四十七八岁,岁月在他身上留下了明显的痕迹。而她,显得快乐又悲伤。和她后来日渐衰老却变得非常优雅的照片不一样,在这张还显得像孩子的照片上,她有的只是年轻的美丽,还缺乏岁月需要赋予的优雅从容,缺少那么一点成熟女子的韵味。

不得不说,这个女人的照片我以前就见过,熟悉又陌生。熟悉是因为我在父亲和母亲处都见过,在纸质和网络上都见过,陌生是因为居然有这么多不同年龄不同表情不同服装不同季节的照片,让我产生了一种说不清的嫉妒情绪。我从来没有问过父亲,当然也不敢问母亲,我知道他们都可能发脾气,关于这个女人,母亲解释:"你父亲的那个……"在此之前,我没有也不可能如此详细安静地翻阅这个女人的照片,尽管我也有过一些好奇,想要更多地了解父亲的生活,但是这一切应该沉默。发生这样的事情的家庭通常都是沉默的。难道不是吗?随着时间流逝,一切都过去了,可是这段人为夭折的爱情,和自然死亡的生活不一样,它似乎一直潜伏在那里,就为了等待着日后进行突然袭击,就为了等待着今日的回访? 准确说,就像伤口感染,一直无法治愈,她躺在父亲的血液里,在他体内烧着他,最后她将他烧成了一捧骨灰。——不得不说,我知道,她也深受其害,一直没有恢复过来。父亲去世后,网络的照片上,我搜索过她,时胖时瘦,瘦时憔悴,胖时肿胀,已经开始显出中年女人的苍老,简历里,却仍然是一个人,未婚。也许,与父亲的那场恋情,父亲最后脱身回归家庭,对她也是一种致命袭击。

照片里,他和她。我立刻就认出了那个女人。父亲穿着我穿过的那件蓝色半袖,像个长大了的孩子穿着还小一号的衣服。我首先认出这件衣服,才开始端详父亲。穿着这件蓝色半袖的父亲在我的印象里和照片上完全是两个样子。父亲对一张又一张的照片都做了时间和地点的标注,能看得出父亲的用心,一种爱意的蔓延。这是父亲的爱情博物馆,一个私人的隐秘的纯真博物馆,一个可能被他毁掉却被他保留了下来的博物馆,一个不该为我所见的博物馆。

所有的孩子都会认为自己是因爱而生的,我也是,可是,我的高考呢? 父亲缺位的那几个月,让我知道我的成长仅仅是一种生物性自然运作的结果,而不是爱的渴望和浇灌。想到这里我不得不重重地咽下一口唾沫。母亲比我明白,她负担的太多,她比我更难受。她比我更知道父亲不值得外人那么尊敬,并不是外界所知道的那样光鲜无辜。不过,这是我们的家事,我们的秘密,不管别人知道多少,我们都要表现得一本正经。

我闭上眼睛,不知道是恨还是嫉妒,想让自己克服已经点开这个不该点开的文件夹的恐惧。父亲对我和母亲以及我们的合照从来没有这样,没有标注过时间和地点。在我的印象里他并不是个爱拍照的人,他总是很抗拒、很扭捏地站在那里,说照相是一种绑架。而现在,一个小小的文件夹,却是爱情存在的明证,显示了一切。

母亲在厨房里洗着碗，杯盏作响，她肯定不能看到这些，我小心地点击着，心里还这样想着，尽管我知道这样的镜头在她脑海里不知道想过多少次，但是亲眼所见便是毁灭。我的父亲已经去世，母亲还在生着病，而高考的那一年已经过去很久，我们早就恢复了截断的生活。不该让母亲看到这些，这是一个儿子的责任。

可是，我仍然愤怒，这不是我的父亲，不是我印象里的父亲，这是另一个男人，和我父亲完全一样的男人。因为，无论怎样说，人不可能什么都拥有，不可能既在场，又不在场，既忠实，又不忠实，既热恋着情人，又爱着妻子和儿子。不管怎样，我父亲不能同时既自由地做着一个女人的情人又自由地扮演着模范丈夫的角色，他只能是一方面的囚徒。显然，不可能是情人的囚徒，那么，家庭则是他的牢狱。然而，是这样吗？我和母亲难道是他要逃脱的灾难？他曾经确实下过这样的审判，以行动的方式。

当父亲去世以后，我检阅了他的一切遗物，打开了这个优盘，我也打开了父亲的电脑。电脑里什么都没有，除了他的一些稿子，照片是被清除了的。但是，这个优盘揭露了一切。好几年了，也可以说好多年了，我记忆里那一年支离破碎的高考岁月。

——遗物令人颤抖，不管是留恋还是厌恶。

像所有体贴丈夫的女人，我高考那年暮春将要结束快到夏季的一天下午，母亲在翻寻衣兜杂物准备给父亲洗衣服的时候，发现了车票和断签，写给别人而不是她的。第一次发现，她的华彩、她的乐章还属于别人，他需要这样的人世美满，也可以说是虚荣。她是那个可以被失去的人。她瞬间明白了两张车票的意味深长，像是一种宣誓，我母亲感觉到了背叛。

在那个下午，父亲离开了母亲，还有我们的猫咪（后来被邻居毒死了），住到了他的情人的家，一百〇四天，他们在一起。在那个夏天里，我参加了高考,勉强考上了本市的一所二本院校,进了戏剧影视文学专业。那一年,我的高考没有父亲,我的生日也没有父亲,那一年,我的青春期结束了。虽然,进了大学,才似乎真正进了青春期。此前的一切,童年和青春,完全变了。我二十岁,首先是等待,等待夜晚,等待楼梯的脚步声,等待父亲开门。无眠的夜晚,三个多月,从初夏到盛夏。我想如果我死掉了,父亲这时候会不会回到家来,他会怎么样呢……以后的很多年,我总是这样设想,以致现在父亲死掉了,我还在想,如果我死在了父亲的前头,父亲会如何?是不是像我抱着他一样抱着我的骨灰盒?在没有那个女人之前,我从来没有怀疑,自己是因爱而生的。在那之后,我不能确定自己是否因爱而生,但我知道,我不是因为爱而成长起来的,仅仅是出于生命本身的顺其自然而存活。不过我也不能否认,父亲有过一段时期好爸爸的形象,伴随着一系列美好的记忆,母亲在她的育儿记录里都收集着。比如,父亲会固定地在小学六年里每周送我去弹钢琴;再比如为了让我有一个单间好好学习,父亲将自己的工作室由书房改到了客厅;还有那样温暖的系列,即使那一年,父亲在我生日之前仍然回到了我身边一小会儿,而我是在几年之后,那个女人发来的怨责短信里,才知道我和她同一天生日。

　　然而,即使后来父亲回来了,实际上却仍然过着一种心在外面的生活。他不再是父亲,而是一个不得不回到那座七楼房子的客人。家中的宁静,走路蹭地的摩擦,以及偶尔的咳嗽和喘息,都会让三个人紧张。我和母亲似乎都在等待,有什么东西应该到来。但我们又都害怕。那样的深层恐惧,现在都还留着,以致从火葬场抱出父亲骨灰盒的时候,我突然而起那样的想法:再也没有人可以抢走父亲了。由此,我也理解了一些人的爱情,死去的爱人比活着更显得爱情完整,死亡完成了爱情最后的仪式。也许,这一点,母亲和我有类似的庆幸,至少,她在仪式上拥有父亲完整的骨灰盒,有一个可以哭泣的墓地。这样说也许是残酷的,但是,对于一个认为自己是因爱而生但成长期间开始怀疑这点的儿子来说,有一个死去的父亲总比有一个时时刻刻很可能被别的女人带走的父亲好。

鸟群在大巴山上徘徊,像是父亲对我的呼应。

下葬的时候,伯父们把父亲的骨灰盒放进一口简单的松木棺材里,说是这样可以尽快让他入土为安,腐化掉。

临终前父亲已经什么都吃不下了,不能走路,胳膊上输着液体,嘴巴大张着,克制着不要叫出来。

母亲在最后的葬礼上并没有怎么哭泣,我也没有。不过,夜里我为母亲那副茫然无措的样子落泪了,我们俩早就成了合作的难民,在我高考的那一年,就绑在了一起。父亲最后的死亡,像一种彻底的抛弃,但实际这样的抛弃动作,在父亲那次离家出走时我和母亲就已经体验过了。所谓回光返照,大约就是他最后的归来。——这样说自己的父亲让我难过,但真实的体验就是如此。无论你多么盼望一个人,当你体验了失去他的滋味,破镜无法重圆,第二次死亡不过是对第一次体验失去的再次重复。因此,我知道,我和母亲都可以抵抗过父亲的死亡,虽然这会艰难一点,过程充满眼泪,但这就是生活。

他像一个普通的村民,就那样被葬下了,一锹又一锹的土落在棺材上,发出音乐一般的敲击声。

生命垂危之际,父亲一共也没有说几句话,他的心早就闭上了。母亲对我说起父亲在夜里的呻吟,她问过他哪里疼,但他就是不说。母亲的声音仍然充满着惊慌,在父亲下葬的时候,和我以及伯父在坟头说到这些。伯父他们一致认为:"他在农村长大,很能抗疼。"没有人知道,我父母之间的隔阂,还有我和父亲的隔阂。我一直试图原谅父亲的,也问过自己,父亲做错了什么需要原谅?但我曾经那样痛苦地等待过父亲的归来,如此刻骨铭心,以致父亲的真正归来,失去了意义,太迟了,当时迟了,现在更迟了。

3 河上的尸骸

那些日子,经常重复这样的对话。

开始是几天,我感到自己的等待,就问我的母亲:"爸爸哪里去了?"

"下乡。"

是的,下乡。"可是太久了。"

"你为什么那么烦闷?"母亲问。

我说爸爸到底哪里去了。

"我怎么知道。"母亲说。

"你不是可以打电话吗?"

"你也可以。"母亲将她的手机推给我。

"以前爸爸也常常出门呀,为什么这次没有告诉我?我已经好几天不见他了。"

"我也不知道。"

这是最初的对话。我在屋子里走来走去,寻找着父亲,甚至打开了他们的卧室,巡查每一个角落。

父亲没有对我留下一句话,没有说什么,就如此,溜出了我们的生活,而我,最开始却在认真地等待。

那时候我是不会给父亲打电话的,都是妈妈打,妈妈是我们的联络人,我是一个高三的孩子,所有高三的男孩子都知道,这一时期几乎与父亲的关系剑拔弩张,彼此讥讽看不惯,我和父亲也是如此。随着学业越来越紧,我们越来越不大讲话,电话更是不可能的。

开始我气哼哼的,觉得最好的惩罚就是父亲回来直接拒绝和他说话,看他能承受多久。

很快我就开始想念他，我猜测他何时回来，或是否回来。你在哪里呢？有时我喃喃自问，但是只有母亲不在我身边的时候，我才这样说。他应该打个电话回来，毕竟我要高考了，或者哪怕给我写封信，因为快递满街跑，他的邮件都是我一摞摞抱回来的。他哪怕什么都不写，来个信封也行。爸爸没有 qq，但有邮箱，他给我发一封邮件也可以。但是没有，他什么都不说。

从前我很少感到害怕，从来没有想过死亡。爷爷在我小时候就去世了，奶奶在爸爸很小的时候就去世了，家里人都好好的，我一点都不害怕，一点都没有想过死亡。就连爷爷的死也是新鲜的，因为我从来没有和他生活过，他在村子里，只是个在过年时才可以见到的长着胡子的老头，会给我压岁钱。他死的时候是夏天，山村里的夏天很凉快，我和一群小孩子到沟畔上摘野果子吃，并不觉得害怕。

可是，父亲不回来，让我越想越怕，我有时想他也许死掉了，顺着河流像那些猪一样，漂下来。——那段时间江上经常漂着死猪，从上游漂下来的，有时卡在河床上。

我该做什么？

有时我问妈妈我可以做点什么。妈妈让我好好学习。我看着她，甚至能听得见她的呜咽。她的喘息越来越艰难，小姨照顾着她。她本来就有哮喘病，空气过敏时会发作，现在变成了心因性哮喘，小姨说的。未结婚的小姨由周末来一次到每晚住到家里来，经常和我谈话，让我多体谅母亲，不要总是和妈妈说起爸爸，她还说在爸爸那里说不定妻儿是累赘。

我知道妈妈也在盼望爸爸归来，各人有各人的方式，她的表达方式和我不一样。

出于愤怒，我经常去踢球，但是妈妈似乎也感觉不到，我们都被对父亲的失望瘫痪了意志，那时候我第一次懂得了失眠。一个月又一个月不归来的父亲，像是一个死去一月又一月的父亲，丧钟在我们心上哀鸣不止。

我不知道要过多久，晚上睡觉和早上醒来都成了一场祈祷。楼顶花园荒芜得不成样子，西红柿没有人掐枝，仙人掌长成了一拢，耗子经常来。祈祷是那么不切实际，父亲也许早就忘记了我们。

为什么妻子和儿子会成为一个男人的累赘？我在心里画着问号。

打篮球的时候有人说江上发大水冲下来的不只有肿胀的猪，还有一个肿胀的人，在河道一端被渔网拦截住了，是个中年人。难道是父亲？我在心里想。打篮球的同学们说在等待着尸检，他们开玩笑说我们在河边的学校看起来没有什么风景，实际上天天都有故事。

母亲也听说了河中的尸体，无人认领。我希望她给我一个明确答复，但她什么也不讲。难道她也在想着父亲死去？

那天晚上我在电视上看到了那样的画面，尸体被树枝缠绕着，已经变了形，好几个警察穿着蓝色水靴站在水旁。画面转动得太快，我只看见了死者被撕裂的腿，一块一块像是冰箱里冻过的肉，他的一条胳膊出现在视频里。那只胳膊像是一种指引，让我想去辨别是不是我的父亲。我想我的父亲也许喝了酒，走在回家的路上，却掉入了河里。

我从来没有见过死人，包括爷爷的死。而这一次，我却仿佛看见的是父亲的尸体，我的心充满悲伤。可是没有人去认领那具我认为是我父亲的尸体，母亲根本不会去。

我想着我的父亲，如果他作为无名死者被人找了来，我们该怎么办？会不会被认为是叛逆期的儿子与护犊子的母亲一起谋害了他？电视里，两个穿着白大褂的医生面向死者弯下身去，用垂询的目光打量着他，脸上表情凝重，毫无笑意。谁也不认识他。无人认领的一具尸体，我想象，他是我的父亲。

据报道说，这个人身高一米七二左右，四五十岁，缺一颗牙齿……我——对照着父亲的特征，就是不知道他是否少一颗牙齿。报道推测是外地人，希望尽快有人去认领。尸体上满是泥浆，泡了几天了，面目全非。认领电话标的是市区的一家殡仪馆，该尸体自然进了太平间。

这段时间里我常常想起我的父亲，似乎我是一个不孝的儿子，任着他在太平间里独自腐化。他是如何落入河里的，又如何一路漂游？我不敢想象却又认真想象着，悲伤无边。父亲曾经说过，水死是非常可怕的，人会受很大的罪。他说溺市内九眼桥捞上来的那些死人，都非常可怖，比跳楼更让人难以忍受；他说水死的时候人的胃会膨胀，整个肚子会膨胀……我猜测他不会喜欢这样的死亡，于是想着他是怎么进去的，被谋害，还是不小心？

我问母亲，如果那个尸体没有人去认领会怎么办？

母亲想了一会儿对我说："应该过一段时间会被焚烧吧，无主尸体如果全部留下来，没有地方会出费用的，政府也不会负担那么长时间。太多无家可归死去的人了……"

我不再追问她。

那天夜里，我躺在床上许久睡不着，想象着父亲被火葬场的人烧掉了，无名无姓，骨灰被丢弃，我们再也不会听到关于他的消息。

如果不是这样，那父亲为什么不回来？他的手机已经是打不通了的。

母亲沉默着，在另一个房间里叹着气。父亲走后不久，我们形成了这样的习惯，母亲和我晚上都开着门，我们听着彼此的呼吸。

"他应该很快回来了。写大部头的东西，确实很耗人。"母亲这样说，像是安慰我。也许是一种模糊的本能阻止她告诉我发生了什么，因为一旦说出来就意味着一个结果，尊严的挑战，首先对她其次对我。于是，她采取了这种模糊策略。那一段时间，母亲周旋于两种生活之间，与一个叫作丈夫的人做斗争，却不得不在她的儿子面前树立一幅温馨的家庭生活图。

那天晚上，很晚了，母亲走到我房间里，就着月色躺在我的床角边，抚摸着我的被子，非常非常慢。我看不清楚她的脸，也许平静也许咬着牙。她的手在夏凉被上滑动，发出轻微的嘶嘶声。我们没有说话。我假装睡着了，就这样，在静寂中，我和母亲一起躺着。

"也许他就要回来了。"母亲过了很久，独自喃喃自语，"他总会回来的。你毕竟在高考。"她的手又在我的被角摸了几下。我发出了鼾声。她试图伸手抱我，把手放在了我的脖子边，但我没有做个体贴的儿子，我根本无法转身拥抱我的母亲，装睡是我当时的本能。我无法安慰母亲，就像母亲安慰不了我一样，我们却都在因同一个人伤心。

那一夜，不知道母亲什么时候离开的。她也许需要她的儿子的安慰，也许需要抱团取暖，也许想去安慰她的儿子，因为她肯定想过，儿子一定是埋怨的，母亲的唠叨赶走了父亲。

最后一次语文考试的作文，是给人写一封信，家人或朋友或老师，或陌生人。我设想给父亲写信，奢望他在我高考之前回来。我接着往下写，我说我想他，母亲也想他。我写我的恐惧，对高考的恐惧，怕生活发生什么变化的恐惧……

我试图用一些书本上的句子对他进行引诱，比如"杂花生树，群莺乱飞"，越是热闹越要写我感受到的悲伤。我告诉他我开始理解一些以前并不理解的书，我说我怕没有父亲，我说我……

时间，生命里对时间所有的感受，似乎就在那几个月，那个春末夏初，急不可耐地等待高考,同时等待父亲。太漫长又乏味的等待。没有人知道,连我也是多年之后才忽然意识到,那时候我多么怀念父亲在家的日子,多么渴望父亲回到家中。

一个小时又一个小时,一天又一天,一周又一周……以后看到小说或者其他文本里出现"长时间"这个词,我的心都揪着疼一下。我长时间地思念父亲,那时候,却不知道怎么表达。母亲不是那样的母亲,拨通电话让孩子召唤父亲,但是她也不是没有这样的渴望,骄傲制止着她,她想让自己的儿子安心学习,认真备考。

有时候我觉得父亲是死了,而母亲怕耽误我不告诉我。那时候我怕这些词"不在""结束""没有"……我怕突然而起的电话声,尽管又很渴望。我怕母亲夜里的哭泣,怕半夜醒来发现她蹲坐在马桶上,而灯关着。母亲着了魔,我也是。

我根本不愿意相信父亲抛弃了我们,而将我们母子遗忘在一所房子里。尽管,在母亲的电话里,我听见她对父亲咆哮:"你配做什么父亲,你连儿子高考都不关心,只想着自己风流快活?"当我走到母亲面前,希望说什么安慰她,她却会很快挂掉电话。

她继续去楼下的菜市场买肉买菜买鸡蛋,继续为我煲营养汤,让我准备应考。

母亲不知道,她在把我逼疯。

我沉默着,认认真真地在下晚自习之后回家休息,认认真真地早上自己听着闹钟爬起来,狼吞虎咽地吃下母亲为我准备的食物。

母亲有时也会诉说,她无可奈何,我也无可奈何。

我记下了夜里突然而至的猫叫的次数,记下了楼顶花园橘子树结起了几颗小果子,记下了很多小的场景和事件,也记下了母亲独自的叹息声，我一次又一次数着。我开始写日记，这是父母要求了多年的。父亲不在了的时光，我开始认真地做起了这件事。

父亲走后，楼顶花园荒芜着，母亲固执地不去管那些眼看着要干死在盖着绿色铁皮底下的一盆盆仙人掌，母亲固执地不去打掐西红柿树苗的旁条，母亲固执地去把楼顶花园一次次锁上……也许，这是母亲作为一个妻子的计谋，她将这一切当作惩罚，有机会到时领着父亲去看。我相信她内心是这样的。我把发生的这一切记下来，关于母亲，关于我，关于荒芜的楼顶花园。我在心里咆哮着，想着怎样让父亲愧疚，让他承认他是个失败的父亲，一个颓唐的不负责任的丈夫。但我又在暗暗地祈祷，给个信儿吧，我们等你，家在等你。

在绝望里，母亲不再登上楼顶望父亲归来，不再在夕阳里收取晾晒出去的衣物。整整两个月，母亲忘记了洗被单和床单以及枕巾，这是生命里最长的一次，母亲忘记了她儿子的细小生活。

前面已经说过了，与此同时，一直未嫁人在医院工作的小姨开始住进了家里，我是在一次放学之后发现的。父亲走了，母亲和小姨在一起，舅舅们也经常来商讨，安慰母亲，外公外婆也有时住下来。

爸爸会回来的。小姨偶尔安慰我。

当小姨安慰我的时候，母亲的表情总是木木的。她已经哭过了，抱着自己的妹妹，但在我面前，还是坚强的母亲，只是经常喘不上气来。

有一次他们说：你爸爸也许不再回来了。

漂着的那群死猪，从上游漂下来的。过了已经好一阵子了，小姨当着我的面对妈妈说："你就当他像死猪漂在江上。"小姨说话的口气很随便。

我知道，小姨曾经有过一次恋爱，母亲断断续续给我讲过的，最后小姨流产了，被摘除了子宫。那是一幅可怕的景象。是因为恋人骤然死亡，她接受不了，不是情变。她爱的人自杀了。就如此。或许是抑郁。她什么都不知道，只看到了他被装进黑色殓尸袋里的样子。

和母亲在一起从来没有那样的瞬间，现在却成了常态，她不说话，很长时间不说话，坐在窗户旁，木讷地看着窗外，似乎陷入了自己的幻想。这种沉默就像一种咒骂和谴责，是一种惩罚。我怕母亲那个样子。我们大家集体陷入对父亲的埋怨之中，自私的父亲，他还不如去死。这是我第一次生出这样的想法。他也许还会有别的孩子，一个可以代替我的孩子，一想到这点我就很愤怒。对小姨我也是愤怒的，我压制着对她的反感，我不喜欢她说父亲死掉了，像猪一样漂在江上，所以看见她我就会回到自己的小卧室。

我感到恐惧，第一次想象如果父亲死掉了怎么办？第一次死也是最后的死，后来的死倒像是演习，在幻想里，我想象了父亲的死，这一切变得似乎可以承受。——以致后来父亲真正的死亡，倒像是一种迟到的排练。

为了不去想父亲，我开始了恋爱。高三最后一学期里的半学期。那个女孩子，和我一个班，叫倩倩。她喜欢听我弹琴，在学校的期中考试之后音乐表演时候走近的，那场演出是为即将到来的高考减压而举办的。而倩倩，成了我的减压物。她不知道。她以后也不会知道。

我们在晚自习后约会，我骑着车子穿过长长的河流，我们拉手，我们接吻。我试着想象是不是父亲也有这么一个女孩子。——直到后来得到印证。课堂上，我的目光也追着倩倩，然后由着手指滑向身体的下部。倩倩聚精会神地在前排的座位上听着课，偶尔会对我回头，似乎有点紧张，耳朵都红了。

以前父亲认为我不开窍，那么多的女孩子，她们送我明星照，赠我她们装裱好的艺术照，我只喜欢篮球和哥们儿，父亲就在那里嘲笑我。

我想和父亲分享这个秘密。不是母亲。不能和母亲说，她会担心的。

我在送倩倩回家的晚自习后,钻着小巷赶着往家走,听着夜的寂静和喧嚣,想着父亲在我身边,我会怎样说,怎样地对抗。高三并不是不可以恋爱,这是人之所求。我可以感觉到父亲的愤怒,以及突然而至地理解。他会是这样的,难道不是吗?这是我们男人间的秘密。他总是对母亲说这句话,在我很小很小的时候,他带我去上钢琴课回来我要吃冰激凌吃火锅玩各种母亲不允许的事情时,他会和我达成一致的计谋,他会对母亲进行这样的解释。

　　我应该对他讲倩倩的事情,讲我忽然而至的爱情,在弹学校的钢琴的时候抬头看见她清澈的眼神,简单而倔强,讲她对我笑……父亲知道她不是我第一个喜欢的女孩子,却也应该会很快在我的讲述里明白,她是我想认真交往的第一个女孩。

4　归来

　　父亲在八月份回来了,夏天快结束的岁月。整个五月、六月,接着的七月,他不在场。他回来是七月二十四。从四月十日到七月二十四,他就像游魂一样游走在别的世界。

　　我已经考完试了。高考,六月七八号。

　　父亲回来了。母亲平静地给他添饭,他也平静地在母亲发病的时候去找药瓶……

　　"是因为我的高考吗? 还是因为母亲的自毁?"我问我自己,却不敢问他,自尊让我克制,但我停止不了思考这个问题。父亲舍不得我们母子? 以前我们常常一起散步,一起看球赛,一起回老家,一起……只有当我们中间有人发现少了什么,才会提醒彼此注意,比如说发现了一只长尾巴的鸟,发现我们经常喂养的流浪猫跟着我们,发现天空晚霞处的那轮圆太阳……我们彼此分享,形成一个圆环。是不是父亲也会舍不得?那么,他何以如此,实际情况是怎样的,我一直不知道,但父亲回来了。

他是在我不在家的时候回来的,当时我在哪里我已经说不清,但是我回到家的时候发现他在家里了。我不知道他是否敲门?敲门之后小姨开的还是母亲开的?那时候母亲发病了,小姨在陪着,舅舅和外公外婆也经常来——他们认为父亲在对母亲进行文明的谋杀,他希望她死掉,然后再娶,成全他自己的爱情……也可能是他们叫回了父亲。到底达成了什么协议我一点都不知道。总之,父亲回来了。母亲与父亲近乎分居过了 104 天之后,又开始在一张桌子上吃晚饭。

我回家的时候,母亲在用抹布抹着桌子,积累着愁苦,但又是欣慰的。当着我的面,母亲说:"你回来了?"她是不是这样问过父亲,我并不知道。

母亲也许比我更清楚,什么叫身在曹营心在汉,但是她相信习惯的强大。二十年的结发夫妻,即使是坟墓,也要合葬的坟墓。形式的完整有时就是内容,这是母亲说过的原话,小时候她总是一边收拾房子一边对我的作文进行指点。

在父亲回家的最初那些日子,他也试图找一些话题来谈的,比如一次轻微的地震,再比如新闻节目上毕节市区饥饿的蜷缩在垃圾桶里的孩子,还有明星的绯闻——王菲的离婚……这些他从电视上看来的报道,都可以拿到餐桌上。我和母亲在那里吃着饭,他一个人说着,营造着很久以前的家庭气氛。母亲不配合,我也就不知道说什么。我们都知道,父亲在试图让一切回到原来的常态。在梳理了他的莽撞和出格之后,他也许承认现实有点尴尬,也承认是自己咎由自取,所以需要改变。他小心翼翼地开始修复自己所犯的错误,怀着一颗投降的心,有时会去清洗碗筷,小心翼翼地不让瓷质的碗与不锈钢筷子发出声音;一些时候,也会去擦洗洗涤槽和卫生间,用拖把拖干净整个房间,跪下来将那些碎头发用卫生纸捏起来,还会清洗入门的地毯,擦拭柜子……房子比以前干净了很多,绝对舒适,超常整齐。不过,明显可以看得出,他的动作充满无力的宿命,并不是讨好,至少不纯然是,他的动作带着某种自我惩罚的意味。

打扫卫生时,他总是从一个房间到另一个房间,认认真真仔仔细细,哪怕角落里一根不明显的短头发,他也会用手指沾着唾沫捏起来,然后拿打火机烧掉。他穿着寻常在家里穿的旧衣服。那鞋子也是我替换下不穿的鞋子。有时他穿帆布球鞋。——一个劳工形象的人,就如此树立在我们的生活里。就是这感觉。也许,父亲会认为自己是西西弗斯,做这一切是在推石头上山。

干完活后,他仍然不从自己伪装的角色里爬出来,而是躺在沙发上,发出沉沉鼾声,或者,闭目养神。这是免于交流的好处,因为房间里虽然三个人,但实在也没有什么话可说。

事实上,这种非常态变成了新常态,母亲不在他干活的时候应承他,母亲不在饭桌上应承他,一直持续到后来,甚至直到他死亡。我后来对女朋友的解释是如此:"我们家从小吃饭的时候不说话。"女朋友用了几年的时间才接受的,但她仍然觉得怪异。我从来没有其他解释。

母亲当然也会像以前一样命令父亲做一些事情,但语气狠狠的,像对待一个囚犯。对于家庭,父亲确实是个逃兵,我也就无法苛责母亲。他曾经让我们处于困境,尤其对于我的学业,用母亲的话说:"造成了一辈子的伤害。"——后来我考了两次研究生都没有考上,母亲也把这归罪在父亲身上,认为是父亲导致我高考没有考好,上了一个差学校,因为研究生学校看出身,才从来不录取我。

父亲重新回家做补救,是母亲的请求,但实际上母亲在另一方面却认为,一切都于事无补了。她也许并不想随意便宜了别的女人,所以要拖着他,要让他以我的名义做家庭的囚犯。

有一次,母亲向父亲指出:"女人不是向你送钱,就是向你送人,都等着给你收尸。"父亲却请求道:"不要再提了。"这事似乎就这么过去了。但是其实一直没有被忽略,母亲说:"你从来没有放下,你的腿就是明证。"每当此时,我也只能说:"妈妈,不要再说了。""是。你们是联盟,从来就不体谅我的感受……"她开始斥责我和父亲。我看见父亲疲惫地垂下了头。人生苦短欲望长,对于他应该就是这感受,他似乎抱歉连累了我,连抬头看我一眼都不敢。

母亲的惩罚一直不会结束,这是她的策略,一想到这点,父亲的悲伤就倾注在我的大脑内,以致有时我都暗暗希望第二天起来,发现父亲的箱子不见了,父亲又一次离家出走。母亲当然不会赶他走,母亲会一直惩罚他,直到他死亡,她会将他泡在悔恨里泡出腐烂的味道——生活呀。

在细细回想他们之间的故事时,我开始悲悯起父亲来。对于一个结过婚做了父亲的男人,如果要想负责任,似乎永远也脱离不了一种固化的生活,怎样都是错,一切都会显得像咎由自取。

我在江边见过一次父亲,他独自一人。那是他回家之后的那个年末。我从远处看着他,他坐在河边,目光向着水面,两条腿伸得长长的,似乎要躺下来,两只手却在乱抓着身边的野草,像在抓一朵云,因为并没有草叶掉下来……我不知道他是否哭过。——我从来没有见过父亲哭泣,但是我感觉他很伤心地坐在那里。

我不敢让他看见我,不知道为什么,我觉得如果看见我们都会觉得难堪,这个时候,他只是个看上去非常失意的中年人,颓唐、沮丧,不像是我的父亲,不像是一个要干涉别人生活的人,即使那个人是他的儿子。他在怀念那个女人还是怀念那段生活?我一无所知。

他完全沉浸在自己的忧伤里,以致看起来苍老得骇人,如同被一条看不见的线牵引的木偶,他在房间的生活机械而无趣,在河边的生活也像是机械而无趣。在房间里,无论是我还是我的母亲,他都不会抬头看的,只忙着赎罪,陷入一些琐事的包围里,他似乎已经放弃了一切,只是在慢慢等死。这条河边,不同于家里,他像是完全敞开了自己,一切就那么不管不顾了。

河畔的人很少,平地上有一些人在散步,附近的广场坝子中央有很多女人在跳舞。放眼望去,一群白鹭在视野里飞。——此刻我写下这些,觉得像是又看到了父亲,河边的父亲,不像是我父亲却又长着我父亲脸孔的人,他是那么的悲伤。

我们一家人在这条河边散步过,很多次,千千万万次,那时候我还小。父亲会谈起他的村庄,他在村庄里和爷爷养过的牛、割过的草,他说要是当时有这么多绿草就好了,他指着脚下的土地。父亲谈起他出生的一九六六年,谈起他上大学的一九八九年,谈起他的毕业分配,由于那几年政治特殊,原籍回原地,作为村子里考上大学的第一人,他被分配回了自己的县城,当了教师,因为他读的是师范专业。他谈到他养过的叫作大黄的牛,谈论它的死亡与他的悲伤……那时候我还小,知道贫穷会影响人的生活,不知道国家政策的变动会烙印在一个人的身上。

和父母在河边散步,春夏秋冬,有花有叶有草,有白鹭与麻雀,偶尔有老鹰。父亲拥有很多知识,那时候是一个万能的父亲,他能分辨出老鸟和新鸟的叫声,他能知道雨后小鸟整理翅膀的声音,他还知道斧头去砍伐树木时枝干轻轻的颤抖,他懂得雀鸟何时筑巢、云朵的飞升与团聚将暗示什么。"多识于草木鸟兽之名",他会说出这个句子,以及一些药物的名字,比如独活,还有远志,另外有当归,有厚朴……我能想起来的实在太少了。他说的比这更多,更详细,更淋漓。

父亲,三十多岁的父亲,四十出头的父亲,和我们走在路上,走过河边。我们一家拜访过河岸的景色,然后回到房子,总有说不完的话,似乎沉默也是一种交谈。——回想起来却觉得那么短暂,我像是怎么也描述不了了。描述是为了希望,而希望的线路早就中断,我像是在舔舐伤口,又像是想通过书写确认这一切是真的,我曾经有这么一个父亲,我的家庭曾经相亲相爱。

　　你应该记住那些名字。父亲说。母亲笑着,说我懒。我们走在河畔,父亲告诉我青蛙的卵线,告诉我蝌蚪是怎样来的,他指着那些密密麻麻的黑色缎带,向我解释;他还会指着人迹罕至地带的鸟窝,向我说出鸟儿为什么将巢筑在高空或矮树枝上,告诉我最危险的地方最安全。鸟不会在睡着的时候掉下来,人却为什么能从床上掉下;蜥蜴可以断尾再长出来,人的手和脚趾为什么不可以;蚯蚓一切两半,还可以抖动,人为什么不可以……如果不是父亲,谁给我的这些答案呢?母亲是城市生长起来的,她知道的和我一样有限。只有父亲是无穷的,父亲懂得那么多,父亲总是那么坚定。可是为什么就忽然间变了呢?

　　父亲会说出很多,他能够用形象的语言精准地描述整个世界,每一种描述都体现了他对世界的看法、他的温度和判断,他的图像、他的观察。尽管有一些东西是冲突的,但是他可以很好地自圆其说,让我信服。首先是他个人让我觉得闪光,其次是我们这个家庭的组合,我们是个人也是集体的,我们是一个同心圆,我们懂得抓住彼此的半径抵达三颗心。可是,亲爱的爸爸,为什么忽然就变了呢?

　　那些年,父亲说着话,和我的母亲,和我。他们让我好好学习,他们说我现在考大学是自由的,想去哪里工作去哪里工作,想学什么专业学什么专业。他们说我不好好学习是不应该的。我抱怨着我的腿走累了,或者抱怨着我肚子疼,也或者要求他们带我去吃肯德基……父亲无奈地在夜色中看着我,说时代不一样了,每个人有每个人的活法。我耸着肩膀跑远,接着又像一条狗一样返身寻找他们。我愿意一次次回返找他们。"一起经常散步的夫妻,应该是相爱的。"我在他们前面走,在他们身后走,回忆起来,还这样认为。

父亲回来后，再也没有和我们一起去那条河边散过步。也许有那样的机会，他们，我的父亲。而没有我。就是这条河漂起上游漂下来的一只又一只的死猪，在我高考的那一年，远远地在放学的路上就可以看到。我怕父亲也这样从上游漂下来，我在心里祈祷他活着。是不是这样，我才对他最后的归来其实并无真正的恨意？

我向父亲的方向走了几步，发现父亲低着头，嘴唇在嚅动，不知在说些什么。离得太远，我只能看得见他的唇动。有过那么几次，他不由自主喊出"宝宝"，在梦里。醒来时，我避着妈妈和他开玩笑，我说宝宝不是我也不是妈妈。

他在梦里的呼喊那么欢快激越，那不是我所熟悉的父亲，那是父亲离家后的那段时光里的事情。我以为是他梦到了初恋时光，也或者其他事情，我从来没有这样想过，从来不会想到快要五十岁的父亲，他在梦里走向了他的爱情。

我向父亲走着，想听见他低声的呼唤，难道是"宝宝"？有那么一瞬我想叫他，想和他说话，想像所有儿子扶着年老的父亲那样去扶着他。可是我停住了，缓步地后退，然后急切地离开。他的头发蓬乱，被风吹着，他显得那样的绝望，好像人生的一切都失去了。我从来没有见过那样绝望的父亲，一次都没有。河边的父亲，如此颓丧的父亲，也许是他真正的样子。后来我再也没有见过，即使父亲去世后我也没有见过他此时的样子。他去世之后由于脸浮肿了很多，使他比平时显得壮实，更显得精神。我退开离去，在心里却想把手伸到他的头顶，替他整理好乱发。——不过很快，我强迫自己放下了这个念头。

有那么一瞬间我觉得我似乎失去了什么，也许可以这样说，我觉得我失去了父亲，失去了我们三口之家通往日常生活的桥梁，虽然我们仍然在一起生活，可是我们无法再相亲相爱。那个女人呢，她在哪里？每次当我想到她，总觉得有什么在颤动。她在父亲心里到底种下了什么，愧疚还是爱情？我不知道。

她现在在哪里？几年过去了，他还在渴望她？

有那么一刻，我想如果可以把父亲还给她，或者给她，我愿意，不管哪种方式都可以。这想法让我疼痛。一直以来，母亲觉得她爱我，而我更爱父亲。我觉得连母亲我也是背叛了的，当然也背叛了自己。我为父亲如此活着为难，他已经习惯了在家庭里伪装自己的心情（是不是他最终的死亡，变成了一种解脱？他不必再扮演贤夫慈父）。

在房间里，父亲总会突然陷入沉默，像个影子一样飘进由屏风挡起来的他的书房。父亲还会去楼顶花园干活，施肥，但已经不怎么开口了。后来，变成了母亲主动。母亲让我去帮他，而我却总是敷衍，我不想看见父亲，却总是犹豫着走近他。偶尔父亲也会同意我做些什么，但大多时候他不说话，至多就是谈谈西红柿或者辣椒的长势。

父亲再也没有和我一起出去散步过，连回老家烧纸都是他自己去的，不再带我。似乎对于父母来说，从上大学开始，我就成了另外一个人。相对于父亲，我是一个成长起来的大男人了；对于母亲，我则是另一种意义上的倾听者，不再与她合谋，但是听着她讲话，因为她自己的男人已经不再有这机会，或者说她自己的男人早就不再有这耐心。有时我听她讲述邻居或商店，也或者，和我在一起的那些女孩子。关于父亲，她不再多说。

我不大常和他们住在那所房子里了，大三开始，我就断断续续在外面租房住，直到他们给我买了房子。

母亲有时也会尽量找一些话题，看得出她在努力。她总是委曲求全的,她喜欢表现那种风度,得体有力,慢慢调整家庭的健康步伐。——然而,那种致命的灰尘感一直没有消除,父亲已经是没了心的,所以整个家里充满了尘埃。

她会这样说:"你给土豆去一下皮。"或者,母亲会这样,"楼顶的土层有点被风吹薄了,你装一些土。"也会以我的名义,"程子的那件衣服还是新的,他嫌小,拿了回来……"

父亲点头,总是点头,偶尔也会回应说一句(以前他会说话非常大声,他会笑着或者故意恼了说他不要做这些事,不要穿儿子的衣服,不要臭婆娘安排。以前他会和母亲打趣)。我感觉奇怪的是,父亲和母亲还睡在一张床上,但他们似乎失去了联系。这样说也不准确,但我就是这感觉,他和我至少失去了联系。有时他从卧室出来,会和我在浴室或厨房碰到,但是我们似乎都怕碰到彼此的身体,我们都躲着不去接触彼此的身体,至少父亲是躲着我的。随着父亲对我躲闪,我也开始躲着父亲,尽量少喝水,尽量早早洗澡。他就像一个犯了错的人,让我觉得自己像个抓捕者。以前,父母的房间我是随便进的,如果我需要什么,不需要敲门,我就可以冲进去。而现在,正面碰上父亲从他们的卧室出来,也让我觉得有点不适,我几乎不敢走进那间屋子。甚至是现在……我已经很久没有走进那间屋子了。

以前父亲会到我的房间来。返家后的父亲再也不来了。

他们的婚姻像一出戏,我们的家庭是戏台,整个的生活,仿佛伯格曼的剧作,没有谁比我更能理解这个导演的作品。我们沉默不语,但是有时房间里飘着音乐,是我制造的,或者母亲制造的,我们都想喧闹一点,就像要掩饰什么。我也弹琴,晚饭后会谈一会儿,亲戚来了会弹一会儿。我们尽量生活得像从前,而从前是什么样子,相信大家都知道,父亲出走之前,外公外婆小姨舅舅都是见证过的,我们曾经充满欢快。

房间里什么都没有改变,除了每天要丢弃垃圾外,除了死了那几只猫之外,母亲保持了一切的原样,母亲甚至还会邀请一些流浪猫来顶楼吃食……这些日常活动让我们知道我们生活在惯有的安全里，但似乎又像酝酿着什么风暴。

　　以前我会和父亲一起看球赛，我们坐在客厅里。而现在，我在家时，只有吃饭的时候我们在一起，不然客厅空荡荡的，我们在各自的房间里，我在卧室，母亲在厨房，父亲在那个给我用来考试的用屏风隔开来的书房里，我不知道父母有没有感觉到，我们是自己把自己圈着围栏养起来的家畜。我们在一起，我们又不在一起。这也是我大三开始搬出去租房住的原因，回头想起，我更加坚定了这一想法，并不是因为我当时交了女朋友想和她住在一起，至少不是那样简单，但她是一个很好的借口，从家里搬出去，从父母窒息的关系里逃出去。

　　在从前，父亲没有离开家和那个女人住了104天之前，我们有太多的话，我们在客厅里坐着，他们看着我写作业，或者我们一起看电视。我们看球赛，父亲和我都会骂娘，母亲会削了水果给我们吃，会坐在我们之间或者坐在我身边，也或者父亲身边，她也会评论那些球员，尽管她看不懂。

　　回来后的父亲，则像是一个房客，即使我们还会一起吃饭，即使他还和母亲睡一张床……对我来说，父亲就是这样的一位客人，我和母亲接受了这一点，而且假装习惯了他像以前一样存在。

　　然而，有时候我会梦到他再度出走，母亲惶恐不安，而我在咒骂……但是我没有和母亲说起这些，就像母亲需要保护一样，父亲也需要保护，对这样一位房客母亲肯定也和我有着一样的态度。

　　父亲还会经常回乡，母亲则不太经常陪他回去了。每次回来他都显得很平静，甚至可以说欢欣，但依旧对一切似乎心不在焉。

　　父亲自从离家出走归来之后，再也没有训斥过我，他不再要求我做这做那，不再要求我在饭桌上吃完这个菜或那个菜，不再说我长身体需要健康饮食。他也不再把我从饭桌上赶回卧室，相反，他自己像是被我们赶回房间一样，每次很快吃完饭就匆匆离开。我再也没有和他顶过嘴，因为我们没有机会再有任何冲突。父亲像个理屈词穷的人，永远地缝上了自己的嘴巴。

我和父亲再也没有相互对视过。写下这句话的时候我想了想，可以确定，我们没有自主自由地对视过，父亲会躲开我的眼神，而我也会不好意思。父亲似乎是害羞的，也或者是绝望或恐惧，我不明白为什么。他和母亲仿佛也如此。反正，父亲一副听任摆布任打任骂的样子，母亲无论说什么都像是扔一块石头在深湖里。父亲，我亲爱的曾经抛弃我们母子跑出去和别人同居的父亲，就像一部外国小说里变为甲壳虫的那个人，他似乎在等着人踩死他。即使他咳嗽，也压抑着声音努力不让我们听到。开始我以为这只是暂时的，没有想到，后来的那些年就是这样过来的，直到我彻底离开家，偶尔回去看看他们，仍然如此。

5　最后的最后

那一年，我的父亲回到了家里，在我高考过后的一个多月。再后来他就生病了。作为父亲他出走过，作为丈夫他放弃过，作为情人他离开过。他像个失败者一样回到他曾经放弃的家中生活，这一切不该说出来，我该保持沉默。

有一次，唯一那么一次，我听见父母在卧室里争论——那个人。父亲很大声地说："不要再提。""我可以不提，你能不想？"母亲挖苦道："她在博客里说鹰吃呕吐物，狗吃排泄物，我吃屎。"我听见父亲大声说："你不要去看。"我接着听见母亲的哀号，她说人怎么可以这样不要脸。然后父亲就推开了门，他看也没有看门外的我，就那样从我身边经过，打开门，出去了。

怎么了？我问母亲。

没什么。母亲的回答轻轻的。

那时候父亲已经生病，不久就卧床了。他把一切给了母亲，他的时间，他的余生。可是他留下了他的痛苦，他的相思，他让他自己的痛苦笼罩着他，独自承受，不与她分担；而她也清楚地知道，她分担不了，否则她会发疯的。让一个妻子分享丈夫失去情人的痛苦，这个世界是混乱的，但是她不得不承受着丈夫的这份痛苦。她把这当作了宿命，认为这是她欠父亲的，她说多年老妻如老母，一个女人，不应该将妻子的角色过成母亲的角色，但她这样过了，慢慢过的，因为父亲是个心理意义上缺失母爱的人，他从小就失去了自己的母亲。这是我在她的记事簿上不小心看到的，我装作从来没有看到过。母亲翻看心理学的书籍，用这些来释放内心的疑惑。

父亲生病以后，常常躺在床上，屏风将客厅一分为二，平时他当作书房的单人床放在靠窗的那一面，成了他的病床，他躺在那里，一条腿永远侧着，怕压住，那条在萎缩下去的右腿受着如此的保护，以一种被孤立而存在。可以说，父亲生病之后，我的父母就分居了，母亲独自躺在属于夫妻双人床的大床上。无论是我还是父亲，经过她卧室的时候，都是静悄悄的，我们心照不宣装作是为了让她有个很好的睡眠，尽量不说话。

现在，一些时候，我还像是那个总在盼望父亲回来的高三学生，听见门吱啦的声音，会突然升起一种渴望，我等待着父亲的一声招呼，或者一个眼神，像一个孩子。我不知道母亲是不是也如此，她总是突然间坐起来，走向门口。对于她，结婚也许是一个错误，有时母亲会说结婚结得太迅速了，二十世纪九十年代初，流行裸婚，她大学一毕业就嫁给了父亲，父亲连房子都是租的，就给她送了一个小台灯。那是个对于年轻人来说有着无限可能但实际经济却非常困难的时代，我母亲就那样很快和我父亲结了婚，接着匆匆有了我。那时候我父亲也是尝试做一个好父亲的，甚至很多年他确实如此。我其实并不能准确分析这些，因为从父亲的一些言行里，我知道父亲对于我的出生并不满意,他觉得我的出生限制了他的发展,他无法想象自己居然成了一个父亲。出生于一九六六年的父亲,在大巴山的大山里成长到青年,一直以来,身体和精神都是贫瘠的,让他不断攫取着世界。孩子是牵绊,他那时候并不想在大山县城的中学里发展,然而很快就有了我,甚至在结婚前就已经怀上了我。是不是我成了他不得不负起的一个责任?那么,是不是我没有出生前他就想离开母亲,或者生下我之后他一直想离开,然后才有了那次叛逃,以及最后的归来?

我上大学之后一次次逃离家,现在想起来,并不纯然是因为父亲,而是整个家庭氛围的麻木,他们共同的药物制造出来的气味,那种苦涩的植物干尸的味道,渗透在房间的每个角落。一直以来,母亲为哮喘病折磨,先是先天性哮喘,接着心因性哮喘,她一次次吞下不同颗粒和不同气味的药物,房间里到处都是,就像一道醒目的伤口,一直大张着。父亲因此而逃离吗?后来,他也成了药物依赖者,又活了一些时日。

书本上有那样的故事,一个男人离开了老婆和孩子,在家对面的一座高楼上租住下来,观察着妻儿的生活,但他就是不想回家,这样过了二十年……我父亲是不是受过这个故事的诱惑?我不知道。现在的我只是和女朋友同居着,不想结婚,也不想生孩子。一些女孩子离开了我,一些在靠近。我称她们为——我的女朋友……我不知道自己是不是活成了和父亲一样的人。可我并不觉得想哭泣,虽然我应该哭泣,毕竟失去父亲应该哭泣。可是,父亲在世时候就将我的眼泪用光了,高考的那一年。对,就如此。

有的人终身渴望着一种生活,从没有间断,这种生活可能短暂地在爱情里实现过,可能从来没有。有时我很羡慕父亲,有时我又觉得他是被这种渴望毁灭了。没有实现的愿望也许是真正的实现,而靠近愿望会发现梦想成真的可怖,我自己经历了爱情的幻灭之后,才有了这样的想法,那已经是又过了好几年的事情了,父亲去世之后,我经历了与恋人的分手,母亲的眼泪,以及其他一些琐碎的事情,像是一切都在破碎里圆满。

坐在父亲墓边,我突然看见了那一年,父亲对家庭生活的力不从心与突然而至的爱情。也许,他仅仅只是需要一个出口,就如人活着很多时候渴望一个出口,有时是爱情,有时是疾病,死亡又何尝不是?

我一直没有写出,但事无不可对人言,在那个江边的下午,我真正看到的一幕。很多男人会做那样的事情,我也会,即使是自己的父亲,我也不该隐瞒。真的发生了一些事情,或者可以简单地说,发生了一些重复的肢体伸展,泡沫式无力的动作。

在那个斜坡的角落,我看见了父亲,并且马上确认出他。鉴于当时所处的环境,真的太让我难以置信了。

我看着他,又不想确定是他,他被自己的儿子逮到了。在沉闷清寂的河边,他在自慰。也许,这是社会边缘人群的一部分行为,这是一类特殊人的角色。不该是我的父亲呀。但是,我从他小心翼翼伸长双腿的坐姿里辨别出了他,他像个幽灵一样,无力地依靠着灌木丛,右手专注地拨弄,对,就是拨弄,就是那无力得像是要握住一片云朵却什么都没有握住的样子,拨弄着自己。很正常,难道不是吗?一个中年男人在河边打飞机,是需要一些适当的技巧和尊严的顾忌的。

我从来没有看过那样的父亲,我想到母亲在生活里因为厌恶而发出的尖叫,想到她对父亲的咒骂和威胁,以及那种从面容到肩膀都可以看出的轻蔑,想到她追求的庄重和体面背后的——

好几分钟后,我看见父亲缩成一团,手放在皮带的位置。那具无辜的身体让我觉得堕落不堪,也让我觉得落泪。要在这样一个地方自慰,必须有很大的动力才行。一个可怜的自慰者,我河边的父亲,他怎么会到这里来？我仿佛闻见了那种原始的坟墓般腐烂的味道，这让我想起我的来路，散发着那种气味，曾经汹涌而出，我也是成千上万之中的一个，幸运的是跑过了我的兄弟姐妹，赢得了自己的出生。那天河边的味道，应该和此刻父亲墓畔的味道一样，一种森林深处的气息，楠木花香……

不过，父亲不会想到这样做会让儿子有多难，尽管天一点也不冷，可是让我直打寒战，我被隔离在一些事情之外，永远无法说出。

我还应该写下，在父亲的优盘里，我还发现了一些似是信件的文档，没有其他，没有母亲，也没有我，只有似是而非的一些句子，明显是写给那个人的。不知道什么时候起，他把我们忘却了。其中一封没有称呼的文档是这样写的：

"分手"这个词和"分开""分离""分别""破裂""破碎""中断""告别""剧终"等太相近了，我仔仔细细想了很多相似的词，它们对我来说就是一回事，可以描述我现在的状态，描述我的心。如果记忆也可以分割，我是不是被你分出去的一部分？

父亲的优盘里，还有一张寻人启事，年轻女子的照片，下面写着宝宝二字。出生年月，性别，身高，体重，头发，走失原因，悬赏金额，还有联系方式。现在，我闭着眼睛不需要任何回想都可以想起最后一条——联系方式：如果有任何方式，可以让我见到宝宝，或不再想她，请联系……

这个寻人启事也在那个叫作宝宝的文件夹里储存着，是一张照片的模式。不知道父亲有没有真的去张贴过这张寻人启事，不知道有没有人联系过他。如果我现在张贴关于寻找父亲的寻人启事出去，不知道会不会有父亲的消息。

坐在父亲的坟前想起这些，人生就像一场梦境，仿佛我自己可以编写。然而，真的有什么，彻底改变了。

父亲的死让一切变得通透，一切被照亮，一切又随着时间变得沉寂。

他的死让我从长久的埋怨中清醒过来,这平凡普通的世界充满悲痛,但却实在没有多少时间留给情绪,给他烧过纸后,我将回城,将继续过自己的生活,就如看过那个优盘之后,我将一切删掉了。世界需要清洁,家庭需要一个没有污点的成员,不管活着还是死亡。此刻黄昏淹透了我的栖身之所,父亲在大地上的墓堆也仿佛缩小了很多,接着会隐于一片漆黑,我告诉自己该离开了,尽快离开……毕竟生活还要继续。

暴风雨中的夏天

1

那年夏天,地震和洪水笼罩在那座西南城市的上空。整整三个月零十四天,我与骆几乎每天都会在我租来的一个普通的房间里约会,不管洪浪滔天,有时两个人也有那样的恐惧,似乎洪水在为我们的爱情作注,也许有什么在等着我们。

那时候我租住在那座西南城市,开始是一个二十平方米左右的小间,人家公司为员工准备的过渡单元房,二十世纪八十年代末或者九十年代初建的,已经三十多年了,破旧却温馨;接着为了离骆的住处近点,我租住的也是一个小房子,和一对二十岁左右的青年男女合租,同样老旧的房子,也非常普通无奇,脏乱不堪。后一个房子,女二房东养了狗,接着生了小狗,房间里客厅到处是粪便。这种地方在我今日开始书写的回忆里,却充满了温馨和浪漫的色彩。在当时,这里肯定不应该是一个理想的幽会之所,但我能租得起的,就是这样的。那时候,我在一所民族院校里读硕士,到了最后的日子,是四月,六月末就要毕业了。我考了博,等待着出成绩和通知,忽然就陷入了那样的热恋。事后想起,包括现在,隔了好几年,还觉得不可思议。因为那时我二十七岁,在那之前也恋爱过,似是而非的恋爱,没有任何实质性的触动,在那之后也进行过几次,但从来没有展开,无多少欢愉和悲痛可言。就这一次,短短的时间,我却像是陷入一场迷醉。

　　一切还得从这两所提供我们进行一次又一次幽会的房子说起。其实真的毫无浪漫色彩,两所房子里的灯泡是那种释放灰蒙蒙的淡黄色光线的灯泡,第一间的房子的灯泡十五度,第二间的灯泡度数略高。懂得的人也许会默契一笑,这是适合寻欢作乐的光线。我看书用的是台灯,平时,大多时间在这个不到二十度的灯泡下独自喘气,直到骆来到这间小房子与我一起喘息。此刻我不得不去想那些零散的细节,记忆敲打着我去重新感受一种不可能再改变的生活。第一间房,靠近望江楼,离九眼桥不远,外部风景好,下楼百米就有江水流过,白鹭翻飞,花开两岸,除此之外,房间的一切都是破败的,这不是文学修辞的表现手法,我必须坦诚地说出一切。从床到桌子到衣柜到凳子,你无法想象,但这是真的,一切都是捡来的,只有那盏二十几元的台灯是我自己买的。房东租给我的房子是清水房,那是认识骆前一年的事情,我很穷,但也不是穷到必须捡垃圾生活,但是我体验了那样的生活,在体验的时候感受着自己因贫瘠而带来的骄傲。如果我当时有一个恋人,也许为了面子我不会这么做。而我当时什么都没有,除了我自己,在那所城市我一文不名,混在一所二本院校里读研究生,眼看着最后一年要毕业,我觉得毫无必要再和一群学生挤在一起,因此搬了出来。捡来的床里面有蟑螂和老鼠,在那生活之后的我的文字里,经常出现蟑螂和老鼠,和这样的遭遇有直接的关系。一处美满的居所,有恋人,有温馨的灯光,在言情小说作品里,可以这样塑造。然而,我不想说谎,将老鼠和蟑螂过滤掉,将捡来的生活用品过滤掉。

　　我也不是没有担忧过,那些捡来的东西可能是人家做实验搬出来的,网上有那样的故事,一个人做了实验将液体不小心倒在了房间的桌子上,最后妻子因此患了癌症……但是那时候我什么都不怕,尽管有一点担心但愿意去承受。这些东西搬到我房间后拿抹布擦一擦就好了,至多洗一洗,就可以用来放书、放被褥、放碗筷和让我坐着了。

墙也三十多年了,下雨的时候会有水从墙壁上渗进来。谢天谢地,就是这样的小屋子,有一个小小的卫生间,可以洗澡,还有一个仅仅两人宽的阳台。所谓两人宽,就是一般体重的人挤在一起的宽度。阳台不愧是阳台,光线很好,阳台外可以看见树、街道、人群、店铺……阳台上可以看人世的电影,我像是住在天上的仙女,虽然我贫穷,但是坐在阳台上就不会有这种不幸感了,阳台给了我太多的故事。阳台是我的小厨房,在捡来的桌子上,我摆放了插电就可以热饭的电磁炉,旁边放一个塑料盆,盆里盛着我一个人吃饭要用到的碗筷。卫生间的马桶时常堵塞,这是我可以解决的,我不能解决的是卫生间时常漏水,顶楼人家的卫生间堵塞了,我房间就会淋雨。而顶楼租房子的是个男孩,态度良好却于事无补,每次我不得不去敲门。等门敲厌了,我就撑起了伞。

没有冰箱,没有洗衣机,更没有电视,没有空调,当然也没有橱柜。卧室的光线很差,阳台虽好,但阳台放不下一张桌子。在那以前和在那以后我当然还住过没有马桶不可洗澡也没有阳台的房子,但和这间房子不同,这间房子里我遇到了我的爱情。也许不该用"爱情"这个词形容,但是我还没有找到合适的更为精准的词汇描写那段经历,所以只能假借这个词来描写当时那段过往。

就是这样,卫生间经常在滴水,甚至我洗澡时候也得撑着伞,可怕的是水龙头的水也像是上甘岭的雨,经常稀稀疏疏的几滴,但对于出生在沙漠边长年可以不洗澡活过童年的我来说,能洗澡也算是好房子了。三十多年的抽水系统,不管白天黑夜,管道都会发出凄楚的声响,似乎有人在哭泣,也像是一艘帆船迎风而来,抵抗着将要沉落的命运。

我不是没有想过，这样的房子不抗灾，但又有另一方面的安慰，这样的房子最远可以推至二十世纪八十年代末，少则也在九十年代，因为这一片住宅区的房子都如此，作为单位用来给青年职工的临时过渡房，在当时建设得算是不错了；九十年代或比这还早的房子，建筑工程部门还没有像千禧年之后到处建豆腐渣工程那样不可靠，应该是可以抵挡一阵子地震的。我也只有这样才可以安慰自己。毕竟，以我当时的能力，靠着课余时间的打工，能租上一间五百五十元的可以算是一室一厅有厨房（房东说阳台就是她在58同城标出的客厅）有卫生间和独立淋浴（虽然经常漏水）的房子已经算很好的事情了，至少不必和我那些同学一样挤在四人或六人房间里，晚上和家人打个电话也得看人脸色。房租低廉，但对当时的我并不低，然而也算是帮了我人生的大忙，在这间房子里我安心学习了好几个月，也安心兼职和生活了一年多，直到后来考上博士学校。

我的主要收入，来自于在两家负责培训初高中英语的培训机构担任语文培训老师，专业不太吃香，因此没有英语老师赚得多，按时计费，倒也够自己花销。还有一点小收入，就是我给一个日报写专栏，有时是千字文，有时是两千字文，时下热点，或者旅游话题，也或者文化插曲。我很容易完成这个差事，从大一时期我就写点文字赚点钱花了，大学毕业，还小存了一笔，以备不时之需。

骆和我都属于夜晚工作者。他说晚上必须回他家里工作，当然，有时他会留下来，但大多时候他离开我。但是很规律地，我们每天上午十点在我的房间里幽会。他很准时，三个月○十四天，除了几次因为大雨咆哮，除了最后的几天。他给我创造的感觉是他是个能将约会具体到分钟的人，而我不是，我做事向来拖拉，承诺的事情和约定的见面常常因为临时的心情和精力改变。以致后来的很长时间，我都在自己身上找问题。到底怎么了，我不断转换角色，改变时态和视角，借以观察这件事，观察自己。

我们每天在上午十点约会，有时持续到晚上十点，我们缠绵于我疏于整理的房间，度过一个又一个溽热难耐或冷雨飘零的午后，我的身体因为过度做爱变得更加懒散，下午的亲吻已经激不起我的欲念，但是我们仍然可以情意绵绵地在吃过午饭或吃过晚饭之后一起躺到夜晚十点。

　　"我们将来怎么办？"骆这样问我，"我要结婚，我要生孩子。"在此之前，他说他在想象和我有一个孩子会是什么样子。我将头埋入他宽阔的肩膀，长发压着他的脸也压着我的脸，我的声音似乎是祈求又像是哀号，我想拥有他，但却又有点游移不定，总觉得太快了。我不想他难过，给他我一切的承诺与保障，安慰他说我们会有我们的孩子，我甚至想好了名字，他的姓配我的姓氏的谐音。我想到十年后，二十年后……他已经不再年轻，也就四十八岁，周岁四十七，我们可以拥有彼此四十年，若是如此太贪婪，三十年总还有的，日子风平浪静过下去，二十年完全可以。他会笑着，相信这一切。他比我笃定，我比他急不可耐，我不断给出许诺。

　　尽管如此，他还是经常问"我们以后怎么办"，以致频繁到让我生气的程度。我已经不在乎他在之前的婚姻里有一个孩子了，他为什么还这样。于是我们就亲吻，平和而幽暗的温暖之所，我拥有的切实的真实，那三个字随之被他说出。他唇齿相抵，弯成温柔舒服的弧度，一边亲吻一边呢喃，然后是我如此。在说这三个字的时候，他用的是他在山村生活多年的方言，沙沙的，"爱"发出"饿"音，一种饥渴之感，我喜欢他对我的那种饥渴，似乎我是一种食物。

　　我二十七岁了，当时，前面已经说过，我在考博，准备离开一个城市，二十多年我的经历就是从村换到乡换到县换到普通地级市再换到省会，从一个学校辗转到另一个学校，不同的校园不同的老师。那时候，我没有什么未来可言，当然也不会有什么过去。国家在这二三十年也是稳定的，没有兵荒马乱，我算得上是没有重大历史的一代人。我有几道童年的伤口，但成年之后都愈合了。家里孩子生得多，计划生育政策在我父母那里失去了作用，但他们生孩子也许不是为了爱，只是为了制造乐趣，所以我小时候经常被打骂，这其实也是生存策略的一种练习，大了之后未必有什么显示。而他，骆听了，却似乎想刨根究底，以为我受过什么身体的侵害与创伤，实际上很乏味的，没有什么值得我在成年之后将它大书特书。在二十七岁，我想的只是当下，到很多地方旅游，吃很多好东西，见识不同的人群，对，很简单的，要吃，要爱，要新鲜。可是他把一切改变了。骆，他的味道和触摸还停留在我的肌肤上，他让我放慢了速度地感受生活，重新给我升起一个日月。他挤入了我的生活，如同他挤入我的身体。尽管开始时，更多的念头是一种亵渎，我觉得我被侵犯了，但很快，我就告诉自己我是被爱了。

2

　　我们并不是一开始就很好的，也不是很迅即就分开的，在一起却只短短一百〇四天。我们在第一次见面的半年后，才开始了约会。也就是说，第一次见面，并没有给我们两人留下多少印象。第一次，一场乌合之众的聚会，他那时候算是人群中的一个焦点，我是个猎奇的人，别人将他介绍给我。我们互相留了手机号码，却并不如何热衷。此后的半年，他有过似是而非的约请，我的回答也是模棱两可，但仍然回了感激与惊喜，短信多过于他的，时有问好，却拒绝着见面。我并不渴望与他相见，对那座终年阴雨雾气蒙蒙的城市也失去了热情和新鲜，我只想尽快离开，换一个城市，哪里都好。当然，这是偷偷的，潜意识的（事实上隔年我达成了我的愿望）。人是渴望爱情的，但爱情也许是灾难，对于那座城市我已经不再怀揣任何爱的向往，我年轻，我要走，我要吃，我要爱，新鲜的，快的，心跳的。他虽然是新的，但不够鲜了。我对那座城市非常厌倦，对他唤起的好感也并没有为那座城市增分，就是如此，我肤浅又饕餮，然而因为生活无聊，我给他发着似是而非的短信，他也回应着我，很明显，我也不是主选项，他约不到也不会有什么伤心。我们都是如此随遇而安开始的，并没有想下功夫，带着某种撩拨的饕餮，想着或许可以一起玩玩，就如此，骆，对吧？而今你什么都听不见了，你消失了，但我还是想问你。

他在一家辉煌的部门挂职，名义上很好实则待遇很差，御用艺术家，官家和商家都可以用。以前没有看过他的东西，但听过他的名字，在底层概念里打转，消费底层却又觉得自己别具一格。他有他的真诚，在那些痛哭流涕的报告文学作品里，不能说他对贫苦人民没有怀有同情。

是那样荒凉的春天，花开遍地，四月了，他发来短信说城市悲凉，我也悲凉。我成了这句话的俘虏，一再在回声里播放它。那时候我租住在有着蟑螂和老鼠的房子里，是个下午，日光氤氲，一切仿佛在沉下去，属于春天的寂寞和悲凉，属于春天的撩拨，我感受到了。也或者，我不是没有心机。那时候，我考完试了，在等消息，报了三所学校，一所高分通过，一所差点，但似乎有点希望，一所呢，导师想收我，但发现三门里两门不及格，但至少还有两所呀。我在一种祈祷里过着那些天，忽然，就被这个短信击中了。我需要那么一个人，来与我一起，说说生活的绝望，或者，只是简单地相见。并不明白这意味着什么？一场性事或爱情，也或者一次计划之外的调情？总之，那之后的相见并不愉快，但接着因为寂寞又继续受约的第二次，我开始一分一秒地渴望进入他的生活，了解他何以如此，何以突然之间增加了无穷魅力，用什么让我心动如此。

第四次见面，我们不再在人群里，时间也与前一次隔得很近，是第三次见面的不到一周里，进行的第四次见面，单独约的，我楼下的"一叶安"咖啡馆。接到他的电话，我下楼，到他下出租车的九眼桥上等着他。对，就是《马可·波罗游记》里的那个九眼桥。我们都是省事的顾客，进入咖啡馆后，他和我一样，只知道卡布奇诺咖啡。他说出这种咖啡名字的时候，仿佛一种确认，我说如果有茶给我来一杯茶，绿茶就行，铁观音。我们很快就落座了。之所以说卡布奇诺是确认，是因为大众都很容易记得住这种咖啡，而常常逛咖啡馆的人，他们有比这更精细的需求。很明显，一个租房和吃饭都还没有达标的穷学生，我记住的咖啡名字是非常有限的，卡布奇诺，文学作品里经常出现，就那种《花溪》之类的小众刊物，适合小女孩阅读的。我偷偷瞄着他，在他打量咖啡馆外穿梭人群的时候，他笑着，说出那句后来我回忆如何开始时一再想起的话，像是一句谶语，一段故事开始就写好的结尾，《红楼梦》里的草蛇灰线，都在这一句埋下了，属于我的，我当时却不知道。他的原话是："算命先生说我今年会遇上一场爱情。"以后的很多次，他都会提起算命先生，但这是第一次，我忽略了其中两个字"一场"。男人的手相大法他没有用，他请出的是算命先生，我从来没有想过这是伎俩，今日也不能确定。

也就是在这一次，我知道他正处于分居准备离婚状态，儿子很快就高考，高考之后结束婚姻，和自己的妻子已经协议好，他开玩笑说你如果想看我拍照发给你。喝着也得吃着，眼看中午，因为他是十点到的，和他后来每次来找我的时间一样。他住城南，我居城北，绕城一圈一个小时，他说他每次八点多出发，看到出租车费跳到快五十的时候，就知道将到达目的地，甚至不用看窗外建筑。我们点了意面吃，简单又省事。我们的话题很随意，我说我即将到来的命运，可能读博，或者流落到社会上去，流落到社会，就可能短暂地留在这座城市，读博，肯定得飘落千里之外，正是我的欲求，我说我们认识的是时候也不是时候。说着，我笑着。我清楚自己的暧昧，但确实有好感，一个男人跨越城南到城北来寻我，且不说他有什么，单是这份真诚就足以抚慰在一座城市里孤独得像一个鬼魂的我。那时候，为了考试，也为了赚钱，我过年都没有回去，算起来算是一年半没有回家了，因为前一年的七月出差了，兼职的地方让去宣传招生，过年又忙着备考，哪里有时间回家。研究生快毕业，和大四快毕业一样，如同另一种高三，学校也开始半放养，无课，仅仅一篇论文，如果导师不是很严厉，大半处于野生状态,加上我又一直独自住在校外十几里的地方,与同学无缘,和导师亦不近,像无拘无束自由自在的一头狼,孤魂野鬼,就这感觉。他来了,城市悲凉,他悲凉处我亦悲凉。我讲着当时的新闻,抱怨着这座西南城市不见天日的迷雾,说和我成长的干燥的北方完全不一样。我的普通话很烂,但极力生动地表达。我观察到我说话时他注意着街道,脸上显出似乎在听又似乎不在听的样子,但每当我词穷时,他都会轻柔地提醒我:"要去努力适应。"或者委婉地表明态度:"时代让人焦灼。"他说他也不喜欢这座城市的天气,十多年前搬到这座城市定居,完全是为了生活,毕竟是省会城市,好混日子。他说好在这里只是湿热,连年阴雨绵绵,让这里土生万物,他需要这种感受。我接着扯,我要待到六月底七月初,不管出不出通知,我都要回家一次,或者把房子退了。我二十七岁,太渺茫了,一会儿一个打算。明显感觉到自己有时说话自相矛盾。但是他是一个优秀的听众,并没有让我感觉到尴尬。他说这城市很宜居的,接着说了一句我从来没有听过的话,用方言说的:"西南妹子水色好。"我半明半猜地听懂了这句话,突然感到尴尬,我想到了性爱场景的开始和高潮,温泉水滑,扶起娇无力,那样的女人,那样的场景。我应该是脸红了,但我没有问,装作不在意。他也微笑了。我们有种合谋的愉悦感。

这就是开始。从那之后,我们开始约会。那天,喝咖啡的那天,吃完意面之后,他回去了。下一次的见面,他到了我的房子。

以后的每一天,都是如此,如果他不出差和没有应酬,他就会十点准时来找我,他埋怨我住得太远,路上就耗费一个小时。开始的一个多月,日日如此,从四月十九到五月三十一号。我陷入了猝不及防的恋爱,我的人生从来没被人如此需求,甜蜜又忐忑,幸福来得猝不及防。

我们当然会有冲动的肉欲,但更多是聊天,我们越来越熟,似乎有太多说不完的话。每晚十点,他都会离开。早上十点到晚上十点是属于我的时光。他说儿子在准备高考,晚上得回去让他安心。我当然会觉得这对我不公平，但是一头扎进深海的日子，只觉得恋人分身无术亦是苦。吃过晚饭，快八点的时候，他就开始狠命地吸烟，有时吸到烟盒里一支都没有，然后说再坐十分钟，再坐五分钟，再坐三分钟……我们甚至以秒计算。最后的话语往往显得犹豫不决，他在保证，我也在保证，他保证第二天来得早一些，我保证自己不会太难过，让他因此更难过。

　　他会和我谈我的将来，将来的职业，将来的生活，我们当然很快就谈到我们的将来，我们将来的生活。那时候一切都渺茫了，我的将来，年轻，三五年就是一生，那时候我正处于三年就过一生的时代，二十几岁，不知道自己未来能做什么，不知道自己未来在什么地方。有了这么一个恋人，以此为辐射点，我在想我可能的婚姻，还有孩子，工作当然要有一份的，是什么还不确定。他听着，伴随着他捕捉到的愉悦轻轻点头，但是迎上我的目光的时候，却又似乎有所躲闪，我的身体里当然也敏感，偶尔有什么动一动，但很快就陷入我们的甜蜜里去。我忘记不了那些时光，他看着我，那眼神就像流动的音乐，或者一些更为广阔的东西，我描述不了，但我体验到了。斜晖脉脉。我们在不交谈的间歇努力喘息，或者亲吻，两个人似乎都可以放下一切防备，交付自己。往往，他先挑起话头，我开始逸兴遄飞。他的音调夹带着浓烈的方言味道，就像是唱歌，忽高忽低，嗓子里住了一窝麻雀，显得很开心。有时候，他会和我聊起大巴山，他童年生活的地方，翻过大巴山，到达秦岭，再翻过几座山，就到我家乡了。我们是南北坡人家，我说我在秦岭北，他在秦岭南，其实并不远。但是，巴山夜雨，太丰富的中国文学意象，而山的北面，则是荒凉的风沙，留给人们的印象太刻板了。我无法向他描述我老家的风景，无法描述我们的音乐和诗歌。我喜欢听他唱歌，尤其《六杯茶》，当然，一些时候他也唱一些古诗词，比如《上邪》，比如《关雎》。

　　"这里经常下雨，但没有我老家雨多，'东边日出西边雨'，山上晴天，中间人家淌着雨，山下又小径干燥。"他这样向我说。"道是无晴却有晴"，我笑着向他证实，同时努力不去触摸他的手。他太骄傲他的那双手了，随时准备夸一夸自己。那双手在我的视线里平躺在枕头的一侧，离我的手指有一巴掌的距离，细细长长的，我看得见上面突起的骨骼和蓝绿色的血管，指甲不长不短。唯一的特色也许是小指和无名指一样长。他说很多人说他的这双手太有特征了。当然，不间断地告诉我，都是一些女人说的，唯一一个男人是算命先生。不过，他裸露在我视野里的手指总让我想去拥抱他，挑起了我的情欲。面对他，我缺乏异性经验。在他之前我当然短暂地交往过一些男人，但没有这样过，近乎一种同居，我几乎每天都可以看到他。我的生活里没有过这种经历。

当你第一次坠入爱河，你也会和我一样，身体里的一些东西似乎断开了，链接不上，你很甜蜜，但是如同一片云，你不知道自己要飘到哪里去。

没有办法，我开始相信自己的感官，任凭它的指引，我的肉身比我更需要他。我们拥抱又亲吻，无有尽时，仿佛无限自由，却又像是被禁锢。我们无论吃饭还是躺着都紧紧挨着，熙熙攘攘的街道，越来越炎热的天，都无法让我们离彼此远一点。

骆喜欢寺庙，我们有时会去拜访一些寺庙。寺庙总有一种古老宁静的感觉，香火缭绕处，人们跪下又站起，站起又跪下，骆似乎比他们更虔敬，让我感动。光影迷离处，我看着恋人的脸似乎也变为古铜色，站在那些绕着庙宇走几圈的信徒里，觉得不知今夕何夕。我在静默里向自己的内心深处提问——这一刻是否就是永恒？骆喜欢在拜过各位佛祖和菩萨之后，虔诚地去举起竹筒，那里面放满了木签，每一签上都写着预知未来的预言。他举过头顶念念有词，最后，慢慢晃动签筒，待得一支掉落，他会迫不及待地跪下去捡起来，急切地记录上面的图形和文字。我尽量不去看他，装作自己没有看到"下下"，或"下中"。我一次次装作自己不懂。

我缺乏恋爱的经验，所以回避这些看似小秘密的真实情感，我怕我会吓到他。下下，下中，都是不好的，即使下上，也不好。人们喜欢上而不是下。对于我，什么都一样，而此刻，他在我身边，他需要上的，我应该为他祈祷上上签。言语在我心中涌动，五月的空气已经有了夏天的疲惫。"万物负阴以抱阳，冲气而为和。"我本来该安慰他的，但说出来的话却是："报告文学可以写写这个吗？"周围有很多孩子，一个卖糖葫芦的人在那里踏着板车，一个年轻而比我美丽的女孩子正在吃一支冰糖葫芦，她吃了一口之后递给身边靠着墙的男朋友。骆没有回答我。

"你刚才求了什么吗？"我问。经过一盏还没有在黄昏时分亮起来的路灯，站在街头的车灯造出的湖泊似的光影里，他凝视着我，表情严肃。我去牵他的手。那时候我们还是开心的，他说求和我在一起。然后在车水马龙的十字街头，我们亲吻，不管不顾，行人的绿灯早就变红。我能感觉到他身体的激荡，但是我沉溺在他的气息里，他的嘴里总有一种好闻的香烟味道，我喜欢与他接吻的时候间接吸入青烟一缕，还有他未刮净的胡子蹭着我下巴时产生的动物似的温柔，这些都是我真爱这个人的细节，这或许也导致，或者一部分这样的渴望导致，我在被迫与他分开三四年之后，五六年之后，很多年之后，每次过马路，还觉得若有所失，一种味道与触摸，于犯忌里留在那里。

我们心照不宣，不说出签的结果，回到我房中。他拉上窗帘，开始脱我的衣服，比任何一次都急切和粗暴。我喜欢那个签，至少当时喜欢，它让我知道他的不舍得。可是，我未必知道那个签真是求我们在一起。若是求，命运已安排。若是其他呢？我们分开之后，在一次次自我反思里，他的大多话变得不可信，直到最后信任的地基全部塌掉。

他比我懂我的身体。我怕疼，包括第一次。他会双手放在我身上让我慢慢安静下来，然后，让我开始跟着他心跳。

事后，他会将头枕在我肚子上，像个孩子，拨弄我的头发我的五官。这时候他那么忧伤，似乎要哭了，因为还没有热到出汗的时候。我问他怎么了,他说他又得回去了。激情过后,他总会这样悲伤又脆弱,欢愉极致之后的那种疲倦感,让我一点办法都没有。我们只有抱着彼此睡几分钟,再睡几分钟。我翻转身把双手插入他头发,深深看着他似乎衰老了十多岁的样子,我不知道自己做错了什么。我们持续地抱着彼此,直到晚上十点到来,他不得不离开。

我想也许我该换个房子,离他近一点,至多几分钟或十几分钟车程,不想要一小时,不然太累了,一天两小时,来去之间。

很快我就搬了家,到了一条叫作吉祥街的小巷。所不同的是,这里属于市中心,单身公寓太少,在租房网站上我没有找到。我找到的是一间两室一厅的房子,需要和二房东合租,价格合适,但是里面有条小狗,租房备注上说必须接受一条狗,才可以租。我喜欢小动物,它会让我觉得日常生活安全祥和。

这次搬家,我们很快又一次形成了清晰的常规,九点见面。我很欣喜,每天我拥有他似乎多了两个小时。我不拥有他夜晚的睡眠,但我拥有他的白日,他的晨昏,我们是相爱的恋人。他来的那些时光,我们做爱,聊天,吃饭,睡觉。他离去的那些时光,我看书,睡觉,写东西。

和一对不满二十周岁的年轻男女合租的房子,当然会有很多故事,比如狗狗生了小狗,比如他们总是找一堆青年男女来他们的卧室房子里合住,比如有时为了显示亲近和尊重和他们一起在房间里吃饭,会发现他们既不卫生也不安全……房子是我选的,骆只有受着,我甘之如饴,他却似有种种不适。每次来,叫作阿花的小花狗就不断朝他叫嚷,他本来是个喜欢动物的人,也显得有点发怵。因此,他一来,那狗就叫,我心里的愉悦感就排山倒海般倒塌掉。但是好在,我们仍然是相爱的。可是写下细想的时候,发现分裂在那时候就已经产生了。我是不是应该租一个更好的房子?

我们继续保持着清晰的常规。四月底，从未来的导师那里听到可能录取的消息，五月，网站就出了消息，接着就是等录取通知书。六月一日，就搬到这新租的房子，最后一件事情，就是等通知书，而离恨如芳草，我们一日一日缠绵，雨下得很大，他日日到来。

3

我在爱的河流里陷得越深，等待就越显得漫长，他有他的事情，而我像一个专门等待的容器，我不是没有空虚。但是我又不得不用我二十七岁所能对生活生出的善解人意去理解他，他有高考的儿子，有因为地震和洪灾以及人祸等待安抚的家人，有还在分居的妻子……我很轻易地就劝服自己去替他着想了，而在他，我似乎一整天都无所事事。但是，每当他上午十点和下午三点（他中午离开之后，就会下午三点找我，后来形成的习惯）打我的电话敲我的门，爬上楼梯发出粗重的喘息，我扑入他的怀抱，这一切就显得得到了加倍补偿。他喜欢轻轻咬啮我，像小动物，猫或狗，碰触式抚慰。他的肌肤因为赶路显得湿乎乎的，我喜欢那潮湿。有时我们一起吃泡面，这个最简单了，不过大部分时候我们拥抱着忍受饥饿，谁也不想分开一会儿，实在饿极了再去楼下吃面条。

他的叹气令我心碎，我不知道哪一声叹息里有我。他闭着眼睛的时候会叹气，因为运动消耗了太多能量的时候会叹气，有时看着我分明也在叹气……他的叹气倒有放松的成分。只是，我不得不思忖他叹息的意味，我们如此亲近，如此亲近。这可以说是我第一次的爱情，我从来没有希望过一份与异性之间的感情永不结束。男孩子，那些男孩子，太毛里毛躁了，很容易让我厌烦，我也容易让他们厌烦。可是，骆不一样，有生以来第一次，我怕失去他，他的叹息更让我惧怕。

他总是带头，讲他的童年，他的读书和工作经历，他生活过的地方，他的兄弟姐妹。他母亲生了太多孩子，有好几个没能活下来，但活下来的够一个巴掌还长，他上有哥哥姐姐，下有弟弟妹妹，他属于同卵双胞胎，还有一个，不过出生于六十年代的饥饿年头，死掉了。他说这个双胞胎同胞时，就像有冷风在我们之间循环往复，我不知道如何安慰他，一个幸存者，还是一个羞耻者，活下来是该祝福还是该诅咒？毕竟，生命的年轮里，他跑过了那个同胞。他平躺着，我的头枕在他一只胳膊上，他的一只手放在他的腹部，那早年因为饥饿而疼痛的胃，似乎在不断收缩着。

　　我不喜欢读他的东西，画的东西也不要看，有太多的女性。但是，我还是不可避免地以各种方式询问他对艺术和现实的看法，不可避免地，我们会回溯我们的童年。我说我爱大巴山，他从小成长的地方，如一株飞跑的植物。他说他喜欢我的老家。他会和我询问我的家乡，我在那里作为一个小女孩时候的成长，还有我的家人是否喜欢我，他总是确认又确认。"告诉我。"他这样说，同时紧闭着眼睛，他会说他累，但他想听。我抚摸着他的耳朵，感受着他的肌肤，以及生命奔腾之后的平静或哀伤，然后我告诉他他想要的答案。我的老家有太多的历史，汉唐文化熠熠生辉，到我这个时代，还可以感受到那来自土地的沉重，我自己像那片土地的堕落后代。整个秦文化都堕落了，不只是我，落后了好几个朝代了，我们现在是旧龙袍上的虱子，那龙袍是帝陵里的龙袍，十三朝古都埋皇上，我老家的村庄，也挖出过呢。骆喜欢山曲，他会哼出我老家的山曲，当然也装模作样唱秦腔。他看过那样的电影和电视剧，如《平凡的世界》，他想象那里黄沙漫天的天空，泥泞的道路，想象那里裸露的群山上飞跑的羊群，以及想象那里的牧羊人。他和我说起高原摄影，说起饱经风霜有着一张千沟万壑脸的老人面对现代化的镜头如何眼睑低垂，混浊的目光里流出泪来。他认为我们整个冬天都穿着羊皮袄子戴着羊皮帽子，站在山上，雪地里，喊着羊。他认为我们迄今还住着光线昏暗的窑洞，时时防着屋顶塌陷，冬日里，一点绿意都没有,雪盖住整个世界。

他被他的浪漫想象震到了,却似乎又渴望这样的生活。

他说:"你如果考不上博士多好,或者你如果以后不想在城市生活了,我们去你的乡下买间小房子,我来放几只羊,你经常烫煮羊头给我吃……那时候你不会想念城市生活吧?"他习惯性地叹气,问我。

"你会想念城里的,尤其这座南方城市,你看这里有那么多雨那么多树,夏天的暴雨仿佛在你身上开了一条河流,你一定会怀念这里,草籽落地就生长,几天就长大了,哪里像你老家……"

我们甚至说好了,三年博士毕业,就找我老家的一座城市落脚,他妇唱夫随,和我一起去伺候我父母。希望他们能答应我们在一起。骆在此之前就说了他的顾忌,他怕因为他年龄大我父母不同意。他说等他儿子上了大学他就自由了,随时可以想去哪里就去哪里,我们只要相爱父母应该就会同意。我们说好我在哪里他在哪里,反正他的薪水仅够喂猫,并不需要固定时间坐班,只要出成果就可以。

那座城市一年都是雨,夏天更是雨的专属季节,六月底开始,白天黑夜都下雨,白昼显得既长又短,我每天希望他到来,但又怕他冒雨而来。很快,他老家的房子塌了,压住了劳作之后在房子里休息的弟弟,送医了,他回去了三天;接着,他的姐夫作为村干部,在分配扶贫款的过程中做了手脚,被人抓住了把柄;他的儿子要高考,他得去做仪式,搬书……他是个好哥哥好内弟好父亲,也努力在做个好情人。

自从恋爱后,除了为报纸写写专栏,我已经自动停止了我的兼职生活,一是学生们都快中考高考了,考前放松,我不是冲刺阶段的高级老师,安排的活少,二是因为我觉得这样的工作已经不适合我了。当然,前期是请假的,一经确定了博士录取网络名单里有我,我就不再到这两个教学机构里上班。

那些日子,我的脑子太过亢奋,有时我半夜起来披衣而坐,看书,写几个字。骆来,我们会一起读我房间的书。大多的书我都已经做了处理,寄存给原来的房东让别人在我走后寄走,给她了一笔远高于邮寄费的钱,或者已经打包寄回了家,一些则卖掉了,一些扔掉了。

一切都发生在七月接近第四周。高考成绩已经出了很久,他儿子考得并不理想,打算复读,我们的爱情,似乎有了阻碍……他说必须等他儿子上了大学,他希望自己是个负责任的父亲。

五月开始地震,六月开始泥石流,七月风暴在加大,他的老家发生了爆炸,天灾加上人祸,我们的交谈在进入七月开始蒙上绝望的阴影。我平常除了耸肩,别无他法。包括他儿子的事情,我也无法安慰,我本来可以解释一下我当年高考也不好,但是上个一般的学校还可以继续考硕读博,关键在个人,或许他能够理解,但是听到他说现在时代变了,三五年就是一大变,何况你高考已经十年了的说法,就只好闭上了嘴巴。我无法安慰他那些实际的具象的问题,那些问题里一个都没有我,但是他的忧愁里却有我的忧愁。我的沉默或耸肩也许是最好的回答,这样我们不必觉得彼此尴尬。毕竟过往的岁月里没有彼此,而那些岁月离离原上草,长进了现在的生活,根深叶茂,比我也深,拔出不了的。

他先是不再陪我吃晚饭,后来不再陪我吃午饭,但他依然一天两三次来看我,除非不在城里。他离开的那些时光,日色令我空虚。有时,我会在吉祥街的深巷子前后左右走,试着吸收人头攒动的巷子间的浓烈的烟火气息,甚至那些店铺的色彩和光阴,也让我迷恋。总是下雨,伞下的男男女女却比平时秀美异常,开着的小店多是饭店,我们一家一家吃过了,有着太多的记忆。最喜欢的一家是一个老头子开的,他雇了一个很有风韵感的中年女人收拾桌子,面则由他来做。他已经六十多岁,步履蹒跚,动作缓慢,如同在上供,每一个顾客都是神仙,但也许是因为开了几十年,招牌打了出去，因此老顾客很多，大家经常和他聊天，说着这条巷子三十多年的旧事。这是以前八旗子弟在这座西南都市建立的巷子，这个老人也是八旗子弟的子孙，当我知道这一层历史，感觉历史就像在身边流动的河，河床一直在那里。我喜欢在他家吃面条，浇头肥而不腻，骆则喜欢坐下来在他家的餐桌上聊天。老人家总是微笑着缓慢地扇着他的蒲扇，或者摸着他戴在脖子上的玉。那玉他给我看过，说是上好的玉，旧时代留下来的。看得出，岁月离离，他喜欢那些旧时光。他经常看见我和骆一起来吃饭，来时他点点头，去时他挥挥手，我们一来二去，也已经吃成了老顾客。

著名的宽窄巷子就是吉祥街旁边的一条巷子，里面多酒吧和咖啡馆，各种店铺，空调和音乐吹得巷子外都可以感觉到。日复一日，游人众多。通常我上午去那里游逛，看游客，中午溜回吉祥街，吃碗面条。宽窄巷子有几家书店，一家我常常去，因为旅游书居多，其他家多的是我不感兴趣的书。我喜欢那些有翅膀的书，可以带我去远处实实在在的远方。可是其实这些书也不能满足我内心的需要。偶尔，我也会回我的研究生学校走走，我用五十元从修自行车的人那里买了一辆男式自行车，他甚至答应我只要离开时把车子骑回去，就给我二十元。我骑着自行车在我已经应该称之为母校的研究生校园闲逛，骑着自行车在这座西南都市的夜晚闲逛。这个城市有太多的榕树，它们的根须像上了年纪的老人，有时我会找一棵榕树坐下——时至今日我再也没有在别的城市见过那样繁茂且数量多的榕树。大榕树的根须对我是一种抚慰，在榕树下坐下来，看人来人往，车来车往，比我年轻的女孩子，比我老的女人，似乎都有比我更幸福的爱情。我试着不去想骆，不去怪罪他任何，他的以前没有我，这一切就都不在我控制范围之内。在那些时日，我试着对宏大事物感兴趣，试着对城市建筑感兴趣，试着对陌生马路感兴趣……

准确地说，从七月中上旬开始，骆更是没有以前来得勤快了，他给的理由充分，表情也到位，如丧考妣，虽然他父母去世多年，但那表情确实是那样。没有骆我会觉得空虚，就像有谁挖走了我身上重要的一部分。我回到学校，图书卡却已经是被回收了的，我背着房间里还可以勉强打起兴趣的一两本书，在校园的长凳上躺下来，阅读。来来往往很多人，却已经没有了我的同学，其实即使他们还可能有一些人在学校，我们也不会有什么联系了。我们专业有十九个人，我喜欢这个数字，所以写出来。可是我与他们并不熟，宿舍我只短暂住过，就在外面租了房子，我无法适应四个人挤在一个小小的没有卫生间也无法晾衣服的房间，宁愿每天去打工赚点钱租房子。从来，一直都是，我无法在人群里待太久，必须离开。假装读书，这样可以消耗一天又一天，然后骑车回住处，感受狗粪与狗叫，年轻的二十岁左右的一对男女的身体长啸。

有一件事我一直忘记说了。从吉祥街出发，经过两条街巷，有一个露天喝茶的地方，骆带我常常去。那里的面条七元一碗，加一个煎鸡蛋九元一碗。我们一碗就够了，绝不多吃。骆训练着我对物质的贪欲，他从面条开始，培养了我对物质的克制，到现在则是无欲。他说他是穷的，也确实，他表现出来的样子甚至比我更穷，以致有时，我不得不抢着去付十几元或二十几元的面条钱。

4

那年七月二十三，可以说算是七月里寻常的一天，所不同的是那天的暴雨让很多街道无法通车，一辆公交车也漂浮在雨所制造的街河上，但骆还是来看我了，他平素不喜欢打伞，那天更是被雨浑身浇透。我去抱他，给他拿我专门买给他在我这里穿的家居服，发现他阴沉着一张脸。我怀疑是雨水太大的原因，因为水声滴落在地上如同是河流，但我还是一手拿着我买给他的家居服一手去抱他,扑进他怀里,准备抬头亲吻他。但我立即就感觉到了他的拒绝,他似乎是在低吼,推开我。那是我第一次觉得他不渴望与我亲近。干衣服在我手上,他并没有接过去,也没有打算换掉。他走向窗口,我盯着他的背,水流得不成样子,但我觉得他似乎非常不开心,我问他:"骆,你怎么了?"

他转过身,对我说:"对不起,我见你一眼就得离开,我想你呀。"

我不知道说什么。我坐在床上,等着他走向我,窗外的一道闪电滑过,那亮光让他的脸看起来黑黢黢的,也让整个房间显得暮色沉沉,虽然还只是上午十点多。为了让他安全一些,我说你到床边来。我已经扯开了被子,想把他包进被子里,太冷了,我怕他感冒。

"怎么了?孩子的问题?"我接着问,"别的学校总可以吧?他如果要复读你们也不要拦着,还可以再来一年。"我实在不忍心因为我们的爱情,让骆如此难过。在此之前他说过了,孩子想复读的时候他们不想让他复读,他们想让孩子复读的时候孩子要他们找关系上大学,反正二本分数是上了的。而且出现了一个这样的情况,本来明明第一专业报的那个学校有希望录取,结果网上出结果的时候却发现录取了比他分数更低的一个女生,骆说这件事尽管麻烦,但他要为儿子查到底。难道是为这事?

"你怎么了,不要不说话。"我问骆。

"你不要说话,让我静一静,今天起来我想着有很多事情要去做,但不见你我无法承受一天的时间。"

骆哦!我去拉他的手,我希望他是快乐的,如果不快乐,我希望他至少是安全的。他这么难过地和我在一起,我却无法抚慰,有一种强烈的挫败感。

他开始脱鞋脱袜子,只穿着短内裤了,那内裤也是湿湿的。我去握他的手,接着就被他搂进怀里了。我们就那样不言不语地做完了一切,直到骆点起一支烟,我知道他开始有话要说了,我也知道我会听下去。我想为他做点什么的,而不只是等待他每天来填满我。我的通知书已经在六月底到了,马上就要离开这座城市去往另一座城市,生平第一次爱一个人,我不想离开不想分手,我要巩固这种幸福和温情。

"我们不是分居,离婚协议也没有签,我骗了你。我们一直在一起。"骆看着我的眼睛,同时打量着我的裸体。可是我并没有感到难过,至少当时还没有生气,我试着去将他湿透了的衣服叠起来放在沙发上。

"你说什么?"等我反应过来我问他。我还是没有生气,只是不明白,一个男人,三个多月来一直和我在一起,早上十点晚上十点,我们做爱,我们规划未来的生活,我们甚至考虑好不管我读博不读博两年之后努力赚点钱,生一个属于我们的小孩。他怎么忽然开这个玩笑。我不明白的,小说和电视剧情,我从来不会想到发生在我身上。事后想也不是不可能,骆比我大那么多岁,简直是隔了一辈。

他把头枕在我的手上,说:"我爱你。"接着呜咽地哭成一条小狗。

他说起他的婚姻,那个女人,和他年龄差不多,比他小几岁,一所学院里前后毕业,分到一个事业单位,后来由于他的任性而为,从老家那座县城辞职下海,然后到了这座省会城市,她为了夫唱妇随,也辞了职。他说她是个好女人,懂得奉献,也不闹腾。他是她的初恋,但很明显,她不是他的初恋,大学时代他就谈恋爱了,是一个爸爸在电影制片厂工作人家的女儿,他说起来不无炫耀,看得出,他比路遥小很多,但是那个年代的穷小子身上,都有高加林和于连的梦,他说之所以与初恋分手,是因为受不了初恋一哭二闹三上吊闹腾,让他在校园里人人皆知,那是一个有名的醋坛子,现在大学聚会还有人问起他她的消息,不过,他说早就不联系了,却在父亲去世之后,收到她寄来的五万元钱,他不知道如何退回去,因此并没有退回去。他说这些话的时候是以前说的,看得出他的骄傲。而现在,他开始说他没有离婚也没有协议分居的妻子。他也还是笑着，看似哭笑，说起当年的婚姻。他说大学毕业两年了，父亲催着结婚，下面还有弟弟妹妹，弟弟上学还需要他供养着，但父亲觉得他年纪大了，就催了，毕竟，在农村二十五六岁应该早就生孩子了。他就选择了她，那时候她刚分配到学校里，文文静静的，素朴中自带芳华。他捏着我的手腕，隔着夏日的薄被子说："你不知道，你没有见过她那时候，美的，不像现在这样了。现在简直叫可怕。你如果见过你也会害怕。"我心里想我又不是她，又接着想不过也就四十多岁，怎么就可怕了。于是问了出来："为什么？"他握着我的手，说："你听我讲完。"那表情悲伤而克制。

他接着说这不是爱情，这是一条公狗与一条母狗身体到成熟时期，就结婚了，然后隔年就生了孩子，虽然也有选择的意味，但更多是社会需要。——他以前说过，第一眼看到儿子的时候很厌恶，甚至想摔死他。

他接着说他很头痛，淋雨了。我请求他不要说了，因为我知道，也许很快到来的就是分别。但他说："我不得不说。"

一声惊雷又淌过窗户，闪电在房间窗户对面的墙上一闪，我心底有无穷的愤怒在撕咬自己，但是我让自己听下去，他那么哀伤，我应该安慰。我不是一个让别人难堪的人，至少不是一个让别人在我面前难堪的人，否则我会更难堪。尽管这时候，我明白我们一起度过的一百多天实在太过肤浅，已经在他没有离婚也没有协议分居的坦白中变成了一场偷情，我他妈的睡着别人的丈夫。我们只是拥有彼此的身体，他隐瞒了最重要的部分，对我来说，他的身体还至少是熟悉的，却成了一个陌生人。我心里痛苦地吼叫："你真是一个有五星级鸭子演技的人。"那以后我有时和别人不由自主抱怨，就叫他五星鸭，我的爱情是五星鸭给的爱情，也许从来没有存在。我当然是悲哀的，身体印记在那里，我那么渴望他，无时无刻，有至少五年多的时间，他控制着我，甚至隐秘地持续到现在。

"你听我说完。"他半裸着身子坐起来，蜷缩着似乎抵抗雨水带来的凉意,雷声又一次一次光临。

"三年前,她得了病,儿子才高一,刚上高一。小医院检查说是没有问题,可就是昏睡,有时一整天昏睡不醒。她以前不是那样的人,至少给我和儿子是做饭的,她称得上贤惠。"骆皱着眉头接着说,"接着带去华西医院,检查结果出来,我们都被震惊了,脑垂体瘤,必须要尽快手术的。"骆抓着他湿漉漉的头发,那头发他前几天就说要去理一理了,现在已经首如飞蓬,他说:"从那以后我活在了闹钟里。"

最严重是接下来的日子,在去医院的路上,她忽然就一头倒在地上了。我叫了救护车。现在我都不知道我当时脑子里想什么,却没有多少害怕。她看上去就像死了一样,但我明确知道她还在呼吸,还在呻吟,却没有了意识,喉咙像灌进了沙子,不停地发出摩擦声。我哭了,那时候我想做个好人的,婚姻不是我所期望的那样,但这么多年,这个女人给了我稳定,我们还一起生了一个不断往高长的健康儿子。

"她的病把整个家击垮了,我经常不得不住在医院里,进行各项化验检查,每天陪她注射各种药品。尤其是进了重症监护室,我一般也见不上,最多一天只能探视半小时,随时有生命危险。这几年过得就像一场噩梦。我在医院里被吓得哭着不断求医生,这样的事情也发生过几次。儿子还小,她不能走。"

断电了,也许是因为下暴雨的原因,六月开始经常断电,有时晚上也得点蜡烛。他说话的中间断电了,就像一种暗示。街道的很多露天线路发生了问题,由外而内的焦灼,可是在天光的阴影里,我仍然能感受到生活的重量。

我听着他的故事,像听着无关紧要的人的故事。我不知道这些对我意味着什么,真诚的坦白,还是一种借口?我试图不去听他讲,但他还是在说不停地说。三个多月以来,我一直以为我们彼此是完全敞开的,我们细说过往,连脚掌的一颗痣童年留在手上的一道疤痕都要说的,甚至,比这更隐私,臀部的形状……我们曾经交流过那么多,彼此的体液和汗水,而泪水却是独自的,他在那里进行他的痛苦,完全敞开了他自己。他变得让我陌生,我很想问:"你究竟是谁?"对,在那间我租来的房子里,你对我呢喃地说出这些,那以前的那些甜言蜜语是谎言?他承受着真正的重压,也许有爱的欣喜,而我算什么。那时候的感觉,就像躺在泳池里,抬头看天,以为就在头顶上空,可是却因为不小心的瞬间的喘息,你发现你在下沉,天空离你那么远,那么远,你生活在水的重压之下,而天空自有它的轻盈。

我起身坐在沙发上了,靠着他潮湿的一堆衣服,闭上眼睛,想离这种真实远一点。难道我需要谎言?难道我的爱情只是谎言。我没有生气。

再次睁开眼睛的时候,我看见他拿过了湿衣服,放在了手边的凳子上。

"好几次有那样的危险。昏迷不醒,身体越来越差,肢体变得丰富,开始摇头晃脑。好几次,医生说成了植物人也是可能的,如此下去,脑血管会破裂。她醒过来的间隙,有时有清醒的意识,有时则好几天不平稳,醒不过来。开始是良性肿瘤,医生检验说几乎百分之八九十是良性肿瘤,但也有恶化的可能。核磁噪音不规则……医生说。不同的医院有不同的化验结果,还去过北京,找人,托关系。那些时候,她闹腾得不行,儿子都想退学,两天做两次腰穿,疼痛也是问题,关键头不能乱动,可是我把她按着睡下,她就会突然挣扎起来大骂我,像变了一个人。最怕体温升上去,所以每天左右胳膊间夹着冰袋,一天得测量几次,现在也是,烧坏了脑子,就彻底坏了……那些日子就已经似乎陷入了糊涂状态,电解质紊乱,导致不断胡说,医生听了都觉得害怕,要解决已经发生的,还需要预防未发生的,比如脑积水。"骆摸着他在沙发上的湿衣服接着说,"医生让她进入昏迷,试图通过药物控制她的身体不要恶化,同时监控着她的病情。最大问题是怕脑死亡,如果这样,活下去和没有活着是一样的,虽然在治疗中,但是居然有大量积液进入了大脑深处。"骆沉默了一会儿继续说:"日复一日,我陪伴着,却也四处筹着款。病情稳过来的时候,她就成了那样的人了,无法控制脑袋,总是向右边打转,手脚也不再灵活。谢天谢地,越治疗她越能自理。"他叹息着:"然而,最艰难的日子,医生说她可能成为植物人的时候,我不是没有希望她死掉。我肯定想过,有时我偷偷忏悔。"——骆又开始点起一支烟。"这都差不多三年了。她一直断断续续如此,好的时候还不错,但必须有个人伺候着。这段时间她妈妈在,来给孩子做饭,让他专心参加高考,顺便照顾自己的女儿。她娘家人不定时在的。"

故事似乎讲完了,我迎接他的目光,想恨他,但被他所讲的故事的悲痛吓到了。那样一个被吓怕了的丈夫,那样一个随时可能有死亡危险的妻子,实在没有什么再可以争论的。

他开始往身上穿那湿透了的衣服,我闭着眼睛又睁开,他已经穿上了半袖,正在快速系扣子,他似乎迫不及待地想从我这里逃离,这想法让我难过。湿透了的蓝格子半袖贴着他的皮肤,似乎还能激起我的欲念,让我想着去拥抱,可是他手指的动作,还有那些一字一句的分离,以及他不是为我而是为别人所生发的痛苦,将一切出卖了。我连挽留几分钟的话都说不出口。

我站在窗边,看向又开始下起的暴雨,闪电一道又一道滑过,他的故事治愈了我从小对闪电的恐惧,我知道我在心里计时,一秒分成了无数个数字,我默念着等待雷声从天空炸开。

此时已经是恋情的终结,一切都交代清楚了,但是我心里却还想说:"我们做过的爱呢,我们计划过的生活呢?"暴雨中的夏天,我经历的爱难道像一道闪电?我们一起的生活,不在这间房子里,也不在我原来租住的那间房子里,当然不在这个世界,我们一起经历的爱情只是我的。我曾经相信会有一间小屋,我们甚至会放几只羊,曾经相信他真正会妇唱夫随,他说得那么真诚呀，我从来没有觉得那是表演，也没有思索过他的叹息有这些意味，这是我怎样想也想不到的。我的信任被践踏了，我的爱情被亵渎，而我却从来没有想过去拜访他说的那间房子，去看看他儿子在如何准备高考，毕竟，他说他们是分居的，协议领证离婚的妻子，并不生活在那间房子。

他曾经用甜蜜的话为我的生命注入无穷的活力，而现在才交代是谎言。他所说的谎言，我曾经想要以自己的生命去回应和保护的。

那天他走后我哭了很久，就睡了，睡到第二天，雨却停了。我走出房间，空荡荡的街，空气干干净净，似乎可以有一个新的开始，我却还是想着他。

我崩溃了，有好几天我吃不下东西，却也不敢去怪他。我的心碎了，却还是希望在离开这座城市前可以见他。整个世界似乎靠谎言运转，在他来我房间的那些时光呢，她虽然生着病，但有着明显的意识，分得清什么是事实。

我仍然爱你，即使你给我谎言，那又怎么办呢，我都不知道如何爱你了。

我在短信里一句句发着。

隔一天他就来了，这一次他逼迫我离开这座城市。他说因为儿子高考失误，加上他最近总是在外面，她似乎感觉到了什么，病情前天就恶化了，又住进了医院，因为怕吓着我，他没有告诉我，他说自己也因为连着受雨淋喉咙疼，他说她现在在重症监护室里靠液体和流食而活，意识又一次陷入模糊，生活无法自理，包括无法大小便。

我却仍然不管不顾："我想和你一起。"我注视着他，最后一次，"我不想失去你，我们在一起很开心。"

"别这么说，你还年轻。"

"她妹妹每天来医院,所以我才能腾开身来见你一面。她猜到了我在外面有女人,却没有说什么,这种情况,即使是她娘家人,也不敢让她离婚。我得有个丈夫样子。"

"什么?"

"放心,她不知道你是谁? 我会保护你。"

"不。你没有保护。"我哭着,低下头,我知道他很快就会走,我们之间隔了太多的东西了,甚至隔着一个人可能的死亡,我们已经不能再亲密无间。

几天后,我寄出了所有东西,往东南的一座城市,在那里,我将开始我未来几年的博士生活,似乎前景远大,我却一点也高兴不起来。

临上火车前,我给他发了最后一个短信:"和我走,妇唱夫随,你说的。"

"她需要我。"他只回了这四个字。

"我需要你。"

"对不起。"

这算道歉吗? 我不知道,他为他的谎言说的这三个字,还是为无法和我一起走说的,我不敢问。

仅仅如此。

5

好几年过去了,我在走向我的四十岁。

事实上,我仍然想他,似乎无论过去多少年,我都会想他。当然,我早就在现实里抛下一切向前去了,就生命的历程看,这一小段经历却似乎永远记忆犹新,短短一百〇四天实际上的交往,却让他整整主宰了我五年,统治着我的白天和黑夜，即使是现在，也还是难以忘怀。我从来没有忘记他。有太长一段时间，我压抑着不去回忆，甚至包括现在。但是时间削弱了他留在我身上的能力，五年之后就变得更容易承受，不必再忍耐和煎熬，甚至在某些早晨，比如近来的一个早晨，四点刚过，我醒来发现我像以前那样等待上午十点到来一样期待他，前一晚我是十点多睡的，过了算是一个漫长的夜晚吧，他出现在我的想念里，就如一枝带着露水的花，也如一只白露时分的寒蝉，慢慢地，就消失了。我还是有那么一些若有所失。我为我最后能存活下来感到庆幸，也感到羞愧。相信肯定很多人和我一样想过：为什么不能在一场悲伤的爱情里为恋人死掉？

　　那以后，西南的那座城市还是地震不断，每年夏天依旧有暴雨，但已经不是我的地震我的暴雨了。我读了博，毕了业，又找了工作，在家乡的省会城市最著名的大学教了书，看似体面又尊严，应该属于我人生最值得人们当一回事的工作，薪水也不赖，但我干了几年就辞了职，四处漂着，和我在读研究生时一模一样，换着房子，换着城市，最潦倒的日子是房租太贵被赶出来，流落街头的时候有时会找一些旧日的同学，我还不是废人，还可以写一些东西，在报纸上开个闲话专栏骂骂时政，或者，编一些青年男女看了都觉得心惊肉跳的恋爱文字，和电视上充斥的几女追一男情节相仿，中文系毕业的人，似乎也就这点能耐了。我找那些在报社编副刊的朋友，或者找一些流行杂志的主编，他们是我的校友或者在更早一些年，和我一样，是所谓的文艺青年，他们很乐呵地一边同情我一边帮助我，当然也感叹："博士文凭怎么就混到这地步。"我无意解释，一切的同情照单全收。他们不知道，谁也不知道，骆用尽了我对虚荣和体面的体验，我需要毫无廉耻地活着，一切的社会加持再也给不了我什么，只会增加我的痛苦，在内心，我是个失败者，不是说骆抛弃我制造了我的失败，而是那种尴尬，那种不适应，那种缓慢而至的羞耻。我曾经那样，我无罪，但是一切都用尽了。我无意再建设自己。

最黑暗的日子也会过去，只要坚持熬着，我童年时代贫困的山居生活教给我的生存法则。时间无人可阻。但我的视野始终是封闭的。愈合是不知不觉到来的。自骆之后，我开始随心所欲，倒不是放纵自己的性欲，我只是不再有意克制自己。当然，偶尔我也会爱上那么一个男人，想着要长相厮守，但因为开篇我总是太懒散随意了，最后只能有点心痛，不过从来没有再经历骆给的痛彻心扉。我不是没有想过，也许与骆之间我并没有享受多久情感，太过煎熬，因此有了这些后遗症，但我也深深地知道，可能更多是爱的深浅度。他让我感觉到我爱一个人时的高峰与厚度，和他无关又似乎有关，给过了再没有了。

骆是破碎又破碎的景泰蓝瓷瓶，我不信星座，想到他却总能想起他的生日，腊月中旬十五过一点，水瓶座，易碎的体感。他改变了我看待自己的方式，也改变了我看待世界的方式，展开了问题而没有解答。我面向他的门从来都是敞开的。后来，我写了很多的邮件，也试着发过微信号码。没有什么可说的，他不敢……他怕我的坦诚和不顾一切的劫掠，我已经是个伤口。

我在文字里改头换面写下他，他有了不同的名字和年龄，像希腊像罗马像长安，实际他是我个人的古格拉群岛，绵延进我的余生。

而现在，我早就不再给他写信了，邮寄地址，一所婚姻的墓地，可我找不到快递员。

我时常想起他的妻子，每次当网上出现大量文字声讨一个人渣丈夫的时候，看着他的配偶鲜血满地或者匍匐成一座白色小山时，我就无法呼吸，似乎是我造的孽业。我不知道她是否还在世，脑垂体瘤留给她的后遗症，昏睡，也许赋予了她另一种自由和幸福。我不知道我该希望她死掉还是活着，她活着至少他无法解脱，她死了他则像我一样，我知道，无拘无束，悲伤无比。我分成了两个我，有一个我希望她死掉，另一个我是希望她活着的，活下去，让他受着，让他满足着自己的美德，让他……

可以这样说，似乎我所有的经历都由骆终结了，却也由骆重新起了头。也许我只是他生命的一段复制的艺术，那样可怕的疾病，他需要缓冲地带。我把我的爱情想得太过理想化，很大程度上就造成了我的灾难，也许这并不是爱情，但是旅途如此新鲜惊艳，如此伤痛难耐，又无法解释何以如此。

马上又要去坐车，我喜欢这样漫无边际游荡在这个国度，这块大陆，我像个自由自在的人。可是我仍然不了解自己，那个二十七岁的自己，我像个初学游泳的人去蹚过几十米的深水区，从我漂泊无居的现在看自己，他算是个陌生人。我仍然佩服那时候的自己，孤胆英雄，似乎要去与全世界为敌。现在的我，看起来居无定所，食无所安，其实却是怯懦的了。

我在寺庙里写下这些文字，陌生的街市，早晨的车流隆隆，"行人车辆请注意安全"，此刻唯一清晰的人声，却是由音响不断重复发出的，我的爱情也像是对现实的一种改装。没有人知道，他引起的痉挛是真的，二十七岁，未来对我是童话也是神话，他把一切改变了，不只是对物质的克制，还有对世界的克制，对世界的无所欲求，他让我不在这个世界了。

最临近的消息，也已经隔年了，知道他去了我的故乡，参观了那里的青铜器博物馆，对四羊方尊等有名文物进行"瞻仰"，生活再怎样，他需要这样的文化口红。就这些了，最后的消息。也许他还会遇上新的人，如同对我一样，最后如此收场，重复几次就不会那样悲伤了。很多男人都这样，病榻上有个瘦骨嶙峋的妻，奄奄一息，却总也不死，等着献祭，这一方面是他们的灾难，一方面又成全他们的美德。我如此缺德，恶毒地猜想，也许亵渎了他，也亵渎了生命。因此直到现在，孤身一人，即使合家欢乐的中秋节，我仍然千山独行，茕茕孑立。我之所以写下这篇文章，是因为，我们曾经有个一起过的中秋节，那年分开之后，他去了北京，我去了南京，中秋节却是一起在北京过的，他对我说，南北二京，望了又望，所以我连夜买了机票，去看了他一回。他依然是那样的，别人比我更需要他。而今，也真是忘了又忘。我写下这一切，在南方中秋的夜，今夕何夕，秋分时节，似乎像编造的爱情故事，矫揉造作，自己却一再断肠。我此刻住在一个叫作鸡鸣寺的寺庙里，鸡鸣声太远，听不到，山前寺庙旁的桂子，却香得让人晕厥。白日里，彼岸花和栾树花红得像一场哭泣，我装作没看见，也无人可说。从我快四十岁的年龄看，发生在二十七岁的那场故事，几乎是想象的，那样为一个男人动情，一点也不像后来的我自己。但那样一个陌生的男人，却令我一直怀念。我当时也许只是在练习如何生活，如何创造自己的历史，哪怕是情史，却进入了别人的黑洞。我的生命再也没有轻盈起来。

巴比伦教授的隐秘生活

1

全世界都将向他道贺,名校教授,佛学研究家,著名诗人,刚刚得了这个国家的迅盾文学奖,过不了几天,各大报纸杂志和网站就会刊登出来,紧接着,他就将接到许多祝贺和恭喜的电话以及短信和微信,当然,也会有一些电子邮件。还有一件高兴的事情,妻子刚生了二胎,在医院里,四十多岁的女人,如果不是因为爱情,谁会冒着生命危险生孩子?人人都觉得巴比伦很幸福,巴比伦自己也这么认为,虽说前年才死了母亲,很悲伤过那么一阵子,但生死是循环,而今,一切都像是洗刷过了,生活将重新开始。巴比伦教授坐在他位于本城郊区南山上自家别墅的椅子上,盘算着即将到来的一切,觉得疲惫但又如同新婚,他虽然只结过一次婚,但深切明白那感受,生命的又一个蜜月期到来了。一场又一场的采访和讲座,一张又一张的巨幅照片,还有,成为这个城市的文化形象代言人,以及,瀑布般轰鸣的掌声,在开过来。而此刻,巴比伦在等待一个女人,女记者。早晨的时候,他才送走一个爱慕者,准确说,他的学生。已经有好几年了。

"我得走了。"她在离开前这样说,巴比伦明显可以听出她话语里的不舍。

"别这样。"

女孩新婚,有丈夫,那丈夫他也见过,巴比伦做的证婚人。对此巴比伦有点生气,他没有想到自己为她父母培养了近十年的女儿,婚礼上却没有得到太多应有的尊严照顾,只是简短地念了几分钟证婚稿,然后就结束了。为此,巴比伦生了半年的闷气,直到后来得到两个知心朋友的开解,才觉得放下了一点,因此,又开始了与这个女孩的联系。

虽然是夏天,但山上的房子很冷,巴比伦就是为了在山上进行更有效的佛法研究,所以将别墅建立在这座叫作南山的山上。临时为女孩在衣柜里拿的一条红毛毯,她居然还嫌弃。巴比伦笑着说,荒山野岭上有很多女比丘,吃野菜野花,也没有冻成这样。从他家别墅望出去,是一小片平湖,湖上波光潋滟,但整体山却较陡。巴比伦喜欢住在这样海拔高的地方,他老婆可不大喜欢,那个女人住惯了城里校内的家,再说,房子多得是,校外的那套两百平方米的房子,也空置着呢,近来巴比伦的岳母住着,还有保姆,为的是好好照顾坐月子的女人。巴比伦喜欢山上的野花野草,这时节居然开了高山菊,一片又一片,他笑着对山外人发短信,说自己是五柳先生:"采菊东篱下"。

他有点奇怪,她的身体在这张床上重了很多,以前可不是,太熟悉了,在她结婚以前,有七八年光景,他看着她从本科读上来,接着硕士,再接着博士,像自己的孩子。博士阶段结的婚,眼看着就博士毕业了,写完了论文,定了日子。那个男孩是从博一时追的她,他知道。有着兔子一样湿漉漉眼睛的男孩,总是显得没有睡好,红红的眼眶,哭过了一样,最主要学的是工科,毕业本来可以留校的,但几个五百强的企业抢着要,很明显是学霸,最后囿于物质的考虑,进了外企。这样的男孩子,太好对付了,智商高而情商不高。但是，谁又能说没有嫉妒？她的身体在床上的重量已经说明一切，他们会即将有个孩子，一个小婴儿会叫她妈妈，想到这点觉得熟悉又陌生，包括她的身体，那横蛮的陌生感突然就涌过来了。可是他知道这是他的选择。——但是她也没有争取呀，她也没有要和自己在一起。他有一种被捉弄了的羞怒。

"明天他不回来，还可以见面。您到市里来？"她说着。

他早就不允许她叫"您"了，那样太见外，但在人前，她从来如此，即使私下从床边离开的时候，她马上又会恢复到这种状态。他未尝不觉得是自己欺负了她。她被欺负，也是因为太"楚楚动人"了，这一点她和她那个丈夫一样，睫毛长长的，瘦而高，很温暖，有种无辜的美，如那种嫩草，也如那种才开的小花儿，那种婴幼儿般香喷喷粉嘟嘟的脆弱……

"你想见面吗？市中心不好，还是这里。"他反问，说着。

"你总是嫌污染，我们这些住在城区的就不要活了？"

"虽然是夏天，但污染指数仍然很高，对任何人都有害。我们约一点吧？你来这里，我上午有个采访，现在要赶时间，你去洗。要不明天再电话决定。"

整个过程只是一个转身的动作，她伸了下懒腰走向了浴室。巴比伦看着她的背影，想象自己孩子长大也是这样吧。他忽然有一阵烦恼：生女儿是不好的。

昨天夜里，他翻腾了她几次，想找回以前的感觉，至少半年前的，可是因为她结了一个婚，像是一切破坏了。好几个月不同一个人做爱，中间隔山隔海，再次面对，怎样横蛮，都无法像什么都没有发生，时间如同河流一样推不开。他点起一支烟，等待她出来，至少十分钟或十五分钟吧。他感觉到房间少有的宁静，甚至有点幸福，自从妻子生了孩子之后，虽然事业有成，妻子在生孩子前也评上了教授，但是运筹帷幄，也不能不说浪费了很多时间。人到中年人仰马翻，虽然雇着月嫂，自己不需要如何奉献，但为一条新生命也算是忙前忙后过。这半个月，他和妻子说工作上有个国家项目眼看要结项，利用假期闭关创作，他的妻子没有无理取闹同意了，也许因为刚生了小孩，房子车子大多过继在了她名下，她觉得万无一失，所以许他这一点微茫的自由。他如获大赦，索性开了车子搬了些书到了这南山别墅，连山也不下了，吃嘛，就由山脚下一个妇人做了送来，妻子之前知道那妇人是山妇，又是假期，也就说放心，省得把他饿死。

最后的那一次，他索性是闭着眼睛摸索她的，凭着记忆翻阅她的身体。蓬头的水在哗啦哗啦作响，他不是没有想法推门进去，再来一回，但他觉得还是要坐一会儿，回想那感觉，而且觉得自己自从老婆生了孩子，似乎这方面激情没有以前充足。所以，当她整理好一切过来亲吻他与他道别的时候，他还是在早晨醒来的迷茫的踟蹰里，未曾多么热络去拥抱她。他当然知道她的感谢与妥协，所以才有这次的约会、工作，还有其他，拖延到毕业大半年，眼看过年，他才打了那个电话，放行，她翌日签订了那份工作。在此之前，人们当然不知道他们的关系，但人们知道他不同意，他不说话就已经是不同意，何曾会主动阻止。现代社会一切都像是象征与交换，明明她是合适的，但是，同一个城市，他在一切场合，这个领域，都有话语权，人们需要他点头，需要他通融，这样很明显，就相当于他欠别人一个人情。他不想就她的工作说话的，无论好坏，找到哪里，他一句话都不想说，那时候他似乎下定决心断了一切，她的电话和短信已经不接不回了的。可怜的兔脸女孩子，最后找上了门，求师母……师母自然什么都不知道，所有都是后来发生的，之前无非是眼神翻阅。最后，老婆帮着她求他，他答应了打那个电话。

现在，他坐在客厅里等着来采访自己的女人，一个三十多岁的女人，比她略老，但还显得年轻，是在前日市区的一场讲座后约好的，她说她要采访他，他定了今天的时间。他对采访的女人一点兴趣都没有，只是出于对盛名的回应做出的策略，媒体的双面性他懂，这么多年与媒体打交道的经验，让他很懂得如何树立自己的形象，他觉得自己才不会像那些愚蠢的小说家，什么话都说，什么事都骂，诗人嘛，一切都是隐喻。对，他喜欢"隐喻"这个词，就如他对自己名字的喜欢一样，"巴比伦"，像是一个古老的国度，实际仅仅因为他姓巴而已。附身于古老的历史也是伟大的，人们需要那样的想象，现实生活毕竟太贫乏了，庸众需要传奇。

她叫高思欢。前天晚上，在叫作五台山的书吧里，她从好几十个要他签名的人里跃出，当然，在此之前她扮演的是他的粉丝角色。可是，当她说需要对他进行一个采访报道的时候，他觉得角色互换了。签名的时候，思欢买的书还没有扯开图书出版社包的那层塑料薄，看她用力的样子，巴比伦拿过来用手挤了挤，然后包装就开了口子，旁边主办讲座的人说："自己的书自己知道。"巴比伦其实非常讨厌这令人厌恶的透明塑料膜，他也极度讨厌出版社给很多书做的腰封，全部都是要成为垃圾的，地球上有太多的生命死于垃圾，那些飞翔的鸟儿，那些深海里的鱼，它们不小心吞咽下这些透明的薄膜，就不会再活下去。接着，巴比伦的手才握过矿泉水瓶，喝了一口，湿漉漉的，但为了快速签字他不得不把这层透明纸给这个女人递过去。她居然四四方方铺平叠起来，像小姑娘叠糖纸，那是巴比伦小时候的常见场景，他一瞬间觉得这个过程非常性感，所以，在她要求他写下她的名字的时候，留了心："思欢"。接着他体贴地问她："你想我写什么呢？"姑娘说："就写思欢。思念的思，欢乐的欢。"（主办方的小伙子亲热地向他表示恭维，说巴老师就是讨女孩子喜欢。）他写下这名字的时候抬头看她，发现她紧闭着嘴巴显得很紧张，似乎要说什么，于是就问："还有……"

"我想对您进行一个采访，详细一点的，从您写诗时候起，到您成为一个佛学研究家，接着成为一个诗人。"姑娘接着说大奖眼看就会公布出来，她觉得他可以获迅盾奖，因此才想早点做好采访准备，希望获得独家新闻。他本来是要拒绝的，但是想到南山虽然不炎热，夏日以来独自待在山上，终日荒寂，人烟稀少，如果有这么一个女人来做客，也是不错的。何况他看见她的眼神充满崇拜，正是这样，他很快在头脑里做出了决定，留了他山上的座机号码，说是明日上午来采访，他在南山的别墅里等她，那里凉快，适合清谈，院里又有百年麻柳，千年银杏，还有玉兰正结着红果，煞是好看，都是借助大自然的景观，将它们这些野外生物围起来。他说着，笑了，旁边的读者说："巴老师真是幽默。"一些人附和地笑着。他早就习惯了这样的奉承和尊重。至于手机号码，他一般不会随便给人，只有那么几个人知道他手机号码，在外界的传媒世界，人人知道通过邮箱是找到他的便捷方式。他说手机将现代人切割成各种碎片，时时使人不安，尤其是 qq 和微信出现之后，人的生活是一种碎片化的蜘蛛网生活；他说作为一个完整的人，应该努力摆脱这种生活。因此，给单位的号码也是这个座机号码，收发学生电子作业则是邮箱，实在联系不上，有紧要之事情，他留的都是他妻子承恩的号码，他妻子越来越像是他的秘书，本来就是由学生而妻子的，做的就是这种红袖添香的工作，因此非常配合。说到他妻子，巴比伦还有个小秘密，他那时候本科留校当了辅导员，有的是机会查档案，他老婆就是他查档案的产物，首先是岳父，其次是女儿，伊人就是这样来的。知情的人听他吹过几次。当然，姑娘长相也不赖，毕竟是几个可能的岳父的女儿里选出来的。

这么多年，夫妻生活像是一物降一物，巴比伦当然占上风，因为无论是评职称还是住大房子，他妻子都是跟着他沾光，物质生活他让她舒舒服服，享受的可不是一般女人的风光，但也有那么几次夜诉衷肠哭哭啼啼，甚至有一次还拿刀砍床，无非也是一些花花草草，在承恩知道自己生活稳稳当当之后，也没有如何再闹腾，多睁一只眼闭一只眼，她爱面子，他就给她面子，里子怎么样只有夫妻自己才知道。二胎政策一放开，有生孩子热情和梦想的承恩连避孕措施都不再让他坚持，很快就怀了二胎，现在有儿有女，她大约知道，她相信两人是一条线上的蚂蚱，往后人生，无非是抚养大孩子之后的养老生涯，其他女人嘛，不怀胎生育，三个月新鲜期，她有的是耐心和时间等他老,等他彻底举不起,何况他研究的是南传佛教,虽然私下对密宗也偷偷摸摸考察过几次,但毕竟人言可畏,眼看就五十了。她爱他,因此体贴他,母亲都告诉过她,父亲也不外乎如此,男人嘛,加上亲手抚养的儿子成为花花公子,她知道男人的世界就这样。现在,可以算是否极泰来,最是一生里的安稳时期。

看他写字的人忽然都大笑了起来,因为他在上面写的是"思欢:思念的思欢乐的欢"。他同她初次见面,但是人们都觉得他特别喜欢她,主办方约请她一起进行晚宴。巴比伦当然还没有到这个地步,但也不想拒绝,因为这是别人的事情。自从国家发出勤俭廉洁的号召以来,不管公家还是私人,吃饭请客都一律比较精简了,他参加的饭局,尤其注意在场有哪些人,他不大喜欢那种到处吵嚷的饭局。主办方看他没有再说什么话,这个姑娘说一会儿再看,也就没有特别再邀请。

而此刻,思欢就坐在南山这间屋子里。也许她也知道南山冷,特意带了一件阴阳两色衬衫,一半黑一半白,里面则穿的是及膝红裙,裙如西方现代画家霍珀的画,配上她精致的白色绣边小挎包显得很热情秀美。他是新近才喜欢上这个画家的,那种砖红是这个西方画家的特色,他运用得很好,接近于西瓜红的红,红得冷然。裙子是 V 字领口,让文胸显得尤为突出。前日在书吧微弱光线下的漆黑眼睛此刻显得大而亮,尤其是她睁大眼睛显出一种闪光状,似乎山间的水汽附着在了她身上,让这个初来乍到的姑娘,浑身散发着一种邀请。当然,他是对她没有特别想法的,但男人与女人,在私密空间,难免有性的比较与打量。

2

她的双腿交叉着,像电视节目里鲁豫和小 S 的那种类型,双腿弯成可爱的弧度,让人想去摸一摸,但她的表情却是略带陶醉又有一点沮丧的,他不想问她是否有男朋友，这个问题还太隐私，容易引起尴尬。难道她在为男女关系懊恼，这个年龄的女人总是如此，要不就是为工作，她的体型看不出生过孩子，当然也看不出没有生过，兴许已经结婚离婚分居这些都发生过了。年轻貌美的女孩子，三十岁之前故事就演完了，似乎一辈子过尽，往后岁月都是余生，当年妻子嫁给自己也不外乎此，而今四十多岁生个二胎似乎为青春补救，但在男女关系事业上，实则早就走到了头，不会掀起新的惊涛骇浪。巴比伦教授看着思欢跷着腿，有一搭没一搭问着自己一些随意而起的零星问题，比如"你以前在北方中国第一首府大学，为什么就南下了？""你什么时候开始住在南山的，准备当隐士？""写诗和做佛学研究有冲突吗？难道学习王维？""这里离辋川和樊川不远，您常去吗？"……突然之间，闪过一个念头，采访也许只是一个借口，这个女人在想方设法接近他。他不是没有沾沾自喜的想法，但是同时也在做出判断。从二十多岁经常登报三十多岁经常接受电视采访四十多岁稳坐大河学者位置以来，巴比伦教授早就学会察言观色知道采访记者那些简短的谈话蕴含的目的，知道他们会如何提取想要的内容，然后加工煽情。在这间南山的房子里，他也不是仅仅只接待过现下这一位采访者，但是她裸露在膝盖以下的裙子还是让他心动，因为她的问题毫不专业，杂乱无章，他这一分钟比前一分钟分心。

　　高思欢看着他房间里的字画，仿佛在寻找让她感兴趣的东西。巴比伦说着："说起来整十年了，我厌倦了北方。妻子娘家在这个城市，因此回了这里，有山有水，你也看得出，这里更适合读书写作。要出名需要去北上广，而读书呢，最好是古都，你看中国也就这么几个古都好，西安南京杭州，其实作为城市成都也不错，但未免蜀犬吠日。""回到这里不久，很多朋友说这片大山里隐士多，几千人，我也时不时去看几次，寻隐者不遇，当时就生了念头，在这里买套房子。"思欢说："就是现在这套？"巴比伦教授点了点头，接下去说："你不要把这些写进采访稿吧？国家对南山别墅有限制的。我第一次来这里，山上很冷，是个冬天，就好像深山空无人，那种感觉和佛家的一些术语很契合，念念不灭念念相续，无所住而生其心。我一个人走了很久，就想在这里住下来，离闹市远点。你也看到了，这里一切景观随意一看，你眼睛就像画笔，一幅幅出来了，一首首诗歌也出来了。哎，我们生活在一个迷惘的时代，一切似乎都是碎的，我喜欢山的这种完整性。"

思欢从她乳白色的挎包里往外拿东西，一支笔和一个梧桐皮色笔记本，另外一样是一个七星瓢虫样的玩具。当思欢把这个手掌长的玩具放在桌子上，巴比伦才发现那不是玩具，而是一个微型录音笔。他忍不住说："以前没有录音笔，人们通常用速记，如今时代对你们果然是好的。"于是思欢笑着说："难道这也碎片化了？"思欢接着正色地表现出一脸崇拜的样子说下去："外界说你不用手机，为什么你茶几上有？""近一年刚有的。"巴比伦说。当然比这更久，但他不想多解释。现在的很多作家艺术家都这样，对外说没有手机，不看微信和微博，也不看当代人的作品，不亚于说自己是一个高蹈的神仙，实际他们知道如何让自己显得神秘，深切懂得隐身术，巴比伦当然是其中一位，而且，这也是宣扬夫妻恩爱的一个策略，有事打电话，找不到时找另一半，总会有消息的，一些作家甚至将邮箱号也设置为与老婆关联的账号，看起来是向老婆开放透明的，实则另有其他渠道。女人是容易被骗的，大多数人也容易被骗，专门拣自己愿意信的信，容易给自己立偶像，也就怨不得别人骗。世上没有骗子老实人是会痛苦的，尤其女人会痛苦，这是巴比伦一以贯之在酒局上开的玩笑，大家也只是笑笑，但是他自己知道，很多笑话是终极真理，就两性关系而言，这句话绝对是真理，男人倾向于听实话，哪怕是残酷的，而女人是水做的，喜欢掺水的甜言蜜语，有时还自己加戏哄自己。女人的悲哀一半是她自己的悲哀，怨不得谁，把过错推给社会，就如道德是为弱者设立的一样，也如一夫一妻是为贫民阶层设立的一样，完全是弱者的表现。

巴比伦涉及女性的诗，总显得温情而残酷，但却有一大堆粉丝，她们喜欢他,喜欢他写的那些句子:"看你含笑骑在马上,把头低下。""我需要深深写景,写你低头开出的花。""许你低头弄青梅,许你壁炉,许你云烟,许你山野村庄一仙家"……女人靠耳朵活着,男人靠眼睛和手指活着,巴比伦深谙此道。他也不是没有过心灰意冷,所以后来深入钻研密宗和南禅,企图开出自己的太平,人总不能自挂东南枝。一些女人深爱他的这种绝望,她们觉得自己是他的知音,他也把她们当知音,女人是水做的,而男人是山,最好是南山,南山需要水绕才有灵气。"现代社会不适合我,新型工业和科技总让我觉得时间飞逝,我喜欢农耕时代的浪漫。"他就像在作诗,一边准备烧水一边说,水的哗哗声让他的声音显得有点悲哀,连他自己仿佛也被这悲哀感动了。

"我很少用电脑,老婆的电脑连着互联网,我的电脑很少联网。虽然我在外有一点名气,看起来出名,但是我觉得这很奇怪,写诗是为了避免自杀,教书则是养家糊口,佛学研究是我的精神出路,但也有很多限制……这一切都可以停下,我都想退休了。"

"但是,您的孩子呢?"

"有一个儿子。——最近生了一个女儿。她妈妈想生的。你也知道,我们这种人,生命……"夫妻不外乎如此,相拥而睡,至少对外界感觉是这样,一夜又一夜肌肤相亲,这对他颇为重要,他习惯于在学生们面前保持这种甜蜜的形象,一个孩子,社会认为的性爱的最佳结晶,大众拥护的动物性安慰,没有人去追究其中的污秽与难以忍受的气味,甚至将这美化为甜蜜。不管你爱不爱,婚姻之约,夫妻应该绑在一张床上,死后还要绑在一个墓穴里,人们把这叫作生生世世天长地久。一个男人死了,他的妻子会有一个很诗意的称号——未亡人,在人们想象里她是哀伤绝望的,至少要装出这副样子,不然就会受到指责。对于男人也如此。实际上,早就不是了。子女绕膝,对一些人亦未必是好事,繁殖的热情未必可以增加生活的热情,但是可以显出在世的温暖,如果加上事业也不错,就算是美满人生,功成名就,只等着年龄一到身退告老。但眼前的这个女人还年轻,应该给她制造生活的假象,反正生活最后一定会教会她⋯⋯

"不能杀生!"思欢补充说。她头脑里掠过一个婴儿头,泡在一堆羊水里,她还没有生过孩子,对孩子的印象就是如此,图片上看到的,就像地球上盛着活物的感觉。

"您住这么远,进城自己开车?"

"不喜欢自己开。老婆有时来接。她是个好女人。"外人面前巴比伦总是这样的。

"她真是宠爱您!"思欢似乎揶揄地说。

年轻女孩子,虽然三十多岁了,巴比伦这样想,他觉得她还是不够看得透男女关系。婚姻就是个精神病院,基本款婚姻,只是将躁郁症变为抑郁症,外人面前无毒无害的,不必包含太多精神服务和情感供养,这样女性就脱离不了,只要定向上得到满足,就可以过下去。大多女人懂得山河岁月的静好是从妥协而来的,不要把男人逼到绝路,她们从祖母的祖母就开始往下遗传这条古训。

"这就是我的身份,我的精神决定我如此生活,这样作品也会被容易理解和吸收。我不希望我的作品里有太多喧嚣,绝不希望,我要尽可能避免这种情况发生。李白那首诗真是太好:'出门见南山,引领意无限。秀色难为名,苍翠日在眼。有时白云起,天际自舒卷⋯⋯'我最爱前两句。这些你不要写。你也知道,南山别墅多违章建筑,开发商将房子建在森林里,宣传白云生处有人家,破坏了不少。"

思欢一边听一边写着,巴比伦看到她在纸上飞快地落笔,有点震动,他受不了女孩子做事太过专注,那种表情太迷人了。出于绅士风度,他建议思欢休息一下,到他的书房参观参观。

他的书房在二楼,依山而建,外面就是小平湖,一览无余,蝉鸣如钟。思欢走在前面,他在楼梯处感觉到有点不该这样,他窥见了她衣裙飘拂。

只怪自己，单身男女处一室，他觉得自己真还是需要好好修炼，要按住内心的那头兽，一方面又觉得自己没有老，这是年轻的象征，男性生命力的象征。初高中时他就感觉到身体里的这头兽了，经常按着它，却又不得不喂养，他算是遭受了太多，但有时也真是骄傲，把一个女人梳理到服服帖帖，那种成就感不是写一两篇文章可以满足的，可惜新鲜总会变味，以致现在的交往，首先想的是如何找好退路。自从妻子生了二胎后，他似乎被注入了新鲜血液，总觉得又像回到了二十多岁时，年轻的丈夫，年轻的爸爸，所有人都在恭喜。现在儿子二十二岁，一所海边学校的研究生，硕博连读那种，十年前儿子十二岁，搬迁到这座城市。如果让一个孩子忘记一切，最好是换城市换学校换老师换可以换的一切环境，他做到了，迄今为止，他还觉得自己是个称职的爸爸，也许正因为如此，妻子才生了二胎。妻子了解他的脆弱，性的脆弱和爱的脆弱。真是太孤单了，男人有时候就是给了一整个世界也是悲伤的，他们是孤独的质数，女人是湖泊和沟壑，填满了就满了，不满至少还可以填，男人是填不了的，男人本身就是残缺，完整的残缺。

木楼梯。思欢穿的是带跟的金色凉鞋，一只红色蜻蜓在脚丫处蹲着，左脚有而右脚没有。单凉鞋和小腿就是一幅画了，洁白修长的腿拖出一只红蝴蝶，翩跹地贴脚飞着。巴比伦觉得女性美就美在细节，男性则不同，这个时代很多男性走中性化路线，留长头发，做面膜，甚至还有男明星做臀膜，两个椭圆肉蛋上贴一张面膜似的白贴，看着就令人恶心。这点上他永远处于传统的审美，女性可以从年轻到老一直美的，男性则不同，只有幼子时代是美的，过了青少年，到达中年，那种美就属于壮美了。虽然美则美，可是和那种细节性的美不同，给人一种生命的悲怆感。巴比伦不喜欢英雄的，也就难以欣赏硬汉，他的诗歌也一样，金刚怒目，在他仿佛一种嘲笑，而佛法需要研究金刚。

最近一段时间，由于迅盾文学奖马上揭晓，而大河学者的名单已经揭晓，佛学国际大会又经巴比伦教授主持，取得圆满"成功"，因此，巴比伦算是媒体新近的宠儿，加上建设双一流大学，他主持的项目获得国家的认可，学校也有几拨采访呢。不知道为什么，巴比伦和其他记者并没有什么特别强的倾诉欲，也许是因为他们太精通如何提问了，也或者他们太不精通，无法打开他。思欢属于两者之间，她是一点点引起他的说话欲望的，像一个家常朋友。这次他的倾诉欲真强，他变得健谈，也许是昨夜那个来过夜的女人改变了应对媒体的疲乏感。——久别胜新婚，未必说的是夫妻。

他和思欢说起省政府给他打电话，希望他就南山别墅写点文字，毕竟破坏了这里的风景，但是他什么也不想说，他觉得这对他是不公平的。他手里端着小小的工夫茶的杯子，似乎在溢出来，说："我写了一封信给他们，陈述客观事实，毕竟已经建立的无法改变，再拆劳民伤财，不如就此限制，但不要让这些建筑流于经济运营，继续保持荒山野岭特色最好，无非就是多了几幢别墅，百年之后还会引来后人访古。"巴比伦叹了口气，接着说："身在此山中，云深不知处，多少人想如此。"

上午的光线破窗而入，停留在他的眼镜片上，似乎蒙上了一层雾气，又像云烟。她站在书房中央，落地窗在不远处，大片玻璃，光线肆无忌惮淌入。她像一根红柱子般，转过身，盯着书柜一面的空白。她的脸上装了三副表情，一副愉快欢乐，一副苍白痛苦，一副阴暗悲伤，很迅速地不断转换。她算不上美，在巴比伦眼里，甚至已经算老了，他带的学生从十九二十岁到三十岁，三十以上算是大龄的，学校近些年要求收应届生，往届考博士，越来越难。她不会是他特别喜欢的那种款式，长相也不算，但是她身上给他一种奇妙的熟悉感，那种对生活的疲惫还是那种说话时刻的黏稠，他说不清楚。

巴比伦在想着如何问出这次采访的目的，这样随意无目的的交谈实在不算什么，网络上随意搜一下就几乎可以搜到这些东西，即使这间书房，也是可以搜到的，照片上可以看出一切布置。

他看高思欢望向空着的一排书架，于是对她说："我不喜欢充满的感觉，所以这一排是空着的，一直以来都如此。以前的房子小，即使书在房间堆叠着，也会将一排书架空起来。"这是多么哲学的一种表达，人生需要留白，如同绘画和写作，如同含而不露哀而不伤的感情，如同死亡……但看得出，这个女人毫无兴趣去记录这些，她不是他的崇拜者，因此才不去感悟这种突然的点化，那么，她是不是编造虚假信息以及假装对他有兴趣进入他的住处呢？这个念头一闪，巴比伦就觉得清晰无比了，她另有他意，他得问。而思欢转过身，她就像没有发声一样地说出一句话，近乎唇语，而他听见了："你还记得思阳吗？"那种奇妙的熟悉感像鬼魂附身，巴比伦突然觉得惊骇。那是很多年前的事情了，十年，对，那时候思欢还是一个高中生，他只知道她有个妹妹，并不知道她的名字，也不知道前面的路早已经铺好，那时候她还是一个孩子，正在考大学，才刚刚开始自己的人生，可能遇到的爱情……思阳，则已经上了大学，首府大学的骄阳，他的学生，明明艳艳的女孩子，他的课代表。他当时三十八岁，接着三十九岁，再接着四十岁。思阳留在了他的四十岁。

"你还记得思阳吗？巴比伦老师。"

这个思欢，应该就是思阳的妹妹，那个她说抱给乡下亲戚家养了几年的孩子，因为计划生育政策，最后回到了家里，与她并不亲近。他几乎不需要猜，就得到了确定。

3

她立在落地阳台玻璃窗前，玉兰果从创造的孔上往里伸着头，和她砖红的裙子相得益彰，印象里，思阳也是这样站在窗前的（几天后，思阳穿着月白及膝圆领娃娃裙的照片就传遍了网络，巴比伦此时心里跃动的，是思阳穿着白裙来办公室找他的样子），从脚到头升起一种怪异感，不禁打了个寒战。所有的记忆，都发生在当下。当时他是清楚那件事的，而且也定了性，写在院会记录里。他以为随着时间的推移，就这样过去了。

"思阳"，有十年没有人提起这个名字了，巴比伦教授也选择了忘记，他不是没有一次次噩梦惊回，可是，后来的一桩桩，不是都证明女孩子可以活下去嘛，都活了下去，没有疯也没有死，那只能是她性格原因。他不是没有悲伤过。从另一个方面讲，遗忘可以让生活更美好。只是巴比伦没有想到，遗忘没有均匀地覆盖在所有经历过那件事的人的心上，她的妹妹来了。

巴比伦想着去她家的时候是否见过思欢，也不是没有见过，至少见过照片。被父母保护得很好的女孩子，远离了那场灾难。

有些女人的成长不会在脸孔上留下姐妹兄弟的痕迹，如武大郎和武二郎，文学家不会让他们在相貌上有一致性，也许他们自己也竭力要摆脱一种基因的相似性，比如一些幻灭的记忆，家庭的暴政，遭受的羞辱，也或者仅仅只是想独立地长成自己的一张面孔，所以，一些兄弟姐妹，几乎看不出出自同一对父母。

巴比伦看着高思欢，想从她身上找出另一个女人的表情，然而他怎么也想不起来了。但是眼前的这个女人，他应该是见过的，然而走出青春期之后，女孩子的形象完全变了，谁能从一个三十多岁的女人身上找到她十多岁的模样呢？但是此时，思欢迫切地希望他能回忆起思阳。"你还记得思阳吗？"

仿佛是一种实验的步骤，她逼着他做出回忆，从往事里精选雕刻，面前的女人充满悲伤地站在窗帘笼罩的玻璃前，巴比伦回忆着经历过的人生的重大事件，回忆起已经过去十年的往事，一点一点，他还原出那件事。

就因为那件事，巴比伦搬了家，由北而南，换到现在的城市，也换了学校，由首都的那所第一名校换到现在的单位，不觉已十年了，儿子从当时的附小换到这里的附中，为了保护家庭的利益、孩子的健康，他们采取的措施是这样的。像一场绝望的挣扎,之后没有什么后遗症了,一直到现在。他不是没有问过自己:真的过去了吗?一年又一年,儿子上了大学,接着读了研究生,妻子转到娘家所在省城的这所学校,很快就评上了副教授,而现在,女儿也出生了,像是一种彻底的修正,事业亦蒸蒸日上,从省级项目到国家项目,再到一次次出国参加国际会议,到自己主持大型国际会议,从地方到中央,算不上飞黄腾达,但人脉甚至比在京城时更盛,学生里叫作"男神"的名师,教授里的"大河学者",佛教界绕不过的佛典研究人,还有什么呢……修正了十年。

记得一个女人,就是一种背叛,对今日的背叛、对家庭的背叛、对师德的背叛,就是挑战社会大众伦理。他早就把她封存了,像一个摆置在内心深处的冰棺,也如一堆灰烬,她早就成了一所墓碑下的尘粉。之前就问过了,为什么搬家,为什么搬到这个城市?可以真实地回答吗?为了摆脱一个自杀的女人所制造的喧嚣,为了健康生活,所以要修复生命链,从家庭到社会;为了消灭工作和生活环境的敌意,为了不再听到人们的讽刺挖苦,为了重新开始生活,为了不被一对父母的眼泪捆绑,为了……

"喜欢南山,所以搬到了这里,采菊东篱下。是如此吗?巴比伦老师。"空气都仿佛冻住了。

"仅仅是因为喜欢南山。"

她又一次重新发出攻击。

"为了名誉。不是吗?"她那样说着。

他后来确实有了更高的名誉,有了太多的掌声,不管他主动还是被动去迎合,一切都算是得到了。

"我姐姐做了牺牲,是不是?成了你发家的地基,不断暗示的自我努力,你要修正这个戴在身上如袖标的耻辱,你要让你越耀眼她越如尘埃,对不对?"

十年了,一种言语的责难又开始形成,这么多年没有人敢这样对他说话。那些女孩子也不敢，无论怎么娇宠，她们也不会，她们没有疯也没有死，她们还活着，甚至结婚了还到他这里来，她们有求于他。说明什么？那么多人都可以活下来，情节比那都严重，为什么，偏偏一个女孩子，就疯了就自杀了。开始，还是她写的情书呢。社会就是这样，女孩子才是祸患，因此他对自己老婆生了女儿并不喜欢，这是他第一次找到厌恶的源头。

"她想读研读博，她想做研究，她原本也可以像你今天这样，成为一个作家，一个教授。而你呢？经过她之后，喝着她的血往上爬，我们家人一步步看着，给我们带来麻烦的人，逼得我父母抑郁多年不见人群的你，这些年来，不断参加宴席、采访与报道，大河学者、知名诗人，人人崇拜的修行者，著作等身。你逼得我们与全世界作战，你到底做了什么，你有过愧疚吗？在你评上大河学者之后的半生自传里，你写了什么？你走南闯北，嫁鸡随鸡搬到南山住下来，你和你老婆两情相悦，你炫耀你运作的活动，炫耀你把你的专业运作为一级学科，炫耀带了多少学生出国留学，而我姐姐呢？你说'一个女孩子为我制造了桃色新闻'，你最后还污蔑她，说祝愿她在天堂里不再受疯病的折磨，你怎么可以这样？"思欢咬着牙齿说着这些话，看得出，她是个有教养端庄的女孩，即使愤怒，她也没有寻找到合适的方式，首先伤害的是她自己。巴比伦有点痛惜，这个三十多岁的女人，如果是自己的学生，一定要劝告她要无所住而生其心。这么多年，他就是这样安慰自己的，佛法博大精深，金刚经且不说，心经两百多字，就够揣悟一生。然而，他不知道怎么安慰她。

"你搬家只是为了你儿子。"思欢接着说。

涉及孩子，巴比伦总觉得是无辜者，他说："别把我儿子扯进来。"他接着试图解释："问题不是你想的那样，远比那复杂，你当时还小，包括你，当时我去你家，你对我也是赞赏的，你姐姐说过，你虽然还是一个孩子——"

"不要说这些。"女性的尖叫让巴比伦无法说下去。"这些年，看着你的作品、你的容貌，我也想是我们家误解了你，但我姐姐的死是活生生的，你有过愧疚没有？那是一条命。你珍惜你儿子，谁来珍惜我姐姐，谁来珍惜我父母？那一年发生这件事之后，你远走高飞，带着你的妻子儿子，你想过死去一个女儿的家庭如何过的吗？想过如何给她庆祝生日吗？祝她生日快乐？祝一堆骨灰生日快乐？你还说什么复杂？"

高思欢的鼻子发着哼音，应对着他的回击，全世界的轻蔑就在那里，巴比伦甚至能感觉到，他怕的就是这点，他不想这件事再有后续，只想远远逃离。是的，一条生命，但不是过去了吗？十多年过去了。后来遇上的女孩子们，为什么就没有死掉的？

巴比伦很愤怒高思欢提到他的儿子，那时候他才十二岁，却不得不与他们待在失事的船上，她的父母闹到了学校，不光是巴比伦自己的学校，还闹到了孩子的小学，在儿子所读的附小里，拉了横幅。儿子正开始辨别社会，他太小了，长长的睫毛随了他母亲，非常好看，为此巴比伦很骄傲，巴比伦的父母也很骄傲，计划生育的年代，只能有一胎，重男轻女的中国人是需要有根的，需要坟头上冒烟火。出了事，父母连夜从另一个城市赶来，他们要保护孙子，说孙子是无辜的，大人的事情大人们解决，不要伤害我们巴家的下一代；父母还说现在的女孩子坏得很，性解放让她们过早从身体上熟透了，谁说不是她们栽赃老师呢？这些话当时就上了报纸，很多人觉得巴比伦冤，但还是停薪留职调查了半年，在那半年里他将儿子转了学，妻子换了工作，很快他就来到现在这座城市与他们团聚了。困难只是暂时的，只要全家齐心，他很感谢他妻子在这件事上的体谅和理解，所以后来即使有再多的风吹草动，也没有提离婚，她是最适合他的女人。事发之后，她给他打电话，说是让他想好退路，自己会帮助他，让他不要想不开，让他就算是为了儿子也一定要让自己健康，不要让生命出现危险。对，就是这个身边的好女人如此说的。而现在，她为他生了一个女儿。

这么多年，他是贤夫慈父，就那件事，思欢的父母闹到了儿子的学校，让儿子受了很大惊吓，儿子不认为自己的老子诱奸并侵犯了小姐姐，那个小姐姐很漂亮，来家还教过他弹琴。他想不明白，晚上就发起了高烧。学校的同学说是他爸爸害了人，他爸爸是个杀人犯。巴比伦根本不想记起这些，儿子是无辜的，却受到了牵扯，因此不得不转学。好在开学就是初中，所以直接换了学校，新的地方当然得适应一段时间，但是没有人知道发生了什么，一个人也没有。他们将他的环境全部改变了，口音也改变了，说起了承恩老家的方言，和外公外婆经常见面，一起生活。爸爸也经常在一起。宝宝就是如此被哄好的，足够的关爱，爸爸的电话，外公外婆与母亲的陪伴，还有南山的七十二峪，峪峪风景都不同，水和山有那么多奇特的美景……很快就忘记了，新的生活太过巨大，日常生活自有它的体积和重量，儿子不再做噩梦，爸爸还是那个爸爸。隔了半年，爸爸就来与他团聚了。

他们以为会伤害到儿子，结果，这件事就这样过去了。他们很怕影响到儿子。但也不是没有影响，后来他出国做交换生，再后来回国硕博连读，他说要守着爸爸妈妈，守在国内，他说爸爸太老实了，认认真真做学问，还经常被人欺负，他也说妈妈太善良了。他们都知道他的意思，那件事模模糊糊给他留着影子，爸爸是被伤害的，妈妈也被伤害了，那个女孩子，她病了，病得不轻，先是疯掉后来死掉了，她的家里人不甘心，就责怪爸爸……

那一年不能不说巴比伦也是筋疲力尽的，他在两个城市之间辗转，解决工作和生活问题，才四十岁，头发就开始白起来，以后一直得靠染发剂。

现在，儿子长大了，他还是怕他受到伤害，女儿才来到这个世界，他虽然不喜欢，但不要让她被人戳着鼻梁长大。可是，他不知道他这一次往哪里逃。他在试图解释，他准备回击。

"你姐姐去世，我也很愧疚，我搬到这座山上，也常常吃斋念佛，为她超度。一些事情确实是复杂的……"

"你不要再说这两个字,这么多年,你问候过我父母一句吗?你在你的半生自传里写了什么你难道不难受吗?祝你和你老婆夫妻恩爱百年好合共享花圈和坟墓,我今天来,就是来提前为你烧纸。"高思欢继续说,"她火化的时候你在哪里?一千元就觉得可以推掉责任了吗?你看看她最后那张脸,你看看。你想一想就知道了,你根本不会有阴影。这么多年我一想到她就难以入睡,我学新闻学自媒体就是想找到你。确实,没有证据,你说是恋爱,你说是她纠缠,我也经历了我的大一,从大一到大三,我知道一个教师对我意味着什么,让我进他的办公室,让我去他的家里,让我陪他的孩子练钢琴,我知道会有什么故事等着我。你怎么下得了手,你又怎么能喷得了污水?"

"我确实很抱歉,不知道事情会那样。"

他的刻意忘记和故意改写的效果不是不明显,尽管他试图如此,不过,对他自己起码是有效的,他没有想过所做的那些事会无效。不是吗?院会记录翻出来,当时也没有记录"诱奸和性侵"之类的字眼,只是拉拉扯扯(这是几天之后的事情,一天又一天的新闻,但巴比伦对当时的事情是清楚的,他知道没有什么把柄,除了自己的内心)。高思欢当时能记住多少呢?她还只是一个高中生。即使是巴比伦,他觉得过去的不诚实早就变成了一种掺水的没有多少说服力的泡沫,很难对它进行研究和定性,但是,如果在显微镜下寻找这些身影,会发现一切都可以让今天变了形。突然之间,所有证据都失效了,在时空里失去了原来的位置,另一个位置,受害者的面容,圣母一样升起。她在那儿呢。被时间腐蚀,却可能更加有说服力,将现下一切毁灭。

那件事以后他就看下了南山这块地方,后来拥有独一无二的机会,很快就从当地人手中购下了这块土地。那时候还是一间茅屋,人家的旧茅房子,祖辈人住的。迟迟没有签下地产,后来过了好几年,买下了这里的产权,才开始进行了一系列的大改,第五年头上,推倒重建,改成了现在的别墅户型,独家独院,小二楼,仿佛量身定制,他躲在这里。

必须改写,必须回答,必须做出解释。他这样对自己说。因此,他这样说了:"不是为了我,为了她,我去研究佛法。指望超度她。"

"是这样吗?我该叫你老师还是姐夫?如果那个肚子里的孩子活下来,你就是爸爸,你清楚。那后来的女孩子呢?其他人呢?"高思欢盯着巴比伦的脸,"所以你后来继续当惯犯,看别的女人死不死?包括今早从你这里出去的女人。"

"你说什么?"巴比伦脸色大变。

"你清楚我说什么。"高思欢说着,将书柜一面搁着的景泰蓝花瓶直接扫了下去,那碎响在山间弥漫。"这只是你的一只花瓶,你看你的眼睛还因此心疼,那是一条命,一条命因你而死,难道你认为是你不杀伯仁,伯仁却为你而死?"

所有一切都在小心翼翼中度过,仿佛这只花瓶,也已经十多年了。

"对你儿子换个学校换个环境会看起来无所谓,对我父母呢?"思欢说,"一个瓶子碎了都会有一地玻璃片,而一个人掉下去呢?你种下因,躲不了果。"

"你什么事情都能承受,都可以翻转。"思欢接着说,"即使你玷污了我姐姐的信任,并不是爱情,只是诱奸,一个老男人想上一个女人,老实承认,我姐姐也不会逼迫你离婚,会让你维持你的婚姻的。你居然不承认那个肚子里的孩子是你的,你竟然以此威胁分手。你一次又一次,用你下流无耻的谎言控制一个本科的学生,让她用你不完整的信息拼凑爱情苍白的图像,并对此做出反应,而如果不承认是爱情,她又怎么承受得了自己被一个老男人欺骗?你多半不觉得是撒谎,对吧,让她二十岁开始享受性生活你认为是你的赏赐和仁慈,甚至是你的美德。你多半把你的谎言也当成了美德,为一个爱你的蠢货采取的慷慨言辞。你用一个又一个的谎言逼死了她,用你色情狂变出流氓嘴脸的表情逼死了她,她不会认为自己那么认真爱的人是这样。"

4

一片叶子从玉兰树上掉了下去,鲜红的果子却依然图画一样醒目诱人,也许是因为花瓶落在地上,所以震动到了叶子,这一切让巴比伦想起一句话:种瓜得瓜,种豆得豆。三十八岁到四十岁,再往下一点,男人的身体最旺盛,蓬勃浓郁,就是这句话,似乎让一切理所当然展开。这句来自高思阳父亲说的话,迄今由他的二女儿变相说出,这个故事变成了罗生门,巴比伦有心解释,已经是不成了。

巴比伦自认算不上个坏人,但谈不上是好人。但他知道,在熟悉的人眼中,一条生命可以把涉事者吊在耻辱柱上,永远定型,女人深谙此道,她们会用她们的鲜血围城河流,男人也一样,他不是没有专心学过这方面的心理学,他认为这是情感勒索。然而,一条生命蜿蜒成一条死亡的暗河,将他搁置在其寸草不生的中心岛屿上,这么多年他都在专心上岸,却到此才发现,仍然定在原地。

事情的开始其实很简单,老套地重复起来都觉得烦琐,但平庸生活有巨大的力量。这股力量可以说明:为什么每天早上农贸市场总是有当季水果卖,为什么夜里灯光会亮,为什么树头总是向同一个方向摇摆,为什么电视可以观看节目,为什么陌生人之间有时会会心一笑……常规有它的心跳,非常遥远,甚至往往听不到,和人的心频一致。但某一天,会显现它的神迹,会让一切变得不同。

那一年,学校除安排正常教学外,还给他进行一周一次读书会,就是思阳的班级,思阳是学习委员,同时兼任读书会的课代表。她的任务是给他写信,汇报读书情况。也就是那一年,他评上副教授已经六个多年头了,三十二岁,就已经是副教授,三十八岁,在新的职称考核之中,却什么也没有。倒也算不上多么在乎工作,但是他陷入了一种人生失意的孤独中,而回到家里,还得面临儿子即将升学的择校问题。

她就那样出现了,白鸽子一样的女孩子,无辜和单纯,才上大学,一切都刚展开,她在课堂上看向他的渴望太热切了,他感到荒诞可笑,但是,对于一个三十八岁的男人,迷雾早就升起,他当然会想到自己的妻子和孩子,但是他的脑海里放电影般地生动逼真地播放着她的微笑,白色的优雅的垂着粉颈的鸽子,他的脑海里有那风暴,还有风暴袭击之后的残留、撕破的衣服、脸上的瘀青、殷红的血浆、哭泣、骨头与骨头相撞……高思阳总是带着无法抗拒的笑容兴冲冲地将收集的作业交上来,尽管他无数次和她解释过,学期末一次性交作业就可以,但是,他逐渐感受到了那种渴望,小女孩的秘密,和他多说几句话,哪怕是你递我收的一个动作。

他不是没有激荡和欣喜,一切就这样展开。到了第二学期,越来越明显,她在课后站着和他说话,甚至陪着他去坐校车。

常规的心频没有幻想的立足地,它的节奏无法显现渴望与拯救,孤独与绝望,你也无法与它连通,但是常规生活的叠加,那种共享,会让你最终营造一个高于常频的故事。然后,火焰燃尽之后,人们又渴望回到安全的似乎永无止境的常规状态,对那种非常规的东西,人们只感觉到恐惧,人们在避开它之后,还在坟墓的左端右端和上端,寻找永远消除的路径。

那是一个晴朗的秋天,对于那个季节来说,那天的阳光正好,属于郁达夫《故都的秋》里的感受。他在课堂上讲着课,突然产生了错乱感,他叫着学生回答问题,居然叫出了她的名字。他恍惚中解释了一下,说是前一年带的班的学生。

课后他到教学楼下走了一圈,突然想去找她。前一年的来去里,知道她家的地方离自己两站路。她在信里邀约过他去做客的。

　　驾车很快就到了,到达自己家附近再走两站路。

　　刚好没有人,她父母上班去了,小妹补习去了,由她来开的门并脱的外套。她将他迎入自己的闺房,将外套看似不经意地放在她的床铺上。他忘记了她的声音对他施行了怎样的魔力。她的声音为他讲述他们的故事,各种眼神的交流,或远或近的试探,某种渴望。她接受了邀请,用亲切的甜甜的嗯,答应他星期天去拜访他,说是在他不带课的这几个月里,这个暑假里,她也是很想念他的,觉得老师是个奇妙的人。她完全沉浸在她女主人的角色之中。房间里的桌子上摆着照片,除了她的,还有她与父母的,另外是她和另一个小女孩的,那个小姑娘小小的嘴上堆着两颊绯红的肉,手上抱着一个布袋熊。小姑娘长得和她一点都不像,太活泼了,那眼神……他们还一起谈论她这个妹妹,她告诉他小时候抱养到亲戚家,因为计划生育,现在学习差,所以连平日放学后也是抓紧补课的。

　　"你父母什么时候回来呢?"巴比伦问。

　　"下班之后,父亲比母亲早回来一点,他负责编辑一份报纸,常常在家里加班。"这他早就知道了,但她还是解释了一回。

　　"这样再好不过了,和您待着。"她说,少女的眼光亮星星。

　　"我如果早结婚的话,孩子也像你这么大了。二十八九做父亲,我的那些同学,十七八就做了父亲。"他碰了下她胳膊,说着。时间久了,早就忘记了她那时候穿什么衣服。

　　他离开时,碰见了她回家的父亲,说是经过附近来送本书,顺便告诉她她大一时候发表的散文被收录在了一个集子里。她父亲没有多问,还感激了他,说:"种瓜得瓜种豆得豆,有了好老师学生才是好苗苗,阳阳以后还想读研读博,你以后多鼓励。"他约请他继续坐着,等思阳母亲下班回来一起吃饭,他拒绝了。

星期天的早上他等了一上午,她就进入他视野了。在中秋节,妻子回了娘家,分明是为这场感情提供着陆点。迅速且迥异,他插入了她的世界。

他不是没有故事,已婚男人说空白是可惜的,但也不算有故事,名校名师毕业,在一个光辉的学校教着书,虽然说写诗不算出名,但也在一些人的评论里,装作混进了后朦胧派中,撒娇主义和莽汉都过去了,新的朦胧在升起,他需要爱情,需要灵感,而且,人到中年的身体也需要停靠点。无他,就这个女孩。他抬起头闭着眼,感受着当天的气温,数着飘在窗外的云朵,没有阴影,一切那么祥和,楼下人家小儿此起彼伏的尖叫,也不能让他停下来。飞翔,飞翔,像一片白云朵。

女孩呢? 她像献祭一样。事后,他也献祭了自己爱情的字眼,说人到中年碰到她是身逢其事,是上帝看他孤独给的礼物。她说老师我从来没有想过这样,我是不是个坏女孩? 他撑着她的肩膀说慢慢你就适应了,说你是个引起我火焰的坏女孩,是我的太阳和月亮,现在则是我的好女孩。她流着泪在那里哭,看不出幸福还是不幸。他知道她害怕极了,第一次对很多女孩子是可怕的。他知道她需要安慰,于是就送上他的安慰。可是她还是哭,她说怕怀孕,怕爸爸妈妈妹妹知道了,怕同学们知道了。他回答她怎么可能,说是他会有安排的。他只字不提他的妻子,还有孩子,在此之前他经常说起孩子呢,可爱的十岁的儿子,接着十一岁,他说他的叛逆与乖张,说他在学校里的故事,说父母给他过的一个又一个儿童节,他说他把自己的学生也当作孩子……

他说话的方式和他在课堂上完全不同,充满了夸张的肢体动作,他拥抱又亲吻着她,对她说着他在课堂上突如其来的心慌,说自己觉得就像生命被击中了,说"此情可待成追忆,只是当时已惘然",想不到惘然没有变成枉然,他还是行动了,他说他为此背着自责,但爱情啊,爱情就是跨过千山万水也要找你,就是你我之间山南水北想要见你也会见你,他后来的信

205

里也说过："能让一个男人千里奔赴的只有爱情。"对，他说他买了机票回来看她的那次。那时候已经冬天了，他被派去一个小岛国家进修学习。他说人的第二次爱情才是真爱，就是结婚生过孩子之后，才明白自己的身体需要什么，精神需要什么，才可能找到真爱，他说她是他的天使……

后来的信里有一切明证。

她不知道她裸露打开的身体以及少女的眼神对他是怎样的诱惑，但他知道她的生命在等着那么一个人，因此直接闯了进来，他没有问愿意不愿意合法不合法，他只想引诱她的身体靠近他，捕捉她劫掠她然后把她还原为平静的土地，他不承担不负责不承诺，生活需要继续下去，情书也可以继续写下去，学校里有那邮箱，她可以塞进那里去，她也可以在电话那端等着他的召唤。一个有待探秘的洞穴，一处新鲜的淌着泉水的可爱之所。没有人知道他如何将头藏在两腿之间摇晃，没有人会看见凌乱的床单上坚挺之后又松软的乳房，没有人能辨认出她脸上的神秘。

他从外面进修回来，频繁地一次又一次光顾她的身体，有得是时间有得是机会，对于一直在等待的人。她对他的大耳朵太熟悉了，对他臀部的痣，痣上的毛，对他打了摩斯说是为了她想显得年轻的精准划分的头发，实在太熟悉了……当然，他很好地平衡了情人与家庭的关系和时间，小心翼翼又游刃有余地保持着自己的名誉。

疆界的重新确立，是因为新生活过成了旧的，热情不再，浓度越来越弱，平衡木无法保持原来的形状。

这种疆域的变化是怎样发生的，并不清楚，却那么明显。

他开始躲开来，一次比一次久，寻找新的孤独之地，避难之所。她不再是那个心满意足的猫，与此同时，越来越恍惚，越来越不甘，尤其是，她在这期间，发现自己怀孕了。一个爱情的结晶，她想生下来，她渴望与他生生世世天长地久，她需要那么个承诺。也就是这时候，她觉得自己受骗了，知道他要的是偷情而自己要的是爱情,心有不甘却又咽不下这口气。她觉得浪漫过了头,要回到结实的土地上,却没有着陆地。她给他写信,开始说自己的冒失,接着说自己的觉醒,再接着说自己的恍惚。他打电话给她:"打掉孩子,我会出钱,不然我永远不会见你了,永远都没有了。"他变得有多谨慎,她的欲火就有多旺。

一场由他口中所说的爱情,变成了"外遇",意思是每个男人都会的,面对年轻新鲜多汁的女孩子,心旌荡漾在所难免,他只是犯了所有男人都会犯的错,而且,"你不是也没有拒绝嘛"。爱情变成了外遇,一种流动的状态,内还是为主的,那么多令人狂喜的事情,都变成了一种说辞:"诱惑"。他说他们不会走入婚姻,自己是一个传统的男人,妻子是吉祥物,给自己和家庭带来了很多好处,他说他有家室,有体面的工作,是一个无意调情的男人,只是这件事有点宿命。他说他要拯救自己的家庭了,这一两年以来,有什么挥之不去恶意溃烂,现在妻子彻夜不眠所以需要赎罪补偿;他说她前途远大还是可以重新起头的,感谢她让他认识了她,但也只能如此了。

她开始痛恨那些安逸机巧的偷情,痛恨已婚男人擅长的这套鬼把戏,痛恨自己的学生身份,还有痛恨自己居然隐隐有对另一个女人的愧疚,她觉得自己连个替代品都不是,只是链条上的某一部分,不是开头的那个,也不会是终结者,因为她看见了他跟别的女生课后的散步,校车前的谈话,不止一次,那个女生是她的学妹,她认识。她想不明白他为什么选她,一个女孩子的乖巧,还是随意拣选?她给他的毕竟只是一个学生对老师的尊敬,难道表达的崇拜是勾引?如果这是宿命,这也是死亡。她无法再到学校里平静地上课,无法再装一个乖巧的女儿和温和的同学。她最后一次打电话给他,在电话里,他的那种躲躲闪闪让她彻底明白一个男人想要否认相爱证据的恐惧,一个赤裸的鬼鬼祟祟的已婚男人,就这样毁灭了她的二十几岁,剥光了她的衣服,还夺走了原来的自己和可以依恋的在世生存的情感。她觉得自己在发臭，海洋生物变为了陆地生物，每天早晨醒来都能闻得见那股臭味，成箱的蚌，肉腐烂了，壳还在，嗖嗖流动和吐出一堆黏腻的杂物。

他的名字变成一种疼痛，然后开始变为父母的询问，一把它说出口，她就颤抖不已。他还给她寄过张明信片，像是探问，又明显是躲避，距离拉近之后的远离与撤退，措辞很隐晦，建议她读一些书，磨炼心性。她一方面觉得甜蜜，另一方面又质疑，她引述生活里和文学作品里充满嫉妒和背叛的偷情例子，写给他，最后一次。幕布就要拉上，她仍然在那里，通过书信和憧憬申讨背叛和离别，渴望再一次投入亲密的淹没，直到最后。

开始是抑郁，割腕，接着发疯，药物不再起作用，孩子仍然在肚子里，是个秘密。终于有一天，在父母下班之前，她成功地杀死了自己，落花犹似坠楼人，也无人惜从教坠。在那之前，还有过一次吃药，救命的管子插入她的口，医生问她为什么寻死。

前面的一切由情书证明，后面的一切由她妹妹目睹。事情的结局已经写定。

最后的最后，公安局也是没办法的，一切证据都没有表明他参与了谋杀，他只是参与了她的成长，仅此而已。

十年就这样过去了。

5

时间过得真快，连着两日巴比伦没有睡觉。第三日，早上五点刚过，他就开着自己的奔驰车沿着蜿蜒的山路下山了。秋雨绵绵，雨水鞭打着车身，雨刮器不断在晃动，巴比伦不得不紧紧握住方向盘，左手边是高耸的似乎要塌下来的山，右边则是陡峭的斜坡，天空布满乌云。

他在思索自己与这件事的关系，那个三十多岁的女人如何进入他的房间并诱导他回忆十年前的事情。他留意到了她的裙子,以及鞋子上的红蝴蝶,也留意到了她的眉眼,却没有跟得上她的思路。她挤入了他记忆里的三十八岁,也挤入了他的四十八岁,他看得见自己很快到来的灾难。

"巴比伦老师,我们家一直如此称呼你,直到现在。"高思欢离开之前说,"你不知道这件事如何摧毁了一个家庭。此刻我站在你面前,十年,如果我不提起这些,又有谁会提到思阳呢。也许最好是让一切保持沉默,对你来说最好,从前毕竟我一无所知。高中时代,我也暗恋过自己的语文老师,也会对英语老师产生性幻想,但是,那件事把这一切美好从我身上删除了,把我的生命改变了,也把我父母的生命改变了。你,或我的姐姐,赋予了我另一个生命,你们倒像是一对夫妻,一男一女,在我的世界里对我建造成人的世界。一年又一年过去,而我的一部分停留在了那个高中,直到完全留在过去。现在的我,十年之后的我,想从你这里拿回我自己。所以从年初就开始筹划了,实际上比这更早,从你写了自传就开始了。过年的晚宴上没有姐姐,而你在电视里手捧着大河学者的证书,作为城市的形象代言人你在讲着话,对着全省全中国的人,你祝着大家新年快乐。我坐在那里,体会着从未有过的感受。巴比伦老师,我的父母也坐在这里,我们谁都不敢说起你,谁都不敢呀。我母亲昏了过去……她产生了某种直觉,不是恋爱,而是引诱,那些情书是她在引诱下写的,像幽灵一样出现在她脑海。你在办公室里,你在你的房间,你在我家的屋子里,你做了什么你知道。第一次是怎么发生的你比我清楚。我问我自己,如果一个男人抱着我对我说爱我,如果这个男人是我的老师,而我还很崇拜他,我会怎么样呢?拒绝吗?我无法清楚地否定,我想了许久,要得到答案太不容易了。一条生命宣布了答案,她需要爱呀,在停不下来的路上,蓬勃的情欲让她不断去找寻你,你的拒绝让火焰燃烧,直到烧透整个森林,直到她感觉到耻辱,直到她觉得只有死亡可以结束这一切。我想问你:巴比伦老师,你在意吗,一条生命的结束,一尸两命,是对你魅力的献祭还是对爱情的献祭,是一首哀伤的诗还是佛家的一个偈语？你居然在饭局上轻松自如地交谈，直到人们流传出这样的段子，你年轻时候魅力大到让女生自杀。"

"你会在意吗？一尸两命。"高思欢的声音响在耳边，巴比伦想着这个问题，醒来的时候，他没有忘记日常的生活规律，早起泡壶茶，灶台电磁炉的嘶嘶声让他想到高思欢沙哑的女声。"米兔运动，你是十年前就该被爆出来的人，也许只有爆到你，你才会反思。我是报社的人，你我都清楚，内部已经做出决定，马上宣布这个国家文学奖，对你是锦上添花好上加好……普天同庆，你会有更多的演讲和掌声，满是气球和荧光棒，城市里交口相传，我的父母再次在你鲜花掌声的演出中崩溃……我倒是要让人看看，国家文学大奖里面隐藏的杀人犯、潜在的刽子手，你还能装多久？"

一条命必须以一条命归还？巴比伦并不想欠任何人一条命。南山真的太荒凉了，他从来没有觉得世界如此荒凉，那荒凉里的忧伤渗入骨头，秋天在山里出现，其次才是城里。他不知道为什么，已经感觉到自己被人群审判的目光压迫着。他在雾霾沉沉的冬天总是陷入固定的忧郁之中，一直以来他不明白自己为什么看到雾霾弥漫的冬天总觉得世界哪里不太对劲，直到现在才明白，那是人们的恐惧。

迅盾文学奖在当天就宣布了，与此同时爆出的，还有十年前巴比伦诱奸学生的丑闻。与往年迅盾文学奖公布之后总是出现指责抄袭和评奖不公正合理有人贪污有人受贿有人买奖跑奖的新闻不同，这次则是关于米兔，十年前的一场事件，巴比伦从来没有想到自己占据了迅盾本届奖的所有负面信息，但是，这次由高思欢预报了他的新闻，接着就铺天盖地。米兔本来是餐桌上男人们之间的一个笑话，关于男女之事，多的是新闻，成就是爱情，不成就是诱奸。然而，巴比伦自己成为米兔事件的当事人，他不得不开始承受随之而来的审问。

最开始是谣言，在学校吧里，微信和知乎上，qq群里，越演越烈，铺天盖地,网络上就那样出现了,要求当事人出来做出解释。接着,报纸上刊登了对那个女孩父母的采访,当时的班主任和很多同学站了出来,配着女孩从幼儿园到大学的巨幅照片,以显示她的无辜。巴比伦教授不得不感到震惊,甚至电话都不敢接,即使是儿子打来,他也觉得惊惧。一些东西,解释不清楚的。总之,不到一周,他就从男神教授下降到流氓教授,接着就是周末的早晨,都放暑假了,却在早上被电话吵醒,接到了校里教务处自己学生说出的内部消息,校方决定请他辞职,正式通知几小时后传达,让他有个准备。但是电话里头也说:"没有人想惩罚你,而且也没有证据表明你犯了什么错误,但是上面对此事的态度明确,一般人都可以看出个究竟,而且社会舆论大……"

巴比伦看了对思欢父母的采访,出现在翌日中午电视上的画面是当天上午拍摄的。只十年就白发了,花白头发的父母靠着她的墓碑:"并不是为了复仇,只想有个说法。"做父亲的说,母亲在那里坐着,泪水像蜡烛一样流干了,只剩下一层皮,没有了油芯,再也无法燃起。他们都在讨伐他的半生自传,说女儿离去,而对于那个肇事者,家庭永远最重要,掌声和玫瑰叠加,一切显得那么幸福美满。"其实不是的。"巴比伦默默地在心中说。他注意到一个细节,高思欢精心梳理过头发,同时还专门画了眼线和口红,与此同时出席和陪伴的,还有当时自己教过的两个学生。那一对父母太老了,也疲惫,那种衰老和疲惫对他是种嘲弄和审判。除了这些场面,还有别的学生补刀,不能不说场面盛大,他第一次知道自己的外号:"三言二拍老师"。

君子报仇,十年不晚。生活就像一场闹剧,悲伤却那么漫长。妻子和儿子也会看到这样的视频,学生们、同事、认识不认识的、仇恨不仇恨的,他们会看到这一切。想到这些巴比伦就觉得很荒诞滑稽,他们既是他荣耀的见证者,也是他耻辱的见证者,荣耀和耻辱从来不是一个人的,而孤独,那孤独的耻辱呢?

儿子给他发的短信里，让他不要接受采访。时间流逝了，很多东西随着时间一起流走了，一部分的生命，也随着那个女孩流走了。

人们将他画成了漫画，编成了段子；人们给他起了各种各样的外号，这一切出自记者之手，群众参演，巴比伦从来没有想到自己会这样，他希望自己放弃曾经拥有的一切光环，走进那些面目模糊的阴影里，不被人群认出，万人如海一身藏，他现在藏不了。人们嗅到了他身上的恐惧，却没有嗅到他的绝望，他不得不关上电视，拉断网络，在黑暗的房间里，想着自己小时候的梦想，做个军人，而不是一个作家。也或者，那天不要到女孩子家里去……

不过，他知道，时代日新月异，头条也不过一周，人们是容易忘却的，很多事情爆炸之后会平静，事情还会由复杂到简单。但是，他也知道，他的名誉当然已经造成不可挽回的损失，接下来人们对他的探访，无非是说他继续寡廉鲜耻活着，也或者，进入中老年男人那种彻底的颓唐，这些推着他进入抑郁者行列，不得不靠着药物维持生命，也有可能，推着他进入急速的死亡。

也就是这天，巴比伦开着车子往市里去，回到自己在校的房子，坐在书房靠窗的那张桌子前，等待着即将到来的宣告，电话已经是接了的，妻子回应的，短信发到了妻子手上，然后妻子接了电话，和他说了，他将不直接出现，美其名曰，身体不舒服，但也只是为了一点最后的体面。教育部的人会来到他所在学校的那所房子，宣布大河学者称号的取消，与此同时取消的，当然还有相关称号的待遇。关于迅盾文学奖，网络上也是一片呼吁，甚至有一批好事文人，包括小说作家，要求重新评审，或者取消颁奖，撤销通知……

巴教授一生最怕的事情，就是十年前一个女生为他发疯。他觉得自己的名誉随时可能因之受损。而现在,在等待"宣奖"("宣判")的上午,他突然看见了那个去世的姑娘。他已经四十八岁了,远谈不上年轻,遇上那个姑娘的时候,也已经人到中年。

他将背靠向身后的书架,决定好好想一想,网上漫天都是她的照片,鲜红的标题标出他对她的伤害, 当年学生的佐证,以及后来好事者的推测。太过危言耸听了,即使给过好处的那些学生,他们也站出来了。即使是妻子,他也不想她知道自己偷偷阅读这些东西。此刻,他太想逃离,将目光从电脑上移开,从她穿着裙子学习白天鹅的童年照上离开。于是,他移开目光,窗外,视野里都是高楼,永远阴沉的天,仿佛像当时的心情。一切就那样发生了,想起来还觉得不可思议。

附记:

那个男人在白露到来的那天早上自杀了, 记者对两边家属进行了采访,一边说是咎由自取,一边哭哭啼啼。镜头里,巴比伦家床的旁边是个婴儿摇篮,奶白的小婴儿在吸吮她的手指,新一代女性在摇篮里正节节成长,还不知道世界的颜色。记者们又一次借此掀起了社会的大讨论,有些反思流言的可畏,有些在探讨抑郁症如何快速吃掉一个人,有些带着惊恐,有些带着惊讶,有些未必没有幸灾乐祸,有一些,带着敬畏,开始思考生命。一个改行做了大学新闻与传播学院教授的记者出来自我反省,他说中国男人缺乏反思,尤其那些有声望和资本的男人,发生这样的事情,他们只会觉得怨恨而不会觉得悔恨,而巴比伦,却在十年之后为一个女生永久沉睡,人们应该感到骄傲,尤其男性,说明生命还有一些东西,比如羞耻是会死人的。——但这也未必不是女记者或者女作者的一厢情愿,毕竟人命以人命来交换最平等。一些巴比伦活得很好呢,一些巴比伦在抱怨着自己倒霉,被米兔运动揪了出来,也可能有少部分在反思,不管是男性还是女性,爱情建立是相互成全之上,还是互相劫掠? 这个前记者还补充:中国女性相对是进步的,引起国家对男女平等观念的提倡也就百年之久,很多女性还生活在男权的阴影下,精神拳头和真实拳头还挥动在她们脑海中,她们是最不缺乏反思的一类人,她们反思的是,何以我承受如此的灾难,难道我有罪? 对于男性则不必,他们理所当然地享受着一切,尤其是女性的服务,对此他们颇为得意,认为"伟大的女性引领我们上升",是褒奖也是色情,文明如同一种包浆,将他们的横蛮抹除了。

总之,关于巴比伦教授桃色事件的结果,就是这样,但不得不说一句,这可能是女性作者和读者的一厢情愿。

急需海上一条船

1

穿着薄纱裙子,离离在海边的沙滩上站着,迎着风,笑。海洋灰蒙蒙的,潮水带着脾气毫不留情地拍打着岸边光滑的石头。躺在床上,吴天都可以听见海水涌过来的声音,撞击在岸上,一次次,雷鸣般的响声显得冷酷而克制,似乎有它自己的节拍。一只船在她身后不远的海上扬帆,像是要远航……

吴天看着镜头里的姑娘,听着她讲她想拍个微电影,希望他回忆一下她童年的样子,哪怕某一天也行,忽然间觉得自己老了。就因为她的话,吴天想到她五岁时第一次见她的样子,那时候她小小的,像大多的小姑娘,可爱,内向,却依恋着他。她母亲给她起名离离,确实人如其名,让人不舍。她不是他的亲生女儿,准确说那时候还不是他的女儿。但在吴天看来,不把她当作亲生女儿又太难了。虽然,与她的母亲结婚时,她已经上了高中。可是,他在她五岁就来到了她的世界,来到了她们母女的家,那时候,他还不是她们法律意义上的家人,还不是个合法的家庭成员。但是,他经常和她们在一起。那时候,他有自己的妻子,还有一个儿子,妻子家世显赫,儿子又年幼,家庭一致希望保持完整性,他总觉得要等等,再等等,这一等,就是十多年,也真委屈了她们母女。尤其是蓝蓝,从三十岁初,在传闻里,就被人们说不检点。吴天知道,自己的母亲也是讨厌她的,而这讨厌,完全是因为自己在十多年里一直没有给她名分。

外面的雨在下,所有窗户都关得严严实实,但沙沙沙的声音听起来就像在耳边私语,就像棉被也被耳朵弄湿了,越来越潮。吴天看着离离传来的照片,想着她和她母亲蓝蓝,想起了很多年前的一个夜晚,他独自陪着这个小姑娘过的第一个夜晚。

他最开始是和这个小姑娘的妈妈好上的,后来,倒像是和这个小姑娘好上了。做母亲的,打电话给他,总是以小姑娘的名义,她感冒了,没有吃饭,她说她想出去玩,她说她想你……小小的面团团的姑娘,母亲的撒手锏,随时拎出来让他就范。他想不来那些重男轻女的人,一个小女孩儿,小手小脚,柔柔弱弱的,抱在怀里似乎是饼干,生怕压碎了,小猫一样绵糊糊,怎么舍得。女孩子,天使一样的小姑娘,就是派来征服男人的,男人实在太硬了,太百折不回,可是,只要派个小姑娘就可以了。她会以她的小手小脚,以她的哭泣和微笑改变一切。

他给她讲《格林童话》,讲安徒生写下的那些故事,也讲丑小鸭与白天鹅。总是他哄她睡觉,编一个又一个故事。做母亲的看他这样,说他是个女儿奴,如果他前妻当时给他生个女儿,也许就离不了婚了。

离离呀,实在太可爱了,不把她当作自己的女儿太难了。以致他后来和离离妈蓝蓝结了婚,倒像是和离离结了婚。最开始的开始,离离当然对吴天进入她们母女的生活有抵触情绪,但她很快就接受了新生活,用她对幼儿园中班小伙伴的话说:"吴叔叔没有我爸爸长得帅,但比我爸爸长得高,还有胡子,性格好,每次都抱着我举高。"小伙伴们以出人意料的庄重表达了这一点,好像在于他们,非常通情达理,因为离离的亲爸爸并不经常去接送孩子,而吴天倒出现过几次,还带一堆吃的玩的,巧克力和棒棒糖,孩子们喜欢大白兔,他就给他们买大白兔奶糖。他实在是个吸引小孩的人。自己的儿子,也一度迷恋他迷恋得不得了,让做母亲的嫉妒。——那是他很小的时候了。那个年龄的小孩子们,经常有着各种不切实际的渴望,比如他们会想换一个妈妈或换一个爸爸回来,他们对自己的爸爸妈妈总有着各种不满意,内心就想换了别人家的爸爸妈妈来。比如,大家一致认为班里敏敏的妈妈最好,因为总是给敏敏做可爱的饭菜,还给敏敏织有她名字的毛手套,另外给敏敏养了兔子和乌龟,让它们赛跑,而大多人家的妈妈,她们不织手套也就罢了,有时还要打人,至于养兔子和乌龟,做梦吧,总会换来一句:"连你也养不活,还养宠物?"他们当然也想换爸爸,像离离的吴叔叔就好了。因此,当离离说吴叔叔经常到自己家可能做自己爸爸的时候,小伙伴们一致表示了祝贺。也因为这样,吴天后来就应离离的要求,给离离买了一条小泰迪,以让她在小朋友面前显摆。离离给它取名叫小燕子,因为那时候电视上经常播《还珠格格》,离离最喜欢小燕子,她觉得她的狗像小燕子一样可爱,长得也像小燕子。离离对吴天的些许排斥,也因为小燕子的到来消除得没有踪影了,她开始渴望吴天哄她睡觉。也就是从那时候开始,吴天彻底进入了这一对母女的生活。而现在,镜头里,离离已经是成年了,二十五六岁,散发着青春的气息,挡都挡不住,吴天有点不忍直视她的眼睛。

那时候,这个小姑娘实在太小了,吴天还没有和她妈妈结婚,但是在离离的美术课上,三口之家已经出现稳定性,吴叔叔、妈妈,还有她这个小姑娘,另外牵着一条狗。吴天最为显眼,也最高大,一家人在沙海里玩,又圆又大的太阳在往下落,他在抽着烟,小姑娘的妈妈总在旁边的椅子上,而他牵着小姑娘的手,小姑娘的另一只手里牵着小燕子的绳索。

其实，吴天并不比离离的爸爸难看，而且更显得男人，这得看在谁眼里。在情人蓝蓝的眼里，当然是一代新人胜旧人。最主要的是吴天有闲有钱有本事，属于"潘驴邓小闲"，他们都从事的是文艺事业，而离离亲爸爸则是一个只知道上班的工作狂，因此在妻子眼里，婚姻越来越贬值。在这个故事里，也许离离的亲生父亲该有个名字，但是他算不上是一个可以让故事起冲突的人，在这个故事里他可以只做影子一样的存在，他不是蓝蓝的敌人，也谈不上是吴天的情敌，对女儿离离，除了生物基因的供给，没有太多东西了。简言之，可以这样说，他是个可有可无的角色，虽然，在成年之后离离还有时会带点愧疚地想起他，但她更愿意吴天是她的亲爸爸，这样她就连愧疚之心都不必拥有。——这也是离离亲口告诉他的，因为离离说他对自己比亲爸爸好多了。

说起来，离离的亲生父亲已经去世了很多年。离离的亲生父亲与蓝蓝离婚之后很快娶了给自己做家政的保姆，生了个小女孩，接着得肝癌死了。离离那时候还在上学，她倒也没有如何难过过。蓝蓝让离离独自去的葬礼，她也去了，毕竟是亲爸爸。但父亲的葬礼上，继母生的妹妹跑来跑去，她第一次觉得父亲在她生命里就像一个远房亲戚，虽然也有点疼，但实在无关痛痒，然而临着火化的时候，人家说让亲人看一眼，她还是哭了……

吴天也知道，离离的亲生父亲不过是离离生命中的一个标记性符号，不是重点符号。吴天对离离的父亲并没有多少坏印象，也当然没有好印象，但作为蓝蓝的丈夫，他曾经对他心怀愧疚又充满嫉妒，直到彻底取而代之，这份隐秘的心事才彻底放下，变为男人成功掠取猎物之后对生活的藐视，还有一种迷茫。因为成功带给他的不只是胜利，至少不仅仅是胜利，还有那么一种说不清的忧伤，也许是身为男性物伤其类的忧伤，比如，某些个夜晚，当蓝蓝去应酬，将孩子充满信任地交给他而他不得不哄着孩子编造童话和陪睡的时候，他就有这样轻微的忧伤。

他进入蓝蓝生活的最初几年，离离还是一个没有到来的人，她在"家里"生活，幼儿园生活，祖父母陪着她，父母陪着她，或者，家庭托儿所的老师们陪着她。他们在宾馆，在租来的房间，在可以睡觉的一切地方。所谓睡觉，不外乎男女的温存。那些地方谈不上舒服，但留给他们的只是快乐。一直是快乐，连悲伤也是快乐，因为有身体和爱的渴望，像火燃烧着，什么都扑灭不了，是春来草色一万里，无边无际，离离原。

离离五岁多的时候，她爸爸搬了出去，吴天进入了那所离离出生的房子，进入了离离的生活。平常，每天有好几个小时吴天会和蓝蓝在一起，比如一起接孩子，一起等着孩子入睡，一起……孩子入睡后，在孩子隔壁的那间客卧，他们就可以适度地放松自己了，谈些紧要或无关紧要的话，疏活疏活筋骨，看看电视或做做爱。这一切都得掐着时间，因为晚上十二点之前吴天应该回家，倒也不是必须回，但他说他"应该"回去。原因很简单，在他正式住进蓝蓝的家时，蓝蓝已经是一个离婚的女人，而他，还在婚姻的囚室里坐着牢，儿子也才上小学，妻子的要求，孩子上了大学再离婚。也许是策略，但吴天坚持配合着。

蓝蓝离婚之后，晚上接小孩的事情就由吴天代替了，因为蓝蓝下班比他晚一个小时，他可以早走。将小姑娘从幼儿园接回来，安排她洗澡吃饭睡觉，都是一系列要忙的事儿。吃饭睡觉一般都是蓝蓝来做，但是如果蓝蓝忙，吴天就上手了，反正都几乎是一家人了，就等着一纸证书，与儿子妈一领离婚手续，就可以和蓝蓝办理结婚手续，说到底不过是手续问题。

2

那天蓝蓝去应酬（出版社总会有应酬，各种各样的应酬），小姑娘就全权交给吴天。可是正是星期五，小姑娘接下来知道自己有两天自由时间，因此很开心地笑着，吃过吴天买的肉包子和菜包子以及巧克力和牛奶之后,丝毫没有睡意,即使吴天讲了一个又一个故事,但是她总是有精力提出新的要求,会一次次地说出:"再讲一个,就讲一个。"也就是这时候,吴天发现外面落了雨,由雨忽然起了灵感,告诉小姑娘,新的故事马上开始,题目叫作:"急需海上一条船"。小女孩问:"急需?"她咿咿呀呀地说着,"海上一条船。"她似乎在想象大海,那时候,距离她看见大海还需要很多年,但是她知道会有很多很多的水。她似乎对这个题目比内容更感兴趣,问吴天:"如果有一条船,也许妈妈就坐着船在雨里划着回来了。"很明显,她也听见了窗外的雨声。"吴叔叔,你和妈妈坐过船吗?"小姑娘咿咿呀呀问着,让他讲述船的样子。有时候,小姑娘心情好,或者有其他目的,就会爬到他身上来,一边害羞地摸他的脸,一边低低地叫他爸爸。这是他们的秘密,蓝蓝也是不知道的。他喜欢这个秘密,听到那个叫声就化了。他渴望做一个父亲,做一个小女孩的父亲,是天下最幸福的事吧,他忍不住经常这样想。

吴天想讲一个刻舟求剑的吴版故事,他自己随意想的这个题,因为离离已经厌倦了四字成语的叙述,对守株待兔、南辕北辙、完璧归赵早就不感兴趣,但刻舟求剑就是一个好故事,翻陈出新,舟子为船,他觉得在自己的故事里,将故事搬到海上就可以是另外一个故事了,他准备一边讲一边编,等待蓝蓝回家。

小姑娘似乎很兴奋,她喜欢雨,喜欢船,也喜欢海,她最喜欢的是美人鱼的故事,还为美人鱼流过眼泪呢。于是,她急切地又问:"什么叫急需海上一条船?吴叔叔,你和妈妈在一条船上坐过吗?是不是因为遇见什么妖怪了所以急需海上有条船来救你们,你们怕怕吗?"

吴天耐心地回答她的问题,尽量按照顺序来编造答案。事实上,吴天在听了离离的问题后思维停滞了三四秒,他想起了与蓝蓝的开始,想起了自己的生活,同时也想起了自己的儿子。有那么一瞬间,他想立即离开这间房子,但是他没有这样做,他看见离离白皙而无辜的小面孔,觉得轻松又快乐,他喜欢这个小女孩对自己单纯的依恋,像是一种补偿,他需要这种亲子之乐。

从一开始，吴天和蓝蓝其实很简单，谈不上什么浪漫。他们之间完全是办公室之间的来往，最开始的开始。那段时间，吴天与妻子的婚姻正苟延残喘。吴天的妻子名叫江山，在省委大院里坐着班，不过一个普通公务员，这不重要，重要的是她的父亲江宇，在省里属于数一数二的人，住在省委大院。江山是个让人感觉有距离且阴郁的女人，像所有大院里长大的孩子，脸上有种盛气凌人感，写着生人勿近的字样。其实不得不说，最初吸引吴天的，也是这股盛气凌人感，但婚后的生活就不同了，如果将给外人的面具搬到家里，就是另一回事。江山倒也谈不上不讲理，但给人的感觉四十岁不到，就像个马列主义老太太，凡事一副公事公办的面孔，即使是儿子准备买一个奥特曼，也要吴天接受她自己批了才可以，否则不行的。没有孩子之前，吴天还觉得江山品位高，有了孩子之后，他只觉得她烦琐，不过也可以理解，大院培养起来的高品质，吃东西是很在意的，孩子放在她手里放心。此外，还有洗澡，即使冬天天很冷，她也会每天必然要求吴天洗澡。他们是雇了保姆的，就连儿子洗澡事宜，江山也是每天盯着，如果出差，电话盯着。至于爷爷奶奶要看孙子，江山通常给出的理由："孩子还小。不宜出门。"但实际她觉得孩子出去会沾上很多病毒，尤其爷爷奶奶抱着亲，有很多唾沫。爷爷奶奶来看孙子，吴天父母刚出门，拎的东西不是被送了保姆，就是扔了垃圾桶。然而她也算是极其孝顺的，逢年过节会派了保姆去送吃送喝。即使后来离婚了，她仍然保持着这品质。此外，邻居们出门下楼有给小孩子送吃的，江山见了，也是一顿怒斥，她对他们即使信任，对那来源不明的食物也不信任……她对吴天的要求也是如此——不要带病菌回家。江山的母亲是一名医生，也许是受了她母亲的影响，她对一切总觉是不洁的，要尽可能隔离病毒。他们是在大学时恋爱的，上的同一所大学，老乡联谊会上，江山大方又开朗，征服了在同一个省城出生的吴天，加之江山极其主动，很快就走在了一起，毕业就结婚，那时候吴天也不是没有幸福过，不过他一直觉得自己有点配不上江山，至少门不当户不对，人家江山是省委大院的。然而，江山说自己看上他完全是因为长相。爱情不重要，重要的是生活，一日又一日的重复。然而，如果要吴天真的将离婚提上日程，他其实也心有余悸。不过，夫妻之间那方面，自从有了儿子后，也是很少的。江山受的教育，觉得一个男人太过热衷性事会毫无出息，因此她要求吴天节律，她以自己的爸爸为榜样，说他与自己的母亲分居两地，各自奋斗，到五十岁的时候才创造条件生活在一起，认为男人要成就一番事业，不该耽溺于儿女情长。加之，生了儿子之后，以为育期内没事，结果儿子不到三个月就又怀孕了，不得不去做流产手术。检查的时候发现是宫外孕，做手术时大出血，将两个家庭都吓坏了……那之后江山对房事就更不热情……就像茫茫夜里在海上漂流，分明是苟延残喘，但日渐过成了日常性哮喘，靠着一块眼看要沉的浮木漂荡。儿子就是这块木，无数次，心里想的，无非是：急需海上一条船。蓝蓝的出现，就是这条船的出现，天亮了起来。

吴天开始讲故事。他对自己的故事很满意，他记得读书年代看过那本书，书里有个叫鲁滨孙的男人，他漂到了一座孤岛上，像野人一样生存，经历了很多磨难，最终活了下来。他根据记忆加入了很多自己想到的情节，比如在岛上吃土豆，跟岛上的动物们作战，养了只兔子。他也说起鲁滨孙的外貌，养长了头发，胡子像圣诞老爷爷，但是他手里总拿着一根长杆，当他的金箍棒。

吴天讲完故事后，感觉对自己的故事很满意，但是离离还没有睡着，反而更精神了，越发想和他说话。小女孩开始绕圈子，讲自己在幼儿园的事情，讲他们的一个老师染了一头紫头发，说是葡萄紫，小姑娘说她想染一头大海蓝的头发，坐船到大海上去找鲁滨孙这个野人。他笑了，认为这和她说要变成某个仙女一样,可她却是认真的,接着说:"我们班上一个同学的妈妈染成了白头发,全身像个混血儿。"她说道,"一个男孩想染成绿头发,他说他喜欢草原,要变成一个草原……"听到这里吴天不由笑了,男人都怕绿,那是进入成年时代。她嘟囔着,染成蓝头发,要妈妈回来就与她商量,她说这事完全由她自己决定,只需要问妈妈把爸爸给的压岁钱拿出来。"爸爸",吴天心里动了一下,并没有叫出来。他在想是不是儿子也会如此说起自己。

"你还不到十八岁,处于成长期,为什么要破坏这一头头发?"吴天问。离离的头发随了母亲,微卷,有种旷野的感觉。吴天喜欢蓝蓝,也跟喜欢她的头发有关系,他觉得那天然的狂野像一种呼叫,等着他去抚摸。确实,很多男人觉得卷发是一种性感,在这一点上,他也不例外。离离像是蓝蓝的复制品,他看见了她的童年,让他不由自主心旌荡漾地爱起来,越来越爱。因为爱着蓝蓝所以才爱着她的小姑娘还是因为爱着小姑娘才爱蓝蓝,他自己并不明确。——不过他自忖无有邪念,一切都还是思无邪。也许是因为小姑娘不喜欢这个话题,也许是因为她说累了,也或者她沉浸在自己的想象里。总之,吴天好一会儿没有听见离离的回话,俯身看她的时候,发现她已经睡着了。小小的孩子,均匀的喘息声,像海上驾着一条船,远远驶来,远远离去。

见离离睡着了,吴天开始想自己儿子睡着的样子,这种联想是不由自主的,看见别人的孩子,想起自己的孩子;望见一片蓝,想起一片海;说到鲁滨孙,想到读过的书上叫作鲁滨孙的野人;编一个故事,就想象这是自己写下的,深深地为那种编织着迷。吴天很早就觉得自己联想的功夫了得,但是他也为此伤感,比如此刻想起儿子。说实话,他不是很喜欢自己的儿子,但也谈不上讨厌,儿子的出生像完成了一种任务,至少是一种交代,岳父母和自己的父母都很满意,觉得后继有人,妻子当然更觉得荣光,认为第一胎是儿子,对得起他。也许正因为如此,他对儿子的到来总体来说缺乏一种热情,孩子的出生并不该是一种补偿,但因为是儿子,带把子,倒成了一种亏欠,似乎他赚了很多,也许就是这种狭隘的潜意识,让他从来没有对儿子表示过多少热情。当然,他也不是没有跪下来当牛当马让他骑过,但大多时候,外公外婆将儿子伺候得很好,吴天一直做着周末观光爸爸这个职业。也就是周末,才能有时间去与儿子相处。

吴天躺在主卧的床上,点起一支烟。蓝蓝在的时候,他一般不喜欢进主卧,这曾经是他们夫妻的房间,不是他的。他喜欢在客房,或者在孩子的小房间休息,他喜欢离离。此刻,因为在前面讲到大海,他就被小女孩邀请到这个她说是大海的房子里,扮演海上的鲁滨孙,也同时扮演离离的保护者。小女孩睡着了,故事就开始以其他方式继续。现在,吴天找到一个观察这间房子的视角,饶有兴趣地打量着房间的布置,同时,不可避免地,在人家以前新婚住的房子里,想起了自己的妻子。

不是没有过温暖,但是很多方面就像是设计,比独断专行更让人痛苦。怀上儿子的前两月,江山就下决心隐瞒这个消息,连吴天都没有告诉,也许包括她的父母她也没有告诉,她有很多朋友,或许可以寻求建议,因为那时候两个人还处于发展期,刚工作,尤其是吴天,他当时刚开始负责一份杂志,出版社的一份杂志,并不打算生孩子,夫妻也是商量过的,他后来仔仔细细想过,是商量过,仅仅是自己告诉过江山,她似乎从来没有答应过。这个女人如同她的名字一样,刚硬坚强。总之,那段时光的秘密江山留给了她自己,等到吴天发现的时候,已经不能再做选择。后来,用江山的话说,她觉得说这件事害羞,因为自己是大家闺秀,这方面的教育非常有限。当然,她也似乎是道歉,对吴天说过:"怕你不同意。——我想三十岁之前有孩子。"

也许就是那时候,吴天对自己一直寻找的爱情感到懊悔,他觉得自己是被设计了,他努力想要融入的,不是那个世界,远远不是。从那时候起,每当他为婚姻觉得若有所失，一种低落的感觉就涌上心头。但是，最开始的时候，他以江山的各种条件来匡正自己，能娶到江山，是很多人羡慕的事情，算得上平步踏青云，因为房子无数，车子也有，自己的父母没有贴任何钱。妻子后来的硕士博士能顺利入学和毕业，也完全归功于岳父大人对女儿的厚爱，与此同时，爱屋及乌，自己也混到了这一切，编了几年杂志，很快就是副编审，接着转为正的，再接着，混到博士学位证，开始兼职于省里的综合高校，有名学府。比起那些还在原地踏步的同学，三十五岁至多评个副科，自己算是已经一步到位，前途"无量"。他不是没有平衡过，这一切是怎样来的。夫妻关系，说到底，最后是亲情和利益关系，很多人羡慕他的命，他知道。同学聚会上，他们笑着说一命二运三风水，四积阴德五读书，吴天这些方面都修得好。比起岳父家对宝贝女儿和宝贝外孙的付出，自己家父母也像自己，做着"观光爷爷观光奶奶"，现成祖父母，享受着一切。吴天的父母，也像是有种人在屋檐下的感觉，所以无论过年儿媳做了怎样的决定，都不会反抗，亲戚朋友来，也以儿子媳妇为荣，夸个不停。但不得不说，岳父母对自己是关照的，尤其是岳父，打的电话比妻子还多，世俗说女婿是半子，因为他没有儿子，所以吴天就算是他的儿子了，经常和他商讨一些工作和生活上的事情。

然而，他不是没有讨厌过，中文系毕业，在社会上工作这些年，完美模仿了官方和学院派的语言，分裂为两种人格，一方面满怀激情地填报政府资助的各种项目表，一方面义正词严地在报纸上发声，批评现在学术圈的堕落、杂志的堕落。他有时觉得生活极其无聊，但有时又觉得像是黄袍加身，这种感觉在他三十五岁的时候就有了。妻子和他同龄，比他拥有的更多，在职博士毕业后，直接从省委宣传部调入高校，做了大学老师，过起了她所说的"退休生活"，一年随意写几篇论文，反正有的是刊物发表，然后就是育儿、化妆、养生和购物，最热衷的是保持自己的年轻，已经几次了，将脸颊的脂肪抽到额头上，要让额头舒展如少女，她说如果可以一针让自己回到十八岁，她一定要去打一针，她喜欢年轻，喜欢活力四射，因此，她热切拥抱高科技，投身于化学药物对自己形体的塑造。

和吴天在一起，像许多喜欢少报自己年龄的妇女一样，江山会给自己少报几岁。最开始，他颇不习惯这样的谎言，但是听着听着就觉得也就那么一回事，但他觉得自己越来越渴望什么，也许是渴望另外一种生活。经常，这种念头会随着社会地位的加身一次次压下去，但又一次次死灰复燃，在他快四十岁的时候，遇到了蓝蓝，得到了一次彻底的爆发。其实在此之前也有那么几次随遇而安的机会，但天雷并未勾起地火。三十八岁，像一所老房子一样觉得人到中年，生命在向尾部燃烧，要激烈，生命要再一次热起来……

这时，他在一家日报社当着社长，在省里那所名校里兼职着一门文学课，虽然他根本不懂什么世界文学，但是他教着这门课。最主要，他喜欢这份兼职，能带给他很多向往，大学是铁打的营盘，年轻学子是流水的兵，这里有永远的青春，每当他走在校园里，就觉得自己颇能赢得同学们的赞赏，比如纳博科夫的几本讲稿，他几乎不用看，就能对着一届又一届的学生把那些他评论过的伟大或不伟大的作家复述一遍，尽管有很多作品他其实根本没有看过，但文学课程就是如此，全凭即兴发挥，尤其要想骂谁就骂谁，哪个作家都可以当着学生的面否定，臧否名人才可以树立威信，何况那些作家大多已经死掉，根本不会爬起来说一个字。世界文学不同于现当代文学，现代文学作家留下了很多后人，学院教授批评他们，很容易被揍，比如现代文学八大家那些子孙，一般教授可惹不起；当代更是不能惹，尤其是名人，各省的作协主席和副主席，还有那些掌握期刊命运的，或者通过丈夫或妻子或各种关系掌握着学术命脉的，尤其不能惹，所以现当代文学圈子就相当于一个吹捧圈子，只能说好不能说坏，不然要么抱团骂人要么出局独自玩。世界文学就不一样了，谁都可以骂两句，反正外国人几乎不会跑到中国来寻事。多亏了教的是世界文学，因此吴天总能自信满满地面对课堂进行挑战，往往灵光不断，博尔赫斯、马尔克斯、卡尔维诺、奈保尔、略萨等作家都是他倾心的对象，他随时拿他们来救场，偶尔，也用现代性和后现代理论来阐释这个世界，福柯的规训理论、德里达的结构理论、本雅明机械复制时代的忧伤，他都深谙。于他个人的生活，他得出的结论则和巴尔扎克的婚姻哲学相仿佛：大多数男人在婚后过不了几年就会对妻子产生深深的厌恶，而这一切，近乎绝对的憎恶感，是因为她们生育之后变得愚蠢和缺乏灵魂决定的。巴尔扎克的论调如此，但针对的是女人对男人的厌恶，吴天想的则是男人对女人的憎恶。一张床就像一片海洋，承载着全部的生活，不是这个人就是那个人，成年男女的生活，不外乎此，没有几个敢于独身。他喜欢在课堂上讲自己对婚姻与爱情的观察，而且，这样讲客观上可以活跃课堂气氛，年轻男女学生，至多有点爱情经验，没有饕餮之后呕吐不堪的性生活，没有婚姻与生育，他们对生活还是充满期待和渴望的。不过，文学作品会过早教会他们什么是欺骗，什么是厌倦，等他们真正进入成年生活排练的时候，就会得心应手……吴天很喜欢手拿细针去扎破气球。

与吴天不同的是，蓝蓝在出版社虽然有一份正式工作，但为了养活女儿，还在工作之外兼着一份维持生计的职业，在一家培训机构带着课，高中地理。蓝蓝对于地理一直很自信，她喜欢这份工作之外的兼职，比工作更能投入热情，她有时觉得自己的高中几乎都投给了地理，那时热情的火焰在多年之后还继续燃烧，返回来温暖着她，所以，现在兼职在培训机构带地理课。

吴天经常要推测她下班回来的时间，晚上八点半到九点之间，这个时间段，他就会关了电视，一分一秒等待。

回自己的家，他毫无动力，因为回去也多是一个人，几乎可以说，他是一个人住。当然他和他的妻子和儿子是一家人,但是有几年了,江山把他当成了对立面。她几乎很少在自己家待着,儿子上小学后,她更是逃避回自己和丈夫的屋子,下班之后就到了父母家,那里是别墅,房子宽大,保姆两个,她不必做任何事情,陪伴父母就可以了。

吴天听朋友讲过这么一个故事,他的朋友说演艺圈有个知名的男演员,作为男人,又是长得帅的人,当然拥有一副花花肠子,但是为了不成为葫芦娃爸爸,他很注意自己的精子去处。然而,有那么一个女孩子,貌美,多情,是个留学生,跟了他后,一切随他,但居然在塑料薄膜上做了手脚,怀了孕。他知道后很生气,大发雷霆,要求打掉孩子。他不想有人要挟他,他觉得这一切是那个年轻女孩故意设计的。但是女孩很坚持,一直坚持,直到生下孩子。这个男演员,他算不上坏人,对自己的妻女也谈不上多么热爱,他只是不想成为绯闻中的传奇人物。不过,直到女孩生下孩子,是个儿子,也就默认了,时不时还送一些吃喝过去,也给钱的。可是,当他最后一次到女孩租住房子的时候,却发现人去楼空。他打问了很久,毫无痕迹,因为他从来没有了解过女孩,当然也不了解她的朋友,她的一切都是他控制的,在国内的一切,为的是他自己的安全。然而他以前从来没有关心过她来自哪里,去往何方。她给了他最后的真诚——一切不过是借精生子,就这个说法。她给他发了孩子的照片,完全是他的眉眼。然而,他再也没有见到她,一次都没有。他觉得自己被耍了,非常愤怒,在这时候,他觉得自己近乎是爱她的,主要是,爱那个孩子。然而,一切不可能了,女孩给他的最后的短信里,说清楚了一切,他不过就是一个提供精子的生育机器,仅此而已,她另有所爱,而且,是同性。——后来,他疯掉了。

有时候,当吴天一个人坐在自己家的房子里,会猛然想起这个故事,他觉得朋友说的是他自己。他爱儿子,虽然不是那么爱,然而因为血缘,他喜欢和他相处的时光,但是儿子向着妈妈,一切都像是设计,唯一庆幸的是,婚姻的壳还在,江山并不打算离婚,他一直知道。她爱儿子,要给他一个完整的爸爸,这是唯一答案。然而事情早就变得不可收拾,所有亲戚那里,都是她讲述的苦难经,丈夫如何讨厌,生活如何讨厌。吴天不明白为什么一个女人在生育后能那么喋喋不休。但面对他,她却并不说多少话,始终有礼有节地用冷冷的微笑和他保持着适当的距离。"借精生子"应该算是她的一个筹划,而现在,吴天的作用完成了,作为一个牌位被立起来,儿子的父亲,一种象征性身份。

妻子的这种双重人格并不是没有令他无措过,他们曾经一起是上流社会的人,但离开人群,她就很快用眼神将他打入下层社会,毫无顾忌。

开始的时候,吴天并不能适应独居的生活,但经过几年,他已经适应那套公寓只有过节的时候才出现一下妻儿了。这是他犯的错误,别的人是这样说的,知情的几个朋友,认为他们没有本质的矛盾,吴天应该去认错,天天回岳父母家,但他知道很多东西是不可改变的。他早就学会了伪装,学会如何压抑自己的情感,他不是没有认为一切都是自己的敏感造成的,但是最后得出了答案,他不过是个奉献种子的工具。在颤抖和呜咽里,一个人的晚上,独自居住的三口之家的大房子里,他达到过很多次高潮,以此保持最后的自尊独立。

与蓝蓝的生活,其实并没有什么惊心动魄的故事,但是每当吴天诉说他的不幸、他的忧虑,蓝蓝随时可以切换角色,仿佛自己不仅是他的情人,还是他的母亲、他的姐妹、他的朋友。他喜欢蓝蓝这样的委身,保全了一个男人的面子,又给了足够的理解,以及陪伴与安慰。

给离离讲鲁滨孙的故事的时候,吴天想到了儿子,想到了"芳草离离"这个词,他觉得自己在那套房子就像被生活放逐的野人鲁滨孙,急需海上一条船,急需海上一条船,急需海上一条船……

有了蓝蓝之后,这种绝望早就被掩埋在平静淡定的外表下了,甚至,对儿子的情感,也被离离取而代之。

为什么吴天不去和父母住呢? 现在只需要回复一下,就可以解这个答案。吴天的父母那时候已经退休,和自己的妹妹妹夫生活在一幢房子里,靠着妹妹妹夫的照料而生活,所以,吴天并不想回去给他们添麻烦。一些时候,也是会过去坐坐的,谈谈自己的儿子。至于回岳父家,那是因为没有热情,人家也不邀请去,虽然儿子会打几个热情的电话,但也至多在节日,要不就是他生日。对蓝蓝,吴天则一直装的像没有家人。她知道他们的夫妻关系,她同样也知道他的生活,一半仰仗于岳父的鼻息,所以并不步步紧逼。这指的是开始。

　　他们的开始是办公室互送秋波,接着是一些偶然的性爱,在钟点房,在野外,有时也一起过夜。慢慢地,他们移居到蓝蓝的房子,必须小姑娘在祖父母家和她爸爸不在家时,必须在那些偷来的时刻。

　　在现实的光影里,对吴天来说,有这些就够了,如果说他的生活里乌云一片,但蓝蓝也至多就是一潭绿水,属于"昨夜闲潭梦落花,今朝春半不还家"那种,但还不至于抛妻别子,有这些他就满足了。只要不太出格,江山不至于管他,因为江山早就对他的身体没有兴趣了,有很多次,他期待江山的电话打来,晚上十点十一点,然而不可能,一次都没有。他和蓝蓝在一起面对面坐着,忽然之间,她陷入那种矫揉造作的挑逗,陷入某种孩子式的呓语,他就希望妻子江山的电话打来,这样就什么都不用说,一切不言自明,让她听那呻吟,让她做出决定。有几次,他仿佛进入了那样的场景,低着头,喃喃自语结结巴巴,进行练习。但实际上,并没有江山的电话打进来,有的只是蓝蓝新一轮的呻吟,她是个很容易就被激起风暴的人,身体容易在那种挤压下痉挛,连男人都是嫉妒她的,那样的酣畅淋漓。而且,她把一个女人对男人的在乎也发挥到极点,她吃醋吃得不像样子,却又极度留情面。

　　有一次,她趁吴天到盥洗室洗澡的当儿,检查了他的钱包,发现了里面三口之家的照片。她气得发疯,但却并没有吵架,等吴天回到家里发现的时候,他看到自己老婆照片的头上卡了好几根针,其中两只眼睛处分别卡着两根针,最主要的是,眼睛已经被戳空了。其他还有一些针,在额头的太阳穴上,在嘴上、喉咙上……他甚至不知道她是什么时候心血来潮做的这些事情,但推算起来,只能是他去盥洗室的时候。看到别的女人将自己的妻子钉成这种样子,他不是没有心惊,然而他又很快被蓝蓝这种酸溜溜的醋劲吸引住了,他喜欢她这种内部的倔强和凶狠,他认为她是在乎他的。

从那以后,吴天再也没有在钱包里放过三口之家的照片,仅放着一张儿子的童年照。那时候他已经初中了。

他曾经不止一次想制造那样尴尬的一幕,推动他这样做的力量其实非常薄弱,他不想正面面对江山,这样会陷入解释。他不想修复和江山之间的关系,他早就想过了,也许她从来没有爱过他,那样的校园爱情,可能只是掩饰她的其他情感,否则她不会那么主动,也不会很快就不经他同意生了孩子。他不敢问自己是否是爱她的。她是他儿子的母亲。对蓝蓝,他总是这句话。这听起来有点奇怪,但对于一个需要解释的情人来说,这句话就够了。

他在这里,讲着故事,等着小姑娘入睡,却不知道蓝蓝到底在做什么,他信她,却又不信任她,这话听起来矛盾,但事实就是如此,这就是正在发生的事情。蓝蓝不在,去上地理培训课了,他知道自己不能去找她,不能把小女孩独自留下。吴天想到这里,就觉得又像个圈套,但这个圈子是松的、柔的,他愿意沉沦。

3

离离醒了,还没有过十二点。她的声音尖细而微弱地嘟囔:"妈妈",很明显是带着哭腔的,她奇怪妈妈怎么还不来,同时,她爬过来缠在吴天跟前，要他重新哄她睡觉，嘟囔着叫他爸爸，摸他的脸。"妈妈来电话说在陪人，一个学生突发阑尾炎，她让你睡觉，睡起来她就回来了。"小姑娘不知道"阑尾炎"这个词，但很明显，知道妈妈有事就不担心了，她说她不要吴天离开，要他陪着她睡觉。她说梦见四处都是水，但她在找一条船，总也找不到，而吴天却不在。说着，她让吴天将她的小痰盂拿过来，她要尿尿。吴天就抱起她来去尿，像小时候抱自己的儿子那样，小姑娘并没有睁开眼睛，继续在似睡非睡中说着话："水上什么人都没有，妈妈和你也不来找我，爸爸也不在，我很怕怕。"小姑娘抿了一下嘴，接着说，"我不明白为什么别的小朋友比我勇敢，他们有些还捉鸟、捉青蛙。""你也是勇敢的宝贝，赶快睡觉吧。"吴天说。小姑娘拉着他的手说："再讲一个故事吗？讲一个，妈妈就回来了。"吴天回答："你不是说你已经五岁了，可以独立睡觉了吗？"好几天前，蓝蓝和吴天说过，离离说自己五岁了，要一个人睡觉，不听妈妈唱歌和讲故事了。小姑娘说："那要妈妈在跟前，她总是凶我，我不喜欢她。我喜欢吴叔叔。"说着，她就像猫儿一样贴进怀里来。吴天的心动了一下，孩子总是这样，对着妈妈说爱妈妈，对着爸爸说爱爸爸。"那你爱爸爸还是爱吴叔叔？"吴天问。不知道为什么，他这样恶作剧，这是第一次如此问这个小女孩。"我要吴叔叔是我爸爸。"说着她就睡过去了。这让吴天想起前不久的一件事，蓝蓝还大发雷霆，觉得不该让小孩子这样。她是一心想清除掉前夫的痕迹的，这也许是一种向吴天的表态，旧人旧事对她毫无影响，她爱吴天，只爱吴天。

那是蓝蓝出去兼职的一个黄昏，吴天看护着离离。她在母亲的房间寻找宝藏，吴天在旁边看书，却在衣服柜子底端的一个抽屉里拿出个大相册，打开来，是蓝蓝结婚时候的照片。房间里的布置在正式离婚之后就已经改过了，包括主卧床上的大幅婚纱照，客卧墙上的夫妻旅行照，还有那个男人的一些物迹。辞旧迎新，这一点蓝蓝做得很好，只等吴天也给自己一个敞亮的说法。然而，柜底居然藏着这东西。吴天问："你怎么拿出这些?"离离说:"妈妈客厅抽屉里有钥匙可以打开。"小姑娘一边目不转睛地翻着相册一边说,出奇的安静,摆出一副不想搭理人的样子。吴天也不由自主凑过去看。然而,很快他就觉得颇为不适,随着他在离离生活中的分量越来越多,他有时会嫉妒那个男人。对于蓝蓝,他倒没有过这心理,因为蓝蓝一直敞敞亮亮的,如同她的名字。

可这件事却被蓝蓝回来看见了,接下来,蓝蓝和吴天闹了一场。她说她不想让孩子对父亲有什么记忆,说那一段记忆并没有爱情,孩子知道的越少越好。吴天竭力解释,说是离离自己发现那个影册的,但蓝蓝还是不依不饶,非说是吴天故意如此。在工作上,吴天知道如何应对难缠的作者,如何调停同事之间的关系,但和蓝蓝相处,最怕蓝蓝又哭又闹,已经不止一次了,蓝蓝在最痛苦的时候,就比画着要割腕,要跳楼,反正怎样都可以,她是个为爱情献身的人,吴天得哄着。他来不及仔细了解她,两个人就在一起了,接着是如胶似漆的恋爱,蓝蓝什么都给了他,一切的信任。那时候离离才一岁半,现在已经五岁了,蓝蓝离了婚,兼着职,而自己的婚姻却仍然在行进着,至少表象如此。逢年过节蓝蓝不得不孤儿寡母地过,他得回到妻儿身边,对世人做样子。蓝蓝这样表白着自己的忠心,让他越想越心碎,觉得对不起她。

现在他开始推测蓝蓝的心理,也在想那个晚上离离打开父母结婚照片的心理,那应该是她第一次看到父母的婚纱照,有自主意识以来的第一次,一两岁的时候不算。照片上,一对新婚夫妇,蓝蓝作为新娘子,穿着白色的婚纱红色的旗袍和洋装样的婚纱,头发盘在脑后,或者头发垂下来,身材比现在苗条,脸因为化了浓妆,比现在白净,而且,有一种稚嫩的小妇人气,娇笑着,或者似笑非笑,非常漂亮。那个男人沉醉的样子看起来也很好,穿着一身灰色西装,打着领带,接下来的一幅里穿的是黑色西装,领带也变换了款式。其他是敬酒时的亲友照,看得出是一个美妙的婚礼,当然有拥吻图,吴天从来没有看过蓝蓝那样娇羞的表情,哪怕第一次脱光她的衣服。一些时刻是非常美好的,算得上此生唯一,他没有拥有她的从前,这让他怅惘又嫉恨,第一次生出这种切实的扎心的感觉。她的父母看得出是快乐的,流下了泪水,父亲的手笨拙地挽着她,将她和那个男人的手握在一起,他们一起朝相机笑着,虽然笑容是装出来的,但看得出对这种生活还算满意。也许,那个时候离离就已经在肚子里,因为可以看得出蓝蓝的肚子是挺起来的,虽然高挑,但身子似乎硬邦邦的。拜天地的那张照片里,蓝蓝和那个男人的打扮都有点滑稽,大概因为喝了酒,头发光亮,脸颊潮红,外人一看就很容易想到他们接下来的事情,晚上的事情。这让吴天不想再继续看下去。

离离倒是认真地问东问西,问吴叔叔为什么开始不做自己的爸爸,她说现在换爸爸就好了,她要换吴叔叔做爸爸,要妈妈和吴叔叔还有她一起再去拍照片,她说自己长大了也要嫁给吴叔叔。这话离离说过几次了。小孩子的口吻,但那样的认真,让人感动。那个爸爸算是旧爸爸了,离离说,旧爸爸只有过生日的时候才出现下。

"我们讲一个少年的奇幻之旅的故事如何,你想听吗?这个故事里有一只大老虎,陪着一个小男孩,但没有吃掉他。"吴天问。

"好。"离离说。这让吴天轻松了不少,他的眼睛也困了,眯着眼睛讲起了故事,实际他想马上躺下睡觉的,明天再起来就可以精力旺盛。因此,他想只讲一个开头,讲到小姑娘睡着了就停下,讲那个男孩如何在大船上与父母失散,一个人漂荡在茫茫的海上,而就在这时,大船上笼子里的老虎也因为水的挤压,钻出了笼子,跳到了他借以逃生的小船上。吴天觉得这个故事接下来继续讲完会很复杂,而且涉及很多东西。这是一部电影,他不想按照剧情讲,因此开始自由发挥。这个男孩后来坐船到了一座岛上,老虎也到了那座岛,男孩并不能确定老虎饿急了会不会吃掉他,因此就爬到了一棵长满面包的树上,在那棵树上靠着面包生存,一直不下来。"那尿尿和便便怎么办？"小女孩问。"树非常大,他可以在树上完成。""那擦屁屁呢？用的是树叶子？"说完,离离自顾自笑了。吴天想的也是这样。突然,吴天意识到自己也许无法自圆其说,必须将一切想得完美,不然这个故事太能勾起小孩子的好奇心了。那个老虎会怎么办,一直坐守原地？树上的孩子要不要成为树人？果不其然,离离接着问:"那他在树上建造房子了吗？有没有在树上遇到朋友？"吴天决定给这个男孩安插一个朋友,这样就可以在树上结婚生子过日子了,就相当于另一个宇宙,靠着吃树上的果子为生,在树上盖起了房子,唯一的麻烦就是不能让树的枝干长到地上去,这样老虎可能攀缘而上。可是,当离离问这是一棵什么树的时候,他还是告诉了她这是一棵大榕树,有长长的根须,会伸到地下去自己拥抱自己。谢天谢地,小女孩没有问老虎有没有爬上来,老虎已经被打发掉了,它太饿了,跑进了山林去逮兔子和耗子吃,有时也捉一些海里的鱼吃。不过很明显,这太困难了。

吴天决定把这个故事放在给男孩安排的出现的朋友身上,这个朋友当然是个一直住在树上的女孩。这样故事就回到了王子和公主的童话,一切就变得顺畅,无论她问什么都是可以对答上来的。

当吴天这样想的时候,发现离离已经睡着了,但吴天仍然在讲,他讲这个住在树上的小姑娘,和离离一样漂亮和可爱,非常勇敢,会很多魔法,但不喜欢下到地上来,因为一到地上她的魔法就失效,就变为一个正常的小女孩……吴天絮絮叨叨地讲着这个即兴创造的故事,除了讲给这个睡着的小姑娘,他知道自己不会有这样兴致勃勃地讲故事的心情了,也不会这样爱护一个人了。此刻,蓝蓝不知道在哪里,不知道在哪张床上或者哪条街上,他不想想也不想问。也许,这就是蓝蓝的伎俩,知道他不会离开,所以放心地把孩子交给他,不让他回家,也许妻子会回来,就是要让江山知道。她用这样的手段也说不定。也或者,她和别人在一起,别的男人,说不定还是前夫。

离离找到父母结婚照片的那一晚,因为与蓝蓝的吵闹,两个人趁着离离最后睡去充满激情地做了一次爱,柔情蜜意又豪言壮语过了一晚。"他一个人坐在沙发上,房里有金粉金沙深埋的宁静,外面风雨琳琅,满山遍野都是今天。"有位作家写过这样一句话,引得所有读者诟病,吴天出版过这个作家的书,看过这句话,心里此刻觉得说的就是他们的那一晚,一些感觉,只有经历过的人才懂得,那一晚真是漫山遍野都是今天,蓝蓝很疯狂,两个人喝了一些葡萄酒,加之可能是过气的前夫带来的激情,两个人简直欲仙欲死,说好也要去拍婚纱照,不管吴天离婚不离婚,先把婚纱照到另一个城市拍了。最后歇下来,蓝蓝用手指划着吴天的脸颊,一字一顿对吴天说:"如果我有一天不小心死了,我不希望离离和那个人一起生活,我希望她和你一起,和我娘家人一起。"吴天忽然化身为电视剧里的完美情人,他想起那个叫《天若有情》的电视剧,一个中年男人养大了一个小女孩,并且不断克制着自己去爱她。他紧紧搂着蓝蓝,对她说:"你要把她带大,胡说什么。"两个人又笑了,继续来一回。吴天想起这些,才觉得也许蓝蓝在催婚,那样才可以理直气壮让吴天带着离离。

一想起这些,吴天就像被什么击打了一下,他就开始给蓝蓝拨电话,他希望蓝蓝是安全的。可是根本拨不通,蓝蓝的手机提示是您拨打的电话已关机,请稍后再拨。这是第一次,在没有蓝蓝的夜晚,他与离离待到了子夜一点多,而且还将继续待下去。不知道为什么,吴天在打不通电话之后,也就不觉得焦急了。真要有什么事情,离离也许要让她自己的亲爸爸抚养,一想到这点,他就有点疼。无名无分,爱其实也要名分的,他喜欢这个小姑娘,想看着她健康长大,走向成人,有自己的生活。包括恋爱吗?吴天不是没有问过自己,但是他很快就打消了那样的念头。他觉得嫉妒,难以忍受,就像一个老父亲,或者准确说,像一个情人,他无法想象离离和别的男人恋爱,他简直想都不能想,他觉得只要想就会生气。这一点,他很早就觉察到了,对蓝蓝可没有这么激烈,对自己的妻子更没有这么激烈,她早就引不起他的性趣。

　　"如果有一天我和妻子分手了，就和你们母女一起过，等我儿子再大一点。"吴天不止一次向蓝蓝承诺过。蓝蓝也不是不相信，通常都还是好的，但有过那么几次较真，大吵大闹。最主要的，开始的一些时光，蓝蓝的前夫没有再找，总有那样的话，这是由蓝蓝转述给吴天的："如果对吴天厌倦了，随时可以回到咱们的家里，我等你！"蓝蓝愤怒地说："这当然是不可能的，每次他这样说，我都会生气，鹰吃呕吐物，狗吃排泄物，我不想回头。"吴天知道，这话除了向他表忠心，也有那样的意思，就是让他也不要回头，出轨的情人，妻子已经是呕吐物了，在蓝蓝的逻辑里，这是成立的。这一点吴天很生气，他觉得自己如果回头，和妻子好好生活，按照蓝蓝的逻辑，也就是呕吐物。然而，吴天知道，蓝蓝对他真是依赖，觉得除了他，世界上没有真正的男人，只有吴天才是她的生命，她的四季，她的晨昏，她的人生，她的至爱，她的全部，她甚至将自己的身份证去改名为吴蓝蓝，当然也提议过，要将离离的姓改为吴离离，她说这样最好，吴离通无离，无有离别，一家人相亲相爱。在这一点上，蓝蓝向来都是赌咒发誓的，永远挺起胸脯说她天底下最爱的是吴天。然而，谁知道她外面有没有什么风吹草动，吴天连自己也是信不过的，因为在蓝蓝之外，他偶尔也会和别的女人在一起，虽然是为了新鲜，但也不是没有情动的时候。所以，若说他是完全信任蓝蓝的，那简直是骗鬼，但确实，蓝蓝让他刹车，他喜欢陪着她，喜欢到她们娘儿俩这里来。可以说，两个人在一起，是爱得如胶似漆的，爱得眼里只剩下对方。然而，一分开就不是那么一回事了，尤其这样的雨夜。吴天知道自己也不是特别想离婚，妻子那里说为儿子留个完整的家庭，不能离婚他也越来越觉得疲乏，然而，为了将这样的日子过下去，还是得对蓝蓝进行虚构，但实际上，因为根本不想有任何改变。不是没有懊恼过，感觉自己就像尊许愿菩萨，蓝蓝说什么都是答应的，不该这样啊，但一个出轨的丈夫，对自己的情人，也只有这样才可以哄好。蓝蓝不回来，世界就代表着在破坏中,说什么都是没用的,谁知道她在哪里。看着睡着了的离离,吴天感觉对生活无比绝望,但一想到还有个小小的姑娘愿意听自己讲故事,他觉得自己还被世界所需要。

离婚再结婚,拖进去几个家庭,还有朋友亲戚。组建一个新家是很不容易的,需要改变旧有的社会链,可能损失很多东西,还需要在部分人前戴着眼罩生活,蹚过很多语言和眼神的河流,找寻一条比较舒适的小径,到达一个可能不如以前或者侥幸比以前强的未来。还需要再拍婚纱照吗?还需要再生孩子吗? 还可能那样新鲜吗?

吴天喜欢和蓝蓝这样交往着,这样更好,做做爱,哄哄孩子,各自在自己的房间里过夜。与其聚焦于一个一二百平方米的房间里一起生活,不如这样。他不是没有那样的经济能力,已经可以从结婚的家里搬出来,再买一套房子,这蓝蓝也是知道的,何况学校也提供着一间宿舍可以过渡。然而,他觉得这一切太遥远了,而到达两个人结婚真正过日子,需要惊起许多过去岁月铺满的灰尘,时光把一切弄脏了,他没有多少心力重来。现在就很好。难道不是吗?

凌晨三点四十,吴天迷糊着睡了一会儿,醒来看手表。他在想蓝蓝会不会就在不远的某条街上,或者在某个男人的床上,那个男人说服她留下来,然后不好意思拒绝她就留了下来,也或者受了强迫。吴天在脑海里描摹着这些场景,连细节都不想放过,他们不是没有做过,以前蓝蓝没有离婚的时候,他们经常这样。一刻都不想分开,两个人不断地占有彼此,有时,蓝蓝真的在自己的挽留下彻夜不回家的,孩子被父母看着,她会给她妈妈打电话,说是下班晚了,有点疲惫;有时也说晚上同事过生日,有个聚会;最不济的理由,第二天早上要出差。——总会有各种理由。他想象她也许喝醉了,然后在酒吧的卫生间或者沙发上和某个人在晃动,也不是没有可能,他们曾经这样过。他多么希望她打电话来,哪怕是借的手机,告诉他:"阑尾炎手术,做完了,才发现我的手机没有电,你别担心。"他就会像个完美情人一样对她说:"你也别担心,离离已经睡着,我给她讲了很久故事。"然而他接着又在心里诅咒,"去你妈的,我给你看着孩子,你在照料着别人。"

吴天竭力劝说自己去入睡,所以关了灯。孩子已经沉沉进入梦乡,暂时不会醒来,似乎几个小时之后也不会醒来,直到她妈妈回来。他并没有去打开放在床上的被子,虽然蓝蓝说早就换过了,不是结婚那床,但是他不想让自己在主卧里像个男主人那样躺下来,入睡。他无法想象有一个人在自己的房间里和妻子躺下来,尽管这其实不无可能。在可能入睡但大脑又迅速旋转的那些时间里,他想起了那首诗:

急需爱情,急需海上有一条船。急需消灭某些词汇:仇恨,孤独,残忍,一些悲叹,无数刀剑。急需创造快乐,成倍地种植和亲吻庄稼。急需发现玫瑰、河流,还有灿烂的晨曦。沉默压在肩头,被玷污的阳光也会疼痛。急需爱情,急需生存。

被等待折磨的吴天,不断地在脑海里重复这首诗,谱了曲子无声地唱:急需海上一条船。他还想起了顾城的那首诗:黑夜给了我一双黑色的眼睛,我却用来寻找光明。在黎明往起升的光线里,他看着小姑娘五官模糊的脸庞,觉得似乎等待可以忍受。但是他又在想,如果计划生育政策有变,想和自己妻子有一个小女孩的,不是别人,不是其他。

黎明到来的时候,吴天陷入了默诵,陷入了自己的创作。而其实,大学毕业之后,他再也没有写过诗歌,他在那里一个词又一个词地念着:急需/带走/忍受/离别/承担/接受/放弃/寄托/负责……

渐渐地,他睡了过去,不再等待,不再失望。

那么离离呢？离离会不会醒过来。

当吴天再次醒过来的时候,发现离离正在看着他,叫着他。她爬进了他的怀里,他就把她抱着了。他沉在这样的想象里,想着蓝蓝永远离开了,而自己和离离不得不适应没有她的生活。

离离的小手太小了,用手轻轻地在他毛茸茸的胸脯上划,小腿蹬着他的大腿,枕着他的手臂,像猫一样喘息着,又睡了过去。这一切也许不该写出,但事实确实是这样,吴天有一种渴望抚摸和穿透的欲望,他想去破坏什么,建设什么。他克制着自己的手不要去动,静静地躺着,他觉得这个过程比一个多世纪都漫长。他强迫自己去想如果蓝蓝死了离离会怎样生活,自己会怎样生活。他依次想过了离离的童年,离离的少年,离离的青年,离离的大学,离离的——爱情与婚姻。

他想象离离十岁的样子,十五岁的样子,十八岁的样子,想象离离的二十岁,二十二岁。他的离离还会迎来她的三十岁,三十五岁。这不是预言,不是愿望,但肯定会这样,离离会逐渐长大。蓝蓝会不会回来不重要,她死掉或者活着也不重要,不管怎样,生活会一日日往前推,离离会一日日长大,直到自己消失,像一个橡皮擦。吴天想象着不同年龄段离离的样子。

想象:

离离十岁,上着小学,从学校回来,是不是眨下眼睛,要他讲作业。

离离十五岁,上着中学,戴着耳机,已经有少女模样。

离离十八岁,准备考大学,看起来像个快要破蛹而出的蚕。

离离二十岁,在大学里谈着恋爱,说要带给他看。

离离二十二岁,失恋了,回到了这套母亲留下的房子里,与自己生活。

离离三十岁,结了婚,带着自己的祝福。

离离三十五岁,离了婚,带着孩子,转身和自己生活……

可怜的离离。人生苦长,生活会教会她很多。

他在心里暗暗祈祷,只要蓝蓝活着,他愿意结婚的。他像是被这个睡着的小姑娘控制了,希望自己是她的爸爸,免除她的一切灾难,希望她的妈妈活着,能给她甜蜜的母爱。然而他也不无恶毒地想,如果她父母都死了,这个孩子就会是自己的了,就可以像前面那样展开来畅想。

那一晚,蓝蓝一直没有回来,雨下了一夜。

4

吴天将上面的读了又读,觉得也许离离有一天会读到它,反正他这样写下了。"我读了你写的我的童年,可是没有发现结束。后面呢?"也许离离会这样问。

离离是影视专业毕业的,想拍拍自己的童年,于是就让爸爸(继父)给她写下来。她读这篇文章的时候,发现浑然是另一种样子,自己在里面很少很少,但自己又整个的人都在里面。

小时候,人们不断地问她继父的职业,吴天让她告诉他们,尽管告诉,教师或编辑,都可以。尽管那时候他和蓝蓝还没有结婚,尽管在离离这一代,几乎所有的孩子都有一个继父或一个继母,但是离离还是觉得有所遗憾,因为吴天老是拖着不与妈妈结婚。离离知道,吴天只有她一个继女,现在想来,她多么幸运,她很感激吴天参与了她的成长。

在那个夜晚,母亲没有回来的那个夜晚,吴天告诉她:"妈妈如果不回来,你以后就叫我爸爸,爸爸是你的面包树。"现在离离想起那个夜晚,还觉得怀念,她觉得那时候世界上只有她和吴叔叔两个人,没有妈妈,也没有其他人。

离离一毕业就去和人合拍片子了,不过,她一直住在母亲的家里。她的吴叔叔后来和妈妈结了婚,并没有再生孩子。他们把她当唯一的孩子。现在,吴天经常出差,都是离离去送的,因为她考了驾照。但是离离并不喜欢吴天出差,她觉得他离开的家空空的,吴天也有这样的感觉,但是马上要退休了,自己属于老干部骨干,要发挥夕阳红的力量。

离离没有谈恋爱,大学毕业之后也没有谈过恋爱,她常常对妈妈说:这样挺好的,一个人自由,不用生孩子。

对于吴天来说,和江山生活的那些日子他觉得非常糟糕,但两个人有一个儿子,这似乎又能否决一切痛苦。和蓝蓝结婚后,吴天才算有了一个结结实实的家,下午可以等着离离回家吃晚饭,在离离之前,蓝蓝回来更早,下午五点多左右,他竖起耳朵,听见妻子回家的趿拉鞋子声,会有种幸福感。房间里养着离离养了多年的一对小乌龟(那只叫小燕子的狗后来被邻居投毒药死了),吴天贴在玻璃上,像个训练有素的特务,监视着它们不要爬出来,已经有过好几次越狱,甚至一天下午,忘记关门,它们一前一后跑到了楼下去敲门。乌龟的敲门声把里面的老太太吓得报了警,因为持续了半个小时,她在里面透过猫眼喊,却听不见也看不见任何人声。这后来成为一个笑话,吴天和蓝蓝经常讲给人听,离离说拍电影的时候可以用进去,她说什么都能扯到电影,但蓝蓝和吴天很支持她,还专门给她在一家外省的杂志上开了电影评论专栏,叫"离离原上草",吸引了一大批读者。此外,在吴天负责的杂志上,父女进行谈话,叫一期一会,不知情的人,说这叫上阵父子兵,因为很多人不知道离离是吴天的继女,他们有太多一路走来的照片,没有人否认他们的父女情深。

现在是深夜,离离听着外面的雨声,狗叫声,车辆的汽笛声,若有若无的邻居的谈话声,渐渐地进入了梦乡。此刻她正在自己的梦境里,寻找一条船。本来,吴天写下的故事里,想让她想起讲过的那棵面包树,他一次次诱导她,面包树上有吃的,面包树叶子可以做衣服,但是面包树下有老虎,她不要。她想有个海,海上有条船,船会把她带到可以种植庄稼和拥抱亲吻的地方……

事实上,她看了吴天写下的故事,觉得吴天果不其然做了自己生命的一棵面包树。她爱吴天,但一直没有告诉他。她不想令生活难堪。这个秘密也许至死也不会有几个人知道。

其实应该说说吴天的婚姻,蓝蓝后来用的是寻常女人的方式,一哭二闹三上吊,她过滤掉了前两个步骤,直接选择了第三种方式。吴天不是没有觉得这是伎俩,但是爱情里,也或者生活里,谁演得起劲,谁舍得了性命,谁就得到的最多。吴天对江山的坦白,是这样的:"没有我你可以活下去,没有我,她会死掉的。你肯定也不想一个人死掉,而我,现在无法了……"江山这一点上非常通情达理,但也不能不说是一种轻蔑,她签署了离婚协议。财产嘛,也是平分的,仿佛送佛送到家,对吴天不能不说是一种成全。因此,在这后一段婚姻里,偶尔想想,吴天也觉得像是被设计了。然而,他喜欢这样的设计。大多男人会选择这样的设计,一个女人为自己寻死,吃药或上吊,送到医院救回来,满城皆知,这是对一个男人魅力的最高肯定。吴天不能免俗,所以束手就擒。再婚后的生活,也不能说是悲惨的,婚姻是坟墓,有些人死无葬身之地,有一个坟墓还是好的。总体来说,吴天对这一段爱情是满意的,对这爱情的结果也满意。

后记:

今天下午,姐姐终于同意看我的稿子了,她不像我一样无法打出来只能在电脑上看,因为经济原因也因为房子是租的,太小,我从来没有考虑过买一台打印机。她可以借助工作之便打印我的稿子出来,摊在她自己的床上读,我不行。也许,她会在工作之余读。谁知道呢?她在千里之外,但一旦她答应,她就会读完我的稿子。从博士论文开始,我养成了把写下的稿子发给她的习惯。我想象她读稿子的样子,在那间有着小阁楼的二层房子里,她读着。那间房子我夏天回去时住过,她是春天搬进那间房子的。我们像双胞胎一样过完了我们的童年生活之后,南船北马,过起了两种完全不一样的生活,她在婚姻的围城里对我的自由孤独进行着担忧的眺望,我在孤家寡人的氛围里对婚姻里的生活进行着自己的想象。我很想催她马上读这篇稿子,但是知道她会很克制地对我讲道理,那克制就像在财务处报账时眼看下班了财务人员对你说:"对不起这位女士,请您耐心点儿,马上下班了,我看不完你的票据,您明天上班时间再来。"她说的上班时间是她的上班时间,她才不会管你需要不需要第二天在她去上班的时候你需要去上你的班。于是我就只好耐心点儿,等着她有时间再看。

　　试图为某事某人哪怕是自己量身定做一些故事是荒诞虚妄的,但是这大有必要,尤其对一个中文系毕业且以教学写作为生的人来说,这既是六便士又是月亮。以上的故事就是这样诞生的,听过这样一个类似的故事,然后写下来,故事里,继父与继女有着类似乱伦的说不清的暧昧,但这种情感又在距离之内,母亲则把女儿当一枚棋子,很好地牵制了自己的情人。——女人在爱情面前总是自私的。生活,有时候就是这样左右失据,多少人会感觉无论是婚姻还是爱情,也或者就简单是日常生活,极其烦闷,像漂在茫茫海上,急需那么一条船,急需上岸,急需阳光,急需……文字是一种营救,仅此而已。

空　年

1

　　空空荡荡，就是这感觉，整个的生活，整个的岁月，空年，如果需要形容，用这个词最好。雅典最近在失业中，趁着失业学个驾照，反正工作都是三天打鱼两天晒网，她有一个决定，拿到驾照要开始新的生活，要有一个与往事告别的仪式，但具体是什么样的仪式，她却没有想好。一往三十岁上爬，很多工作看似是机会但临到跟前自己就退后了，因为被拒绝过太多次，心也就有了底。雅典之所以准备考个驾照，是想着最不济以后可以去开出租车或滴滴车，这样比在美容院和饭店好混，不然就只有做服务生的份儿了，还是洗碗和洗脚那种。说出来真是堕落，好赖当时高考还上了个师范学院，混到这地步。婚恋市场没人要，职场亦然，一晃就三十多岁了。很多女人为了交房租和生活费不得不进行恋爱，雅典也想过，但物欲的需求太少，自己一直勉强可以解决，也就不是如何迫切地找个男人。何况，心早就伤透了。就职业而言，大学毕业时如果去考张导游资格证，也比这样好,现在导游虽然不发工资自负盈亏,但小费也不少,可以到世界各地转转,再差也可以来个全国游,最差在自己的老家也可以哄哄外地人。高中同学有很多做了这个,毕竟革命圣地嘛,算是旅游区,来参观拜访取经的人多的是。这想法现在还是有的,雅典并非瞎猫要撞死老鼠,只守着一条路,也是买了导游自考书的,准备驾照过了找不到满意一点的工作,就开始考导游证做野路子旅行社的导游。

"你这想法还是不错的。"微信里,妹妹雅娜这样鼓励过她,指的是她考驾照准备开滴滴或出租这个计划。虽然看起来有目标,但这段时间,妹妹派了外甥女来住一段时间,说是趁着假期,让女儿在省城上几节钢琴课,这里琴行的钢琴老师比县城的好,地点也是联系好了的,雅典只需要负责接送和吃喝。因此,雅典开始临时当起外甥女的家长来,每天打车送外甥女冬千阳去上钢琴课,然后,她一秒都不耽误地开个摩拜自行车,赶往驾校基地。和外甥女一起生活让她觉得有人陪伴也是好的,她总是在走进琴房前对她说:"大姨,小心开车哦,几个小时后见,拜拜。"语声清脆,童音在尾间荡漾。她在这点上偶尔羡慕妹妹。共享单车在这个城市只有摩拜还活着,她已经被骗过好几次钱,其他几家共享单车,非摩拜这家,酷奇更是连她的押金都没有退,充进去的几十元打了水漂,前前后后加下来,押金299元,也四五百吧。她简直想诅咒这家单车背后的吸血资本家。早上翻看微信,发现共享汽车公司才开没有半年,好多人已经退不出押金了,似乎也在往死亡路上走。本来,她还畅想又畅想,拿到驾照,花1500元押金租个共享汽车开开,如果共享小汽车可以当滴滴和出租开,偷偷也行,说不定就可以不用什么本金有收成了。她想过的,学了车,有钱买车开滴滴,没钱就到出租车行打问,给人家的出租车做司机。因此,她有事没事都会拿个地图,这个城市的角角落落已经被她转遍了。妹妹笑她,说她本事小胆子大,也不怕开滴滴和出租出事。她解释说一般人都怕的是坐出租和滴滴出事,怎么开车的也会出事。妹妹学法律,耳闻目睹一些案子,知道其实开车师傅的安全更没有保障，因为每天面对形形色色的客人，但因为是小概率，乘客才是主体，所以一般都不会爆出来成为什么热闹新闻。

雅典虽然过得很丧，但为了嘴巴里的面包，还是乐于欣欣地去学一些技术的。妹妹说她其实懂得也多，人算不上笨，就是晒网时间大过打鱼，自己把自己荒废了，三十几岁也没有一技之长，没有个稳定的工作，完全是太吊儿郎当。妹妹甚至说再不济女人还比男人强，可以把嫁人当作一项事业，一般都会旱涝保收，没有太差的，虽不能像奶茶妹妹一样倾国倾城，二十几岁就通过嫁人闻名于世，但也至少可以保证一口饭吃。妹妹看她简直是镂空纱，哪里都露着，她学法律，和经济直接挂钩，最关注的是经济利益，不会认为自由是最大的奢侈品。在雅娜眼里，觉得姐姐雅典就是太放任自己了，实在对不住她的名字。然而，她又经常安慰姐姐：现在三十多了，有了教训准备改正也是不迟的。这样的缺点，改起来真不容易，认真改还是可以补救的。

微信上，她给妹妹曾经发过去一张照片，上面是一本书的封面，书名叫《我是个年轻人，我心情不太好》，字迹旁边配一张单车图。单车她太喜欢了，比小轿车更享受，也许，这客观上也造成了她为什么三十多了还没有结婚，喜欢小轿车的人总归还是有宏大前途的，但这么多年，从学会骑自行车以来，她觉得生活中最享受的时刻是骑着车子一路往前，撒手或不撒手都是快活，仿佛突然长了两只翅膀在飞，那感觉真是欲仙欲死。一些人看到"欲仙欲死"总会想到那方面，哎，说出来也真是羞愧，三十多岁了，那方面几乎停了，三十如狼四十如虎，她则是塞上牛羊空许约，狼没有来虎也没到，自己活成了牛羊。此是他话了，暂且不表。

如果考下驾照来，每天开滴滴车或出租车，听天南地北的人讲各种生活的故事应该也是一种幸福，她自从学车开始就有这样的憧憬。当然也有其他幸福，比如新租的房子门前有棵树，过了夏天又过了秋天，此刻是冬天，叶子落得光光的，作为一棵树，在这个季节最放荡，一切赤裸裸，那棵树上每天有很多鸟来站在上面唱歌。这简直是神奇的事情呀,树上无花无果无叶,以致她都不能准确确定是不是夏天那棵她可以叫上名字的树了,因此也不想写出来,但实在是奇怪,夏天都没有那么多的鸟,现在居然就像长了一树鸟。房间在二楼,楼层最高肯定高入云顶,二层的房子实在光线太差,一整个白天都得开着灯,以致她总有不见天日之感,但好在有那棵长满鸟的树,这冬日生活也不算如何的寂寞,每天无事可干的时候,就端坐在卧室窗前看看树。那些鸟也真是奇怪,像专门集队来给她唱歌。她夏天确实是喂过它们的,现在也喂,然而似乎它们不吃大米,也或者那大米是转基因或者出了问题的基因的食物,买下一年了,随着她搬了一次房子,居然没有生虫子。所以,她对它们也就一点面包屑的恩情,实在不足挂齿。当然,也可能是那只她收养的流浪猫的原因。它们怕被吃掉,所以只在树上待着,看见它爬树就飞走了。这只流浪猫是偶然来的。很多个年头了,除了之前在有着骨灰盒当邻居的二十二层楼的房子门口遇见狗之外,其他租来的房子里,总是有流浪猫来拜访。而这只,现在喂养在房间里准备把它在春天暖和之前赶走的,开始出现的时候就如幻觉,最初它只是真空的床板底下的一道黑影,半夜压在胸上喘不过气来的一场噩梦。很多个日子,雅典怀疑过它是否存在,直到它自己选择白日里也不从厨房那面关不上的窗子跳出去的时候,雅典才算与它开始照面。其他时候,它来,在夜里,关灭灯之后,跃入床底,不见,就像瞬间的幻觉……

她不是没有被吓着过,以为是什么幽灵,尤其是夜半。但知道房间里可能在她搬来之前就住着一条流浪猫之后,就再也没有以为是什么幽灵了。她算不上多么喜欢它,但也从来没有打算赶它走,这个期限设立在春天以前,夏天来了它必须滚蛋。谁家床底都不希望有只腐烂的死耗子在夏日发出臭味吧?它如果安心在客厅待着也不是不可以,到时再与它讲道理。雅典打定了主意才收养的它,所谓收养,不外乎就是买买猫粮给它吃,偶尔买一些猫罐头。

真的,她很开心这些鸟来看她,也很开心这只流浪猫半夜走进房间躺进她的床底下,妹妹的孩子没有到来的时候,她每天幸福的时间就是早上起来拉开窗帘看见那棵窗外的树上挂满了鸟,她觉得整个人都充满力气,尽管她的生活就世俗而言简直是失败者宣言,但是,这个世界有几个人有这么结满一树飞来又飞去的鸟和一只自由自在的猫。这幸福只有她独自享受,连妹妹也不能告诉,她知道她无法欣赏甚至会对她产生同情,毕竟同情已经在此之前就产生了,经常对她唠叨唠叨,让她学一技之长。人常常有老妻如老母的言语,对于她,多年妹妹则活成了长辈模样,心心念念地担忧着她未来如何生活。

这世上的幸福就如骑单车的幸福和看鸟的幸福,一些人和一些人的感受度天然不同,妹妹就没有能力感受这些幸福。

她想告诉妹妹,虽然三十多岁了,一个人也可以有心情不太好的权利,至亲或朋友都无权干涉,不结婚不生孩子更不是女人的罪过。好在,妹妹看了那张照片是个书封之后,似乎短暂放了心,也不再催她去找什么稳定的工作,不过,可能是为了让她感受家庭温暖,才派了女儿冬千阳来,表面说是让她照顾一段时间,实际是给她一种正常的中年女人生活的暗示。

2

早晨起来,和冬千阳吃过饭之后,百无聊赖,等着吃中饭,接着等着送冬千阳去弹钢琴。闲着无事,就想往事,仿似还在那一天,江嘉陵发来邮件,说他到了这个城市,想见见。江嘉陵是雅典以前的恋人,仅仅是以前的而已。她一大早醒来看平板的时候看到那封邮件的。她习惯于在平板上看微信。微信上没有江嘉陵,也就不必怕心跳过速死掉。她经常发短信骂他。江嘉陵的第一个号码已经被骂得换掉了,又整了一个新号,居然给她发了信息通知。于是，接着骂。骂江嘉陵就像一个项目和工程，会持续几十年。不再给她回信息的江嘉陵，如同一个死人。然而，她需要这个树洞，爱过的心早就碎裂。

现在，几年过去了，一年又一年，年华空自感飘零，在她的咒骂下，江嘉陵越来越远，她越来越觉得心安。有时候，她确实渴望他，但一些时候，她觉得这样是好的，爱一个想象里的人比爱一个现实里的人强，想象里的人不会撒谎，不会跑来又跑去，想象里的人就像一面镜子，随时都可以拎到身前。然而，平板会推送邮件信息。她在看微信公众号的时候看到了江嘉陵在夜里发来的邮件，说是要见见。

或许她应该哭。确实有哭的冲动呀。已经两年八个月二十三天没有见面了。她喜欢的男人居然发来了这么一封邮件，单凭这一点就应该好好哭一场。

嗯。她起床，回了邮件，告知了他她现在的电话号码。其实他应该清楚。几年来那个旧的电话号码也一直没有换。不管好意思还是不好意思，都该老实地承认，她希望他能联系她。

江嘉陵打来电话的时候，她没有哭。他说自己到了她的这座城市，已经好几天了，前几天在火车站就发过一次邮件，却没有收到回信。看得出，他是怨恨她的。她心里听了也急，觉得像是自己不仁不义，毕竟，她已经咒骂他很久了，天上地下，挫骨扬灰，从骨灰盒到坟墓，再到阴魂。对于一个自己爱着的人，这样太缺心了。然而相思如肠断，如果骂一个人可以缓解，那自然就只有如此进行了。最后的最后，她从淘宝上给他买了个骨灰盒寄了过去，里面包着一条他穿过的裤子。

对，就是要这效果，除了生死无可分离，就当他死了。

自从分手后，两个人在两年八个月二十三天里，没有通过声音说过话，全都是她的短信和邮件咒骂，以及他偶尔的邮件回应。这么长时间了。

她装作很平静，甚至略带笑意的声音说："可能邮箱问题吧，没有收到。"她不想直接对他说他撒谎，也不想说出是他曾经把她的邮箱设置为黑名单的问题。既然他说联系过了，没有收到回复，那么就承认联系过了好。他这样说仍然能让她开心，她宁愿去相信，是写过邮件了的。那么，是自己没有珍惜。她愿意问题出在自己身上。最后的自尊，最后的一点寡廉鲜耻。她需要这样骗自己。毕竟，她经常还发邮件骂他，他设置黑名单也是情有可原的，被人咒死总不吉利，何况，还货真价实收到了来自情人的骨灰盒，任何一个正常的男人，都会觉得毛骨悚然。

不联系已经两年八个月二十三天，但江嘉陵说："雅典是个怪怪的女人（雅典是她的名字）。"

是因为怪怪的，所以在一起的时候，江嘉陵才可以想来就来，想走就走？是因为怪怪的，所以几年之后说想见面就见面？他吃定了她？可她不想这样的，又怎么拒绝得了。

江嘉陵是个有趣的人，至少有有趣的灵魂。对于雅典来说，她实在太喜欢他了，当作一项重大工程的喜欢，当作人生里一场重大事故的喜欢。是不是这样，最终变成了真实事故，江嘉陵才选择了离开？她一直不清楚。总之，抛弃是真的。江嘉陵将她拉入了黑名单，手机和邮箱。一切通向他的路，都被堵死了。等在他楼下半个月，借过无数个人的手机。听到是她的声音，江嘉陵就会挂掉电话。她借过街头卖烤红薯的叔叔的手机，也借过宾馆女服务员的手机，还借过蹬着三轮车收废纸的手机……也是在这一次，她才知道世界上有那么多的好人。所有的人都在帮助她通向他。他关上了门。

雅典从初秋就失业了，但因为之前也不够饕餮，有点积蓄，借着学车考驾照的名义,得过且过,并不急着找工作,所以,有的是时间瞎想。想过去,想未来。外甥女来了虽然安排她占用了一些时间,但整体而言还是轻松的。实际上,此前她也没有什么正式工作。师范大学肄业只混得一个结业证,没有混到教师资格证,所以并不能进入初高中或小学教书,虽然说来也是眼红的,因为看着那些正常的没有挂科或者补考都过的同学考了公务员或者做了教师,最不济进了幼儿园,她一度失落过,但并没有什么后悔。生活早就教会了她,喘着气就是赚的,没有什么成功不成功。家庭事业婚姻,也不过如此,是谋求太多的诱饵,乖乖进入就着了道儿,往后一路顺着时间的安排,直达坟墓。多么可悲的生活。正经工作和结婚生子一样,看起来安全合法,规定时间规定地点上下班,规定的人进行合法性交,仅此而已。在人前,雅典也会说结婚是必要的,她总说在提高自己的做饭手艺,提高了说不定可以增进魅力,说不定有机会体验婚姻的现实和好坏,就如找工作一样,对于认识的人,她一直在努力营造出一种积极生活的模样。只不过结果挫败而已,态度仍然是好的,实际上雅典知道自己的性格,一辈子几乎不可能指望得上男人,孤独终老几乎是定了,发大财也不可能了,三四十岁,求仁得仁,求财得财,这两者对她来说饿不死没有什么是必须求的,不如就如此随遇而安,殊途同归,大家最终结果都一样。

妹妹曾说:"姐姐做脑力活的热情不如体力活,总是充满干劲。"妹妹也曾经说过,"体力活就如美容和理发,总不是一辈子的事情,你应该考虑一下你的将来。"妹妹本来该有妹妹的样子,但结过婚生过孩子的妹妹,对雅典也像是对自己的女儿说话,经常要训导的。前面已经说了,多年老妹如老母。没有任何特长的雅典,要想短时间内赚到一些钱,干体力活是最快的,比如发传单,比如培训机构招人,比如送外卖或送快递,比如当公交车的收银员。这些都是实实在在的,她并不觉得有什么丢人,虽然平时也很怕遇上昔日的老师和同学,躲着他们不与他们聚会和联系,内心里并不以为意,前面说了,殊途同归,怎样活着都是要死的。不过,她还是经常偷偷看以前大学建的班级群,也通过人人网看他们的动态,有时私下与几个人互动下。人人网这几年不再时髦,qq群还好,虽然只有过节和导员生日才有人出来问好祝寿,但是一些人的空间还是经常更新的,多是游玩和晒娃,结婚和离婚,但已经够满足雅典的窥视心理了。雅典有时感觉自己就如一只猫头鹰,一动不动在高空窥视着大地上来来往往的人群和耗子,就如此了,窥视也是一种乐趣,他们在替她过着各式各样的生活,包括恋人,包括情敌,也包括他们的儿子,包括认识的每一个人,走进她世界说得上名字或者说不上名字的大多人。大学毕业十多年了,所有人的生活不外乎此。她需要这感觉,像一个实验的主人。

那些师范类毕业的同学们,当了老师算混得一般,但一些在学校里已经混上个语文组组长,也算是个风头。经常出来的是那些当年的班干部,做了公务员的,升了副主任,在熬着主任死或离职等着升正职,也不知道是夸耀还是感叹,过年过节会出来说头发秃了白了的字样。——他们多半是县级干部,这年代的政策是要下乡扶贫的,文秘类工作,写材料都可以把人写秃顶,不过也算是物尽其用,大学学的那点东西都用上了。家里有矿的,当了老板,当时大学时就牛气得很,别人拿出来是几元几十,他们动不动拿出厚厚一沓百元钞票,往往身后跟着几个兄弟。不过,这样的煤二代班上也就三个。其他,有几个混在省城的,留校,或做家庭主妇(大多长得美,婚恋市场上开始就是抢手货)。再就是和她一样的,漂着,北上广和十八线老家轮着转悠。

有一个女同学和雅典关系颇好,都是穷人家子弟,当时就有男朋友,毕业就结了婚,她的人生目标是三十岁之前结婚生子,这个目标很轻易就实现了,令她想不到的是,三十岁之前人生还加了一项上天注定的,已离,净身出户,孩子给了丈夫。她比雅典强,算是混到了一张毕业证和教师资格证,没有办法,县上人事部门用人单位已经满员,应届本科也不吃香,何况是往届,迫于生活压力,在新疆招人的政策宣传下,到新疆昌吉市市区当了一名高中老师。她名字里有个好听的字——喜,这样说吧,名字就叫双喜,可惜这个名字带来了相反的命运,一度,她的 QQ 签名是"母子离散,人生有何快乐可言?"有时晚上睡不着,想到这个结婚离婚怀孕又把孩子活生生交给婆家的女人,雅典就会心疼得抽搐。也不是双喜不要孩子,无工作,无房子,养不起,主要是男孩,怀孕时丈夫就活精不多,当时相爱,趁着年轻做了试管才怀上的,儿子出生就住了半年保婴室,家人隔着玻璃看,离婚时婆家都说要人就要命,威胁着她。三十岁,她算是把一切悲欢都过过了。娘家无可靠之人,一个寡母跟着白眼狼兄长,对她是不管不顾的,母亲自然也不敢如何接济她,因为哥哥已经两个孩子,也在贫困线上挣扎。

相比较,另一个女同学倒是对自己的人生有规划,她知道自己长得丑,毕业索性就回了乡镇当了教师,做教师只是当跷跷板,为的是寻个还差不多的金龟婿。要瓜得瓜,她最后也算是如意(她后来生的儿子就叫如意)。嫁的丈夫虽然丑,但本分老实,最主要是在街镇上有两处门面,做五合金生意,家里钵满瓢满。学生时代看不出她的精明,毕业之后,她倒活得跳脱,因为老公丑,也就知道他不会有多少风流故事,放在家里安稳,几年之后神清气爽,越活越显得年轻,比学生时代倒好看了不少(有传到空间的照片可证),经常在群里吆喝,要班长组织起来,回母校聚会,各人自掏宾馆费,饭钱她可以出的。——也算是群里赚得一点小风光。这个女孩始终与雅典保持着密切联系,也不知道为什么,雅典谈不上喜欢她,但佩服她对生活的奋斗精神,以及某种委曲求全的柔韧,她知道自己是学不来的。

比起已婚已育已离孩子给了丈夫自己母子分散的女同学,雅典算是不婚不育保平安;但与人丑但嫁给五合金店老板儿子的女同学相比,雅典在别人眼里就是失败者了。知情的同学说起来,对于离婚已经生育的,认为至少完成了社会任务,不算是害虫,像雅典这种,在于他们,则调侃是

"社会特级公害"。群里同学大多已婚，单身的除了雅典，都是已离或再离过的，很多人当然不知道雅典的具体情感状态，但有几个知道就不是秘密，何况长嘴导员什么都要打听的，他们是她作为班主任带的第一届学生，带了四年，说是如同亲生子女，出笼之后总关注着，搜集着各种信息。雅典毕业之后一次都没有和她主动说过话，但她居然知道她的一切消息，哀叹雅典的命运，说雅典读书时不好好读书，谈恋爱时不好好谈恋爱，结婚生育时代，也把自己过成空巢老妇女，这就是女人该在什么年龄不做什么事的代价。这个辅导员很懂得跟上政策福利，积极响应国家号召，二胎政策出台后，冒着四十三岁的高龄，积极补救自己有儿无女的人生，生了个女儿。在群里，她对雅典这种不婚不育的人持的态度是认为"反社会"，她认为造物主给女人造个子宫就是来生育的。因此，尽管已经毕业多年，二胎政策出台后，她积极在群里劝说她的那些得意门生给她多生几个徒孙呢。关于她私下讨论雅典的话，是别人传给雅典的，班里总有好事者，回大学一次，能带回一箩筐故事，这也是雅典不喜欢参加同学会的原因。要得意你们就得意吧，要嘲笑你们就嘲笑吧，反正生活把我打倒在地我索性就坐下了。雅典是这样的心态，再加四个字，殊途同归。结果都是一样的。

最近班里建了微信群，把雅典拉进去过，每天声色喧哗，留在本市的同学，和辅导员打成了一片，他们是她的得意学生，她不是，尤其是那些人传来他们的内部聊天微信，让她颇为受不了女班主任八婆一样八卦各个学生的样子。

现在让她有点烦恼的一件事，是一个同学约她回去进行毕业聚会，而她，根本没有打算去，但她欠她人情。最缺钱的时候，她借给过她一万。她是这次会议导员委任的组织者，看得出她的兴高采烈，但雅典对此实在毫无兴趣。前几次打电话的时候，已经说了外甥女要来，但是人家让带着外甥女去也可以，说："小孩子嘛，吃吃喝喝就可以了，又不闹腾。"雅典说她自己不好意思。

3

雅典和江嘉陵就是在培训机构招人的时候认识的,那时候,江嘉陵是个来做讲座的人,而雅典,临时负责一个培训机构的项目,主要是管理和接洽。雅典在这个读书机构负责读书宣传工作,也有培训,短期的那种。江嘉陵是被主办方找来做讲座的人,雅典作为主办方端茶倒水做笔记的会议工作人员,有机会和他多说几句话,因此有了后面的联系。那几年,她的工作总是那样,仗着年轻,吃着青春饭,时而辞职,时而旅行,常常哭泣,却不容易被击垮,虽然也受够了孤单和痛苦,但是,赖在大学毕业的省城里就是不想走,这样的工作,已经算得上体面的了。其实,走,又能到哪里去?小县城人员已满,回去无非等着嫁人,而嫁人也已经过了最佳婚龄。回家还不如出去旅行,于是工作,于是攒钱。

与江嘉陵认识的那段日子,是她拼命攒钱的日子,她想去西藏和东三省一趟,全国都走遍了,其他地方对她已经失去了吸引力,接下来,走过这两个地方,就可以出国了。她对出国一直没有什么向往,那是因为国内的土地还没有踏遍,最主要,经济也跟不上。可是现在这两年想通了,人生嘛,不知道何处是站台,只要能买得起一张车票,就到处溜达溜达。反正总是要死的,还是那句话,殊途同归,每个人都一样。

江嘉陵有一头浓密的头发,不梳理的时候,用手揉一揉蓬乱起来,很有水手的感觉,像是神话里那种有着浓密头发的神,肩膀的宽度也让他显得更有男人味。在此之前,雅典是不欣赏这种体型的,她喜欢瘦而窄小的人,最好身高也不错。她从来没有欣赏过江嘉陵这样的体型,一次都没有,宽壮的身板,即使瘦下来,也无法看出他是个瘦子。有时想想,她都觉得自己是瞎了眼才迷上江嘉陵的,太过孤独容易饥不择食。江嘉陵之后,她也没有欣赏过这样的人。然而，仅仅是江嘉陵，就只有江嘉陵，修正了她对男人的欣赏。他是个例外。他喜欢穿蓝色和咖色的衣服，加一条牛仔裤，也会穿中年男人通常所穿的那种肥大的辨认不出体型的裤子。他做讲座的时候，就穿着牛仔裤，配咖色长袖上衣。那时候还没有动心，所以可以很客观地打量他。

和江嘉陵身体的结合算是雅典人生中最大的惊喜，有很多年了，她没有那样开心过。竟然能那样完美地享受，那样快活甜蜜，那样放松。关键是放松。雅典是一个外在看起来松散实际内在紧绷的人，不管她怎样随心所欲一份又一份地辞掉各种不同的工作，她只是外在体现了一种自由，内里有着十足的防范。江嘉陵并不是她的第一个男人，在分别之后亦没有为他守贞，因为没有必要。然而，江嘉陵给她的感觉真是奇怪，两个人在一起，她很轻松地享受着他的爱抚，甚至感觉不到时间的推移，直到每次他要离开，她才会有那样的惊觉和悲伤。她是第一次有那种感觉的，面对江嘉陵，自己的手和脚，自己的眼睛和嘴唇，自己的每一个细胞都像有了它自己的灵魂，像一个一个浅滩一样等着江嘉陵去浇灌，它们擅自行动自行欢愉，却又彼此合作共同分享。真是让人欣喜若狂。她渴望江嘉陵的一切，从头发到脚指甲，亲吻他的耳朵，然后一路到脖子，其次是大腿，再走到脚踝，最后走到脚指头……就好像温暖的水注入全身，整个人浮在温泉上。"温泉水滑洗凝脂"，应该说的就是这感受，生命里很多感受是相通的。她从来没有感觉到一个人可以那样无拘无束，就像一块自由行进的浮木，在水上漂流；就像一片云朵儿，想到哪里就到哪里，想打散就打散想团聚就团聚。完全是一种一切满足的状态，无其他渴求。

很快，她就选择与江嘉陵过起了同居生活，允许他随意进入她租来的房子。——然而，三个月之后，曾经爱得轰轰烈烈的感觉，在江嘉陵说需要做脑颅手术的时候被迫停下来。

事隔几年之后，雅典从太多的信息里知道这不过是江嘉陵数不清的通奸事件里的一桩,毫无特殊之处,情节对他不过是桥段,累了之后乏善可陈,也谈不上什么真诚,至于抒情,那完全是因为场景需要。那样隆重而欢畅的感觉,只是雅典一个人的。很难过吗?其实也没有什么,雅典甚至有欣喜,这样就一切占有了,完满的拥有,因为说到底,爱情是要自己骗自己的,该感谢江嘉陵,他给了她爱情的感觉。雅典清楚自己的性格,比较孤绝,最好一点在于真诚,她依靠它,依靠自己在这个世界的感觉而活着,自在随意,不要强迫一个人的。想明白就会替江嘉陵难过,为了离开她,他居然编造了一个死亡谎言。这太令人难堪了。

开始,最大的苦难是需要克服身体的依恋,有很长时间,雅典觉得自己的心和身体依然被这个人保管,即使和别的男人发生关系,也几乎没有什么特别的感觉,根本无法获得自己的完整性,更别说放松与满足。

对江嘉陵的情欲是那样刻骨铭心,除去嘉陵不是云,简直叫人悲痛欲绝。不联系的日子,根本爱不上任何人,太多的回忆让她落泪,她的门是关上了。"花径不曾缘客扫",无花无客。

与此同时,却总觉得有种大仇未报之感,雅典觉得江嘉陵激发了自己狰狞的一面,她不恨他,然而却希望他变成一团骨灰,只有如此,谎言才显出它纯白的美。但是,让她拿着匕首去捅了江嘉陵,她亦是做不到的,不是惧怕什么,而是爱情本就强求不得,结果是爱的人选择的。不过,江嘉陵又何尝没有给过她力量,她怎么能否认得了,自从认识江嘉陵后,包括离开,最后的分别,他给她的力量让她跨越了贫穷,跨越了物质的贪嗜,跨越了虚荣。她不再对人卑躬屈膝,不再自惭形秽,不再总是对生活感觉到抱愧。然而,也是江嘉陵,将她对生活的热望抽走了,她感觉自己再也不会去爱上哪个人。

江嘉陵住在一处著名的遗址旁,那遗址里面有太阳神鸟的标志,金黄色的神鸟轮不断旋转,江嘉陵是她生命里唯一旋转的金黄色轮子了,是她生命的神鸟,她知道,没有别人,不会有任何人了。

4

　　"我没有再爱上别人。"在分开两年八个月又二十三天后，江嘉陵对雅典说，"别的女人贴近我。"对，这是原话，翻译出来的意思就是他和别的人睡过觉了，但他不是主动的，被当作了唐僧肉。她知道，他的疏离再也无法对她形成任何实质性的威胁。面目模糊的不同的人，连嫉妒都无从谈起。她觉得她应该哭一会儿，虽然她想伸手打江嘉陵几个巴掌，以前也不是没有打过，每次江嘉陵都会受着，那时候两个人的气场完全不同，至少和这时候不同。那时候江嘉陵讲自己的初恋，讲认识她之前的各种风流韵事。她每次都能耐心地听完，然后，打出巴掌，为那些她没有参与的快乐，让他受着。现在不一样了。她伸不起手，没有力气。而且伸出巴掌，江嘉陵就会说："你现在不爱我了，没有权利打我。"江嘉陵为了激怒她，故意说这话，她不会上这当的。爱还爱着，但不要了，仅此而已。

　　江嘉陵比她诚实，在这方面，她第一次感觉到其实江嘉陵比自己坦荡。两个人实在太相似了，爱情或者爱的形式早就变了，但是那种吸引两个人在一起的相似性体现了出来。所以她并没有打他，也没有哭，只是说："不说我也知道的。"江嘉陵似乎是炫耀但又摆出一副无力的样子笑着说："我也知道骗不过你。雅典你太聪明了，对我的一切了如指掌，你猜我心思是很准的。"她知道，她就是知道，但是她不让自己去相信，努力想或者有个万一呢。江嘉陵的这次到来，分明是验证，表明爱情从来没有存在过，也或者，可以这样说，他完整地送来了爱情最后的骨灰盒。她感觉到自己的一部分在死去，两年多快三年的寂寞把一切都改变了，渴望与现实鸿沟巨大，她在被吞没的深谷里。另一方面，她又不得不承认，在如饥似渴地享用他的亲吻和拥抱之后，一种抓心挠肺的痛苦感撕裂着她，即使是如此，即使都这样了，即使被放弃了又放弃，她居然升起那样的念头，在寒酸的租来的二三十平方米的房子里,她居然还是渴望与他厮守。

江嘉陵激发了她对生活邪恶的一面,连最基本的礼仪都无法做到了,她知道自己面目狰狞,因为连自己也是讨厌自己的。她在不断地诅咒江嘉陵,一个又一个短信,一封又一封邮件,长年累月,她说希望他消失,这样爱与不爱只是她个人的事情。

一个生活的失败者,最后的一点尊严,却是以丧失所有尊严为代价来换得的。他的生活没有过不下去,她给他的只是美人醇酒还正年轻的幻觉,一切不过逢场作戏,所能逼迫的只是让自己放手。还能有什么呢?她已经失去了正正当当去享受生活的快乐,既然无法与自己爱的人正正当当享受快乐,那么,不如烧纸给他。

到处都是比她小的人,到时都是她们的婴儿,在她们面前,她感到自己经验不足,欠缺抚养小孩和经营家庭的能力,也无能找一个男人每个早晨一起醒来。但是,这些年来爱着一个男人,毕竟教会了她一些事情:组织小家庭,生儿育女固然令人满足,但是对于一些心不在场的人,不如就如此了。

能够拥有的就只有开头,如果一对男女不通过孩子绑在一起。那么,是不是当初就应该生个孩子,对不对?嘉陵。这样就可以拿着孩子为理由纠缠。——可是这样的事情永远不可能,一个孩子的出生不该是阴谋,而是相爱的结果。

5

妹妹的女儿冬千阳十一岁,叫她大姨,虽然年龄上是个孩子,个头却已经快一米六了,眼睛如同她妈妈,大而亮,鼻子挺拔,随了她爸爸。她喜欢和她贴鼻子打招呼,以显示自己的大鼻子,每天都会不由自主蹭过来,说是行贴鼻礼,一边蹭一边说着。

"大姨你要给我讲故事,妈妈说你走了很多地方,经历了很多故事。"说这话时,冬千阳抬起头斜斜看着她,明显在等待着。

可是,妹妹早就说过了,禁止她给小孩子讲恐怖故事。妹妹知道她恶作剧,小时候经常将她吓唬得一愣一愣,哭着找祖母。

嗯。不得不说,姐妹俩是祖母养大的,她们的父亲在她们很小的时候就去世了,母亲再次远嫁,有了自己的人生,所以,她们只能和年迈的祖母一起生活。她们的整个童年都和祖母在一起生活,可以说,祖母几乎算是代替了她们的母亲,没有祖母她们是活不下来的。恋爱的时候,最遗憾的是没让祖母与江嘉陵见上一面,可是那时候祖母已经死掉两年多了,真是令人悲伤。然而,提到祖母,江嘉陵就像一个嫉妒的情人,他觉得死去的祖母分去了雅典对他的部分感情,每次都会暴跳如雷,嫉妒到眼眶发红。这一方面让雅典觉得很受用,另一方面又觉得为难。没有办法,江嘉陵就是这样的人,即使出去吃饭,和饭店的小伙笑着说两句,他都会恼火半天,包括没有带门禁卡,笑着和门卫打声招呼,江嘉陵都会怪她卖弄风情,甚至对卖烤红薯的小商贩,江嘉陵都希望她板着脸,否则就是罪,她在招惹别人……江嘉陵会怨恨她对别人的笑,对他可没有那么开心。

雅典从来没有在爱情上这样经历过,她对爱情也并不懂得玩心机,坦诚真实地相亲相爱,比什么都好。相亲相爱真是一个好词,这四个字应该加上引号,但对雅典来说,引号是隔的,她不想要引号隔开,表示一种距离。与江嘉陵,她是第一次体验到相亲相爱这四个字的味道颜色气味声响和触摸,它们长了翅膀拥抱和亲吻她,每个字都有它的重量。不过,祖母去世虽然一度让雅典崩溃万分,但是也就如江嘉陵嫉妒的一样,将祖母安放进墓地之后,雅典获得了前所未有的自由,这种自由是那种无拘无束的自由,包括失去江嘉陵,也还能拥有的自由,是那种再也没有软肋的自由,也就是说,再也没有什么可失去。祖母是天生的,上天为她准备的,那叫失去,而失去一个恋人,这种说法本就不成立,因为恋人开始并不存在。

她也一度想象过，如果祖母在世的时候和江嘉陵认识，两个人结婚，祖母会多么欣慰。想象下葬的时候，江嘉陵穿着一身丧服以孙女婿的名义站在坟头，抱着她安慰她失去祖母的伤心，也许那时候她会觉得很开心呢。然而，这一切也仅止于想象。不过，喜欢上一个人，很爱很爱，就不会有太多的防备，放松警惕忘乎所以，毫不犹豫地和他上床，然后想要结婚，想要生个孩子，应该是很多女人在恋爱时的想法，她也一点都不例外，浑然忘掉了自己大学肄业之后发下的宏愿，走遍天下，爱啥吃啥。那时候真够无拘无束。

　　姐妹俩的年龄只相差一岁，双胞胎一样一起经历了童年的一切，目睹了太多家庭变故，然后相扶相持着考上了大学，妹妹读的是法律系，后来考了一系列的资格证，做了一名县城的公证员，嫁给同样是学法律出身的丈夫，小富即安，养育孩子，不断拼娃，不让孩子输在起跑线上，谈不上如何幸福，也根本谈不上如何不幸。如同大多到了年龄结婚生子的人一样，妹妹的忧虑和快乐，和他们没有多少出入。反倒是她，越来越将自己活成一本失败者宣言，大学肄业之后，一天不如一天，但生活倒是保持在那种初毕业流动不安的状态上，显出了一种十多年如一日的活力。

　　她不敢给冬千阳讲恐怖故事，以前妹妹一听到她讲恐怖故事就去找祖母，恶告一状，祖母很少打她，但每次碰到这种事必然打她几棍子，因为就连祖母也觉得她讲的那些故事挺怕人的，说是要打掉她心里的魔性。

　　然而，冬千阳一直问："大姨，讲一个嘛，就一个。我妈妈经常给我讲书本上的故事的。你不行就讲讲自己的爱情，我奶奶还问我你大姨怎么现在都不结婚，都成老女子了，难道有什么故事？"

　　把自己的爱情当作恐怖故事讲给冬千阳听，那也是需要本事的，一代人有一代人的爱情，冬千阳是爱情存在的明证，也可能是荷尔蒙在青春期太过发达的明证，一些东西，她还属于憧憬期，但不说似乎又辜负了她想知道的心。看来要挨妹妹的批评，如果不是让冬千阳在假期和节日见多识广，妹妹绝对不会将冬千阳送来和她待一段时间的，妹妹是个对孩子十分上心的母亲，大约和她们从小被父母抛弃有关系，父亲去世，母亲离家出走，只有祖母管她们，这对她们造成的直接伤害就是一个早早结婚，构建和谐人生，一个一直不结婚。妹妹属于前者，要修正自己的人生；她属于后者，凡是大尽，缘分势必早尽，一辈子大约就这样了。"你们是一生一世的姐妹，我百年之后，要相互扶持。"这是祖母以前总在她们吵架时说的原话，也许正因为这句话，做妹妹的一直让着她，在节日还送了外甥女来，让她感受家的气息。嗯。一生一世的姐妹，那也是要受着恐怖故事的。然而，如果将恐怖故事讲给下一辈的小孩听，怎么说也是不厚道的。

冬千阳拉过她的手，准备听故事的样子，离出门还有几个小时，离吃午饭也还有两个多小时，钢琴师让下午去弹，所以驾校也是下午去，下顿饭在中午，此时刚吃过稀饭和鸡蛋。

因为正在攒钱准备去西藏和东三省，所以雅典寻思如果有个伴也很不错，可惜冬千阳太小了，不知道这小孩子以后要跑到哪里去，虽然她还没有如何显示出自己的学习天赋，但语言方面明显有自己的兴趣，学什么话都学得快，唱歌也好，模仿各个歌唱家，尤其是流行的伤感音乐，模仿林忆莲，模仿得惟妙惟肖，还有将一首《隐形的翅膀》模仿得活灵活现，很让人伤感，尤其是她的童音让这一切更镀上一层岁月的惆怅气息。冬千阳太小了，小到还不能体会生活全部的细碎悲伤，如果再往大一点，经历人生的那些琐屑，一地鸡毛的爱情，或者面包碎片的家庭真相，也或者来自友谊的背叛，她也许就不会缠着雅典讲故事了。雅典有时候会羡慕冬千阳的年龄，但是，绝对不要回去，一次都不要，与妹妹在童年过的那种悲伤日子，实在太痛苦了，如果驾着时光的车轴回去，只想把祖母背出来，除此之外，一次都不要想，做梦都不要做。

五年前分手后，特别想抛下一切走掉，可是已经没什么可以抛下。也走过几个城市，但最后还是回到了这座大学毕业的城市。与恋爱前不同的是，那年冬天来了一只流浪猫，索性就养了起来，叫它小马，是只公猫。出门要么托付给朋友，要么托付给宠物医院。来的时候才手掌大的一只猫，五年时光，已经猫生青年已过，和她一样进入中年。

　　妹妹不是没有建议过，将猫放归田园，就如它夏天总跑出去一样，冬天也让它滚蛋，趁着还年轻，出去相亲，哪怕做别人的后妈，也是女人不错的去处，总比独身好，何况还可能存点钱财，对于无产女人来说，结婚可以实现一定的财产转移，即使是转移别人的；再不济，也还有个男人可用。学过法律的妹妹深知家庭的好处，深知结婚无论在身体还是在精神还是在社会利益上，都有很多隐形福利。然而，她狠狠地骂过妹妹，她觉得是妹妹不让她为爱情守丧。为一个男人守丧，至少证明爱情存在过，而失恋后，如果真能对镜贴花黄，很快就和一些男人好上，那不叫失恋。其实妹妹也知道，她一直爱着那个男人，尽管充满了幼稚的不切实际的等待（人家已婚已育），但即使他结婚了也还可以离，他死了至少还有骨灰盒，即使骨灰盒是别人的，但未必有人住在他坟头替他守着。妹妹说她只长体重不增智商，说这些话完全不切实际，女人要切实生活，不要踏在云里雾里，以后有的受。但是，在心里与心爱的男人一起生活，即使孤独，也应该叫孤独万岁。姐妹俩在家庭和婚姻的看法上，从来都是南北两极。不过，难得的是童年相依为命的记忆将她们两个人的灵魂绑在一起，彼此可以互相温暖，至少，妹妹愿意温暖她。

　　也不是没有人，一个叫康哲的小她三岁的家伙一度来给她做过饭。然而兴奋不到一周，就觉得内裤奇痒无比，到医院去检查，开了一系列的药，说是尿路感染，不洁性的原因。想来想去，只有康哲。为什么会这样？她一个人暴走了一个下午，希望早点儿从痛苦里逃出来，希望早点从江嘉陵制造的灾难里跳出来。

别把自己当回事。最后的结果。谁都知道，认真的人会先死掉，就这样。她觉得自己太可怜了，从小没有和父母撒过娇，跟着祖母和妹妹一起生活，没有对任何人真正任性过，即使对江嘉陵，也是各种忍耐，可是结果却是这样。早就怨不得江嘉陵了，两个人之间，隔着陌生的滚滚人流，山南海北。

············

康哲要求留下来，要求过夜，她是无法接受的，所以两个人只有吵。那天夜里，她忍不住哭了出来，鼻子和嘴巴却还紧紧贴着康哲的身子，说实话，自从江嘉陵之后，无法习惯与任何一个人密切相处，留下来过夜更是不可能的。康哲一定还有别的女人，所以才如此，那么就无性交往吧。她最后向康哲提出了这样的请求，康哲也答应了。——坚持了一阵子之后，康哲受不了，终于断了联系。

如果那时不与康哲分手，即使两个人做不了爱，至少可以依偎着一起睡觉，没有性欲不会死人的，在一张既有男人又有猫的床上，过完冬天过夏天，说给谁也是幸福满溢的。如果再生两个孩子，把房子粉刷粉刷，养几盆防甲醛的盆栽，再跟着时代的步伐，国家的政策，追生两个孩子，简直是幸福的榜样了，至少表面看起来是榜样。毕竟还不迟呀，国家医疗那么发达。康哲这样劝说过她生孩子的，那时候似乎对她有点真心，拿孩子套住一个男人，一辈子，也不是不可能，大多女人过着这样的生活。为什么要拒绝这样的生活？她不是没有问过自己，即使走在路上，也一度站住，定住，怔住，问自己。可是，无法做到呀。那样会打乱心里的幻象，江嘉陵在心里也就真是一个墓碑了。即使江嘉陵已经成为一个墓碑了，她也不能允许自己去铲除，这是她唯一的爱情，一生里唯一的一次。她不信的，不信人们所说的破镜重圆，不信鸳梦重温，但信仰一种感觉，那就是一辈子只能刻骨铭心地爱上一个人，此外，除去巫山不是云。就如此了。

随时想着回头,爱情毕竟是平庸生活的英雄梦想,但是想要的东西就是想要,想爱的人就是想爱,即使恶心又怎么样,即使他化为一堆骨灰又如何?就在心里供着一个骨灰盒吧,爱情最后的信仰。

6

雅典一边在钢琴房楼下的咖啡馆等冬千阳下课,一边想要不要与江嘉陵联系。时至今日,无论如何也搜不出什么甜蜜的感觉了,快乐都已经被稀释掉,五年多的时光,将仅有的几个月的温暖全部发散完毕。即使最后一次,两具肉体重叠在一起,也未能很好地完成男女之欢,一切的交谈变得空空洞洞,她是一句都不信他了的。几年的时光,江嘉陵在变化着,她也在变化着,河流变成了沙漠,所有心怀爱意的人,都觉得时光回得去,因为毕竟在心上念着一个人。后来呢?埋下的坟茔,年年芳草青青,一年比一年葳蕤,于现实却一点都无法改变了。

应该是下课了。冬千阳用她爸爸给她买的防失踪电子手机给她打电话,她开始上楼去接她,准备带她去吃饭。

冬千阳继承了她爸爸的长腿,继承了她妈妈的长相,却没有继承她妈妈的皮肤,显得有点黑,但俏皮还是俏皮的,很可爱。这个年龄段的孩子,最喜欢的是巧克力和冰激凌,明明为了她的健康她妈妈对雅典叮嘱过,但当雅典问出你想晚上吃什么的时候,冬千阳还是固执地去挽她的手,央告着说要吃榴梿披萨和巧克力,以及一个大冰激凌。都是甜的,都是妹妹反对的。

"大姨,你真厉害,在省里生活,一个月赚多少钱呢?三千还是三万。"一边吃着牛肉披萨一边说。——店里没有榴梿,所以换成了牛肉披萨。冬

266

千阳学着大人的口气,与她聊天。

因为是冬天,加之室内温度高,她又吃着热量高的食物,这让她的脸显得红扑扑的。冬千阳还有其他的决定,吃过披萨后,再去吃条鱼。她说老师说的,吃鱼的人聪明灵活。听到鱼,雅典想着外甥女在的日子,下厨做点鲫鱼汤两个人一起喝,很补身体,于是决定动手烧个鲫鱼汤。像这样冷到一切都结冰的冬天, 如果能让冬千阳品尝到一碗又浓又热的鲫鱼汤就好了,那鱼汤的味道能原原本本体现水里的生命,混杂着干姜和大蒜,吃到嘴里直沁骨髓。鲫鱼汤是营养丰富的幸福美食,一般病人和孕妇才经常买了来仔仔细细熬着喝,因为鲫鱼实在太小了,四斤以上的很少。这是江嘉陵之外的男人告诉雅典的,也是他教会了雅典如何做鲫鱼汤。他死了。那时候就生着病呢。在没有认识江嘉陵之前,雅典和他断断续续同居了一年多,因为他的病,并不适合结婚,雅典本来也就没有结婚的打算,两个人并没有爱得死去活来,至少雅典没有,不过难得他对雅典好,不超过半个月,总到她租住的小房子看她一次,有时一周见几次。他们的生活,倒有寻常男女朋友的气象,其实更像是老夫老妻,他只要来,总是先到菜市场的,进了房间先到厨房,做饭洗碗。那时候雅典刚大学毕业,实在太穷了,租的房子很小,开始还是和人合租的。然而他也不嫌弃。每次来都买了食材,做饭洗碗拖地,然后去上班,或者晚上看到同租房子的女孩没有回来,就住下来。那女孩有自己的男朋友,也已经同居了,只是因为工作方便才与雅典合租了那间两室一厅的房子。那时候的雅典啊,还是一个根本不懂得如何珍惜爱情的坏女孩,粗野暴躁,喝酒吸烟加骂人,很少有男人管得住。这个男人也是,顺着她脾气与她交往。最可悲、最可恨的事情,不是两个人后来因为出现江嘉陵自然而然地分开,也不是与江嘉陵分手初期如何,而是几年之后,一次和人吃饭,人们说到鲫鱼汤,借着桌子上喝了几口白酒的醉意,雅典哭到无法喘气。实在太可悲了,那么难以置信,雅典从来没有觉得自己如何爱那个人,虽然她很喜欢他来家里,很喜欢他做饭,尤其做鲫鱼汤喝。因为他生着病,家里人常常给他熬鲫鱼汤,他看雅典瘦弱,九十多斤,所以只要来,总会买两条鲫鱼给雅典补身子,他说雅典一个人背井离乡太可怜了。他可能知道自己的病情,所以从来没有对雅典要求过什么,也没有告诉过雅典那种病随时可能死人的。雅典是后来才知道。他死了之后他的家人才告诉她。

他会对雅典说:"身体吸收了这种鱼汤,人就会变得理智坚强,鲫鱼是非常补的,鲫鱼是所有鱼类里最补身体的。"那时候她总是盯着瓷盆里的两条鲫鱼头,有时已经吃剩了,骨头堆在桌子上,等着他去收。

这是雅典内心最深处的疼痛。她有时也会恨江嘉陵,恨不得他去死,她诅咒他的时候就会想起来给她熬鲫鱼汤的人,如果江嘉陵不出现,也许那个人就不会那么快死掉。江嘉陵出现之后,她告诉他自己恋爱了,他没有反对,短信里说自己知道会有这么一天,只是太快了。他对她表示了恭喜,但说自己有点难过。后来,他想见她最后一面,她没有见。那时候她在内心向江嘉陵表着忠心呢。这是她永远的痛。她爱江嘉陵,但如果说她内心里和哪个男人有过结婚的感觉,愿意和哪个男人结婚,她希望是给她做鲫鱼汤的人, 他们固然因为他的病不会有孩子, 不会有什么很美满的日子,但她喜欢他给她创造的家的感觉,那种厨房里日色氤氲的感觉,是一辈子都无法忘记的。幸福,淡淡的一层薄雾,从口齿到喉咙到肠胃,深切的拥抱。以致有时候,她内心哀号又哀号,她觉得自己是为他在守寡,他惩罚了她,以他的死亡。雅典和谁都没有说过,从来没有提起过这段恋情,因为那时候她不喜欢他,不喜欢他胖墩墩的长相,不喜欢他的声音,不喜欢他总是一副好脾气的样子,不喜欢他总说如果不是生病他就向她求婚。有很多个黄昏,饿得前胸贴后背的时候,她会突然想起他,想到厨房里或许有两条鲫鱼。不能提鱼,更不能提鲫鱼,一直以来都是如此,不然会克制不住喉咙哽咽。

她想起了与他亲热的时候他的声音和面容。他的身体太弱了,连做爱也是完不成的,但是他们在一起因为他总是会做饭给她吃,她就很开心,认为这些可以弥补无法做爱的快乐。何况,她和他单独相处,她从来没有讨厌过他,只是不够热情罢了。那时候太过年轻了,生活在赶着,忙着赚钱忙着四处蹦跶忙着旅游,对他的感情,像一种救济。而现在想来,更像是他对她的一种救济,陪了她那么长时间的日子,让她知道她是值得被爱的,有人愿意做饭给她吃。他曾经专门买了猫粮来喂她门口的猫,冬天最冷的日子,把雅典从外面捡来的流浪猫抱在怀里,给它取暖。那个冬天,生命里对于他来说最后的冬天,就是所说的世界末日可能到来的 2012 年的那个冬天,他们一起喂养了寻上门来的一只橘色流浪猫,他说它是他们的孩子。他买了鸡肝鸭肠煮给它吃。那时候雅典在河边一条破落的巷子里住着,但已经是单间了,比原来的房子小,没有煤气,只能用电。每次,他蹲在地上做饭的样子,总能唤起她的童年。——好几年过去了,她有时想自己爱过他,有时又不想去承认。她明白他也是高傲的,生命让他无法高傲,但他有那样的骨气,包括后来雅典离开他,他只是求她,从来没有闹过,一次都没有纠缠过。雅典在诅咒里一次次地对江嘉陵说:"我需要英雄。"他曾经是她的英雄,百折不回,许多年之后才明白,明白之后才掉下眼泪来。并没有流多少泪的,不同于对江嘉陵,总是激情满满,被伤害的感觉很深。因为他们有过一粥一饭一鱼一汤的日子,因为有过那种具象大过一切想象的生活,因为曾经相濡以沫那么久,甚至托付着彼此的生命,所以,虽然不常想起,但只要想起来,雅典总觉得生命里灌入了水晶一样的冰凉。他没有名字,武陵人远,永远也不会有自己的名字,但在雅典的生命里,他有自己的气味、体积和声响,有自己的色彩,她知道在生命的最后,也许只有他陪着她,只有他等着她。不是江嘉陵,江嘉陵是一个幻觉。这不是爱情的爱情,让她一直可以坚强地活着,即使被江嘉陵那样抛弃经常有厌世之感仍然可以坚强地活着,因为她觉得她身上活着两个人,她还要替他活进自己的老年,一定要坚强,吃鲫鱼汤可以使人坚强,就像一种宣誓。

雅典决定带着冬千阳去喝鲫鱼汤。

后来习惯性在冬天收养流浪猫，也是因为这个来做过鲫鱼汤的人，无论怎么搬迁，他总会赶来给她做饭。到了春天她就会将猫赶到外面去，从来如此。对于那只他们一起养过的野猫也是如此。狭小的租来的房子，窄小昏暗的浴室，还有同样昏暗的厨房……每次搬的房子都是如此。然而因为他，才有了春天的味道，家的气息。又怎么忘怀的了。真的。有时恨不得死掉的是江嘉陵，而不是他。

孤独的鲫鱼，孤独的鲫鱼，孤独的鲫鱼……

他死后，雅典经常有这感觉，自己像一条鲫鱼一样孤独，是一条鲫鱼那样孤独，鲫鱼的孤独。

想起这些，太过后知后觉了，她觉得自己看不见前方的路了，多么想哭出来。一种永恒的失去，没有人懂得。是不是因为这样，才需要一次次去火葬场？送走他也同时接回他。

饭店里，冬千阳一边小口喝着鲫鱼汤一边说："大姨你真是会享受。"对于坐进宽宽大大的饭店里一边吃饭一边看饭店中心舞台上的人搔首弄姿唱歌的她来说，似乎这样的生活就是享受。平时，雅典是不大进饭店吃饭的，早就吃厌了，她又不懂得烹调，日子过得真是糊涂。冬千阳来了，正可以带着她下馆子。

"妈妈要是经常带我这样玩就好了。她工作总是忙。"冬千阳接着说，"大姨你为什么不结婚？我奶奶都问我你为什么不结婚。难道一辈子不嫁人了？"

两个家庭联姻，总会涉及互相的亲戚朋友，雅典讨厌去妹妹家，这点也是原因。雅娜的婆婆靠着在街镇地方有土地，分得一些钱，平日里什么都不干，跳跳广场舞，哄哄小孙子，所关心的就是这些八竿子都打不着的事情。雅典以前还好心情地和她解释过，但实在是不可与之言。然而，妹妹的孩子肯定也就是妹妹婆婆家的孩子，冬千阳身上无可避免地学了这些好问人私事的毛病，而且跟着大人学习如何评说："三四十岁还不结婚以后有人要？"虽说童言无忌，但雅典真是立即火冒三丈。小孩子又懂得什么。雅典压住突然而起的厌恶，问冬千阳："你这么小还懂这些，那你什么时候结婚？"冬千阳认真地思考了一会儿说："要跟爸爸妈妈一样，大学毕业就结婚。"她说着，就甜甜地笑了。看得出，她已经懂得向往爱情。雅典向来不是个好人，但是面对外甥女，也不忍心向她说出什么生活的真相，她不是没有想过要问她："是不是结了婚学习你爸爸妈妈，生孩子，再生孩子，或者生儿子，再生儿子……"社会是残酷的，她还小，有梦可做是好的。

"大姨，你真厉害呀。榴梿披萨真好吃，这鱼也好吃，我以后来找你。"冬千阳一边夹起大姨为了给她调胃口而专门点的青椒皮蛋一边说，学着大人的口气又补充了一句，"谢谢大姨。"

鱼汤很热，所以她的脸上看上去红扑扑的，雅典想如果冬千阳以后去学语言多好，学一门主外至少再学一门二外，就可以一起去旅行了，几乎到哪里都是可以的。妹妹生的这两个孩子，只要不被家里土地上分的那点钱娇生惯养，一般情况下不至于长歪，至少上个大学没问题，她希望她们全部读语言。那时候，去爱尔兰多好，她一直喜欢爱尔兰。爱尔兰有很多鱼可以吃的，这是那个男人告诉她的。他去过。去俄罗斯也行。他也去过。他那时候劝她多吃鱼，他很认真地对雅典说过一句话："身体吸收了鱼汤，人就变得健康，就可以走过很多大江大海。吃陆地上的东西，得到陆地上的保护，吃水里的东西，就得到海洋的保护。"不能不说，他是个温和的人，也许疾病让他温和，无论身体行不行，他对雅典算得上体贴备至。想起这一点，她按捺着自己不要当着冬千阳的面哭出来。一个已经死去的男人，像一堆吃剩的鱼骨头，什么都没有了。

7

在驾校，她总是怕教练说"打死"，教练说的是打死方向盘，她却觉得仿佛是打死一个人，经常有那恐惧：方向盘失灵了怎么办？生活已经毫无方向。

"我没有承诺过什么。"最后那次见面，江嘉陵说。他想跟她说什么呢？一个人，在抛弃她几年之后，来到她的身边，对她说分开的相思，对她说为她萎缩了一条腿，褪下裤子让她看她做的孽，对她的相思在他身上出现的腐蚀，那么，他为什么还要对她说什么对她没有承诺。

他缓缓地看向她，她却不知道说什么了。是的，她活了过来，至少不会再自杀，虽然常常有活不下去的感觉，但为了赌口气，也要活着呀，何况生活不是赌气。不会游泳的人在落水后差点死掉，一个人游过了那片深水区，那时候她求着他，希望他对落水的她不要视而不见，而他关上了所有的门。

"现在腿就这样了，可能以后会残疾，走不了路。"他呼唤着她的名字。她想把耳朵捂住，把眼睛闭住。手心和头上都在冒着汗，一些事情真的无法回避的。她也要痛打落水狗吗？那些曾经他对她做过的事情，是否要对他做一遍？或者是，跳到水里用已经学好的水性努力把他拖上岸，然后就能像以前那样相亲相爱了，多么好。相亲相爱，这四个字简直甜蜜到让人想哭，多久不敢想象这四个字的组合了。

回过神来，她发现脸上挂满了泪珠。

也许是因为他留下来的那条裤子一直没有丢掉，所以才出现了这样的场面。现在，她盯着瘸腿的他，太冷了，明明渴望去拥抱去亲吻，那明明是心爱又心爱的，却知道，拥抱就是毁灭。他已经说过了："我没有承诺过什么。"那么，对她的相思，说为她如何萎缩了一条腿，也不是她的承诺。她也没有承诺过。

她第一次感觉到，赤裸裸地，一切赤裸裸。有个声音在心里喊："也许一辈子都不会遇上爱情了，但又能怎么样，我要裸奔在路上。"她是坦诚的，那些对他的诅咒不是说谎，不是不甘心为了继续，不是……

所有人说倒车入库最难，对于雅典来说，最难的是半坡起步，总是熄火，不断唤起爱情在灰烬里的挫败感。坐在驾驶座上，真是受不了，一遍遍发动引擎，车子一下子窜出去，过了边界线，要不就突然停下来了，往坡下倒行。她不明白自己的绝望怎么来得那么强烈，教练说："出了错就改呀，哭有什么用。"教练是安慰她的，比她小五六岁的教练，明显对于哭泣的中年女人没有办法。她知道，自己又做错了，这不是真正的生活，就如教练说的："这又不是正式考试。"可是，这毕竟也是实实在在的生活。

点火，起步，等待离合器开始发出颤抖的呜咽，然后松开自动踏板，踩油门，接着放下手刹，起步，上坡……

几年了，曾经有过这样的记忆，为了忘记江嘉陵，她一次次去游泳馆。不会游泳的她，一次次鼓励自己，一个人要游过那片深水区。最后被人家用竹竿捞起……几年了，她以为忘记了这一切，学车的时候一幕一幕又重新在脑海里放映。对，开始加油，开始游过那片深水区。

过了科二过科三，教练总是臭着一张脸，说"向左打死""向右打死"，她对"打死"两字印象非常深刻。除了"打死"这两个字外，她还总记起机试题目对交警手势的解释："脸朝你，就是你的方向；如果不是，就以他面向的方向想。"这是属于科一的内容，考完科三预习科四的时候又见到了，她想起了江嘉陵，驾校教练总让她打死，打死，如果江嘉陵在面向她的时候，可以打死就好了，他就不会再转头。

她诅咒江嘉陵的温柔,诅咒他的诚实,诅咒他的到来,更诅咒一直以来坚持爱着江嘉陵的自己,诅咒自己的软弱,诅咒自己扑倒在爱情里的肮脏相。尽管在诅咒,但如果有一天小冬千阳也学会了恋爱,她还是祈祷她能变得坚强无比,可以到处旅游,吃遍四方,可以得到尽兴的爱,如果不行,可以身体健康,精神游弋,想到哪里到哪里,一边为爱情哭泣,一边又可以坚定地走天涯。将来,听见自己所爱的男人在电话里隔着几年的时光说想见见,希望冬千阳依然能保持清醒和理智,明白时间发酵出来的不只是醇酒,还有废气。

　　江嘉陵的邮件发送在两年前,都已经过去很久了。最后一次见面,是在那次邮件之后。她在学开车之前发过誓,一切要重新开始,重新开始有一点,就是寄走江嘉陵留下的一件衣服,她珍藏了很久,如同招魂,想念他的时候,会把衣服拿出来,枕着,抱着,或嗅着。最后一次见面,江嘉陵留下一条米色的裤子,夏天穿的,一条阔腿裤,可以很好地遮掩他的两条粗细不均的小腿。

　　送走外甥女冬千阳的那天晚上,出门左拐一百米洗衣店的快递代收点,她寄出了那条他穿过的夏天的阔腿裤,就像寄走了他的骨灰。房间柜子底部那个抽屉从此空荡荡的,但她不后悔。就如此了。爱情最后的骨灰,请查收。

　　脸朝你,就是你的方向。

　　不是,

　　就以他面向的方向的方向想。

　　像诗,像真理。